KB157636

마흔 살,
지금이 꿈을 사는
완벽한 타이밍이다

인생중반기에 꿈을 시작한 여성들을 위한 책

마흔 살,
지금이 꿈을 사는
완벽한 타이밍이다

강사라 지음

도서출판 **더로드**
The Road Books

여자, 엄마, 경단녀, 중년 그리고 40이라는 굴레에서 벗어나기 위해 꿈으로 몸부림을 치는 저자를 정말 우연히 만났습니다. 첫 전화통화속 목소리만으로도 그가 꾸는 꿈에 끌렸고, 그의 생각에 빠져들더군요.

짧은 시간이지만 따뜻함보다 뜨거움, 화려함 보다 그 깊음에 대한 궁금증이 더해만 갔습니다. 저자는 결코 혼자만의 꿈을 꾸지는 않았습니다. 자신의 꿈에 그 들의 성장이 있었고 그들의 기쁨이 있었습니다. 욕망의 꿈이 아닌 사명의 꿈이 저자를 움직이고 있다는 사실을 알았을때, 누구도 멈출수도 누구도 막을 수 없는 힘의 존재에 감탄과 감동을 받았습니다. 이 책 한 권으로 저자의 모든 열정을 담아내기에는 역부족이라는 사실을 여러분도 곧 아시게 될 것입니다. 왜냐하면 이 책은 저자의 꿈의 열매에 비하면 씨앗에 불과합니다. 시작점과 같습니다. 이 작은 1인기업의 꿈이 다음 세대를 만드는 동력이 될 것입니다. 저자는 나이 40에 꾸는 꿈은 달라야 한다고 말합니다. 더 자유로와야 하며, 더 미래지향적 이어야 하며, 더 정의로와야 하며, 더 뜨거워야 하며, 더 행복해야 한다고 강조합니다. 마흔이라는 숫자에 혁신적이고 이상적인 용기있는 재정의에 격한 공감을 주고 싶습니다. 만일 현재 자신의 출발점에서 머뭇대며 고민하며 막막하고 복잡한 상황만을 탓하고 계신다면 정독을 권합니다. 저자의 글이 당신의 길을 만들고 인생의 씨앗이 될 것입니다. 저는 작은 1인기업 강사라 작가님의 꿈에 투자하겠습니다. 더 많은 분들이 그 꿈에서 성장하길 바랍니다.

1인기업 국민멘토 스타트경영캠퍼스 김형환교수

힘들어 하는 사람들이 너무나 많다. 코로나 바이러스 사태 뿐 아니라 러시아 우크라이나 전쟁으로 에너지 파동이 일며 우리 경제에까지 치명적인 영향을 미치고 있다. 금리는 계속 오르고 물가도 동반 상승하고 있다. 환경만 바라보면 암울하기 짝이 없는 시대다. 그러나 이러한 혼란 속에서도 자신만의 꿈을 꾸며 암울함 속에서 빛을 향해 한 발 한 발 내딛는 사람들이 있다. 그들은 거창한 학벌이나 대단한 사업체를 가진 사람들은 아니다. 오히려 그들에게는 전

심으로 돌봐야만 하는 가족들이 있고 해결해야 할 여러 문제들이 있다. 그럼에도 그들은 일상 가운데 자신의 꿈을 구현해 가며 미래의 꿈을 바로 지금 누리며 살고 있다. 무기를 사용하는 전투가 아니라 치열한 마음 전투에서 하루하루 승리하며 사는 그들! 이 시대는 그런 일상의 영웅들이 있기에 희망적이다. 강사라 작가는 바로 그런 일상 영웅의 모델이다. 아이 넷을 키우며 쓰러질 수밖에 없을 듯한 상황에서도 자신의 꿈을 찾고 붙들며 기어코 그 꿈을 살아내는 그녀의 모습은 이 시대의 잔다르크다. 더 이상 희망이 없어 삶을 포기하고 싶은가? 이 책을 집어들라. 무작정 전철을 타라. 그리고 책장을 넘겨보라. 전철이 어느 역을 지나고 있는지도 모른 채 보게 될 것이다. 돌아오는 전철 안에서 자신의 마음 밭에 새롭게 싹튼 꿈 꽃을 바라보며 다시 살아낼 용기를 얻게 될 것이다.

〈내 상처의 크기가 내 사명의 크기다〉 송수용 작가

〈꿈을 꾼다〉라는 서영은가수의 노래가 있다. 힘들고 지칠 때 이 곡을 듣고 위로받고 힘을 얻곤 하는데, 이 노래처럼 꿈을 꾸고 멋지게 꿈을 이루어 나가는 방법을 소개하는 책이 있다. 바로 강사라 작가의 〈마흔살, 지금이 꿈을 사는 완벽한 타이밍이다〉이다.

일인기업 대표이고 네 아이의 엄마이기도 한 강사라 작가는 책

쓰기 코치이자 꿈 설계 비즈니스를 운영하고 있다. 내가 몇 년 동안 옆에서 함께하며 지켜본 강사라 작가는 열정과 진정성이 가득하며 끊임없이 꿈꾸는 사람이다. 특히나 이 책에서는 '꿈을 사는'이라는 제목을 통해 꿈만 꾸는 것이 아니라, 그것을 현실에 어떻게 풀어나 갈지를 작가의 노하우로 잘 풀어냈다.

이 책은 대한민국의 엄마들에게, 혹은 꿈이 없이 살아가는 모든 이들에게 다시 꿈을 꾸게 하는 책이다. 꿈을 꾸고 싶지만, 혹은 꿈만 꾸고 어떻게 다시 시작할지 모르고 포기하는 사람이 많은데, 강사라 작가는 아이 넷을 키우고도 본인의 꿈을 실현하기 위해 때로는 고군분투하면서도, 그러나 꾸준히 꿈을 현실로 만들어나가는 과정과 노하우를 진솔하게 담아냈다. 그 과정을 읽어나가다 보면, 주체적인 삶을 사는 강사라 작가의 삶이 감동스럽고 영감을 받게 된다. 이 책을 통해 모든 이들이 꿈을 꾸고 그것을 실현해 나가는 것이 이루어지길 소망한다. 더불어 대한민국의 꿈 멘토로 우뚝 서시길 기원한다.

브랜딩 전문기업 브랜딩포유 장이지 대표

마흔살에 시작된
나의 꿈 나의 인생

　3년 전 마흔이 되고 한 해가 또 지나가는 2019년 8월 말, 꿈을 위해 살아야겠다는 도전을 시작했을 때 마음 속 작은 소리들이 들려왔다. 작은 소리가 점차 선명해졌다. '마음먹은 대로 생각하는 대로 말하는 대로'

　코로나19가 이제 막 시작된 시점이었다. 한 두달이면 끝날 것이라고 예상했던 것과는 다르게 1년, 2년이 지나갔다. 주변의 많은 이들이 코로나로 인해 사업과 직장터에서 불안해했다. 번듯한 직장이라 그 어려움을 몸소 느끼지는 못했지만 나이가 들어갈수록 젊은 직원들에게 나의 설 자리가 희미해져가고 있다는 것을 미미하게 느끼고 있던 터이다.

　"나더러 나가라는 소리같애." 직장 선배가 힘이 빠진 목소리로 내뱉은 한마디. 그녀의 청춘부터 마흔이 훨씬 지나기까지 몸담아온 직장이다. 밥줄을 넘어서서 이삼십 년의 인생을 담아온 집처럼 익숙하고 편한 곳이지 않았을까? 서러움에도 불구하고 결코 떠날 수 없는, 아직은 그럴 수 없는 애증이 이제는 자연스러워진 곳이다. 그렇다고 멋지게 떠날 수 있는 그 때를 기다리며 무엇인가를 준비하고 있는 것도 아니다. 그저 최대한 버틸 수 있을 때까지 버텨보는 것이다. 그곳을 나는 일찍 떠나기로 결심을 했다. 그것도 가장 힘들고 어려울 때 말이다. 아마 그래서 더더욱 절실한 답을 찾아 새로운 세상에 새로운 꿈을 이제는 펼쳐보리라고 각오했는지도 모른다.

일찍이 떠나지 않았다면 몰랐을 새로운 세상을 나는 지금 직접 살아가고 있다. 누구보다 평범하지 않은 시대의 흐름과 트렌드를 주시하며 온라인 세상을 살아가고 있다. 더불어 그 안에서 펼쳐지고 있는 새로운 기회들을 통해 이전에 꿈조차 꿔보지 못했던 꿈을 진짜로 실현해내는 일상을 살아가고 있다.

작가라고 하는 정체성은 하루에도 몇 편의 글을 쓰게 하며, 사업가라고 하는 정체성은 오늘도 나의 꿈과 누군가의 꿈을 위해 많은 시도와 실패, 관계와 세움 등을 통해 내 자신과 미래현실(꿈)을 성장시켜가고 있다. 각 단계의 임계점들을 하나씩 넘어가고 있다. 지점을 통과할 때마다 새로운 관점들이 열리고 한 차원 더 높아지는 것들을 경험하며 말이다.

체득한 경험과 지식들은 동일한 과정을 어렵게 지나오고 있는 인생의 후배들에게 그대로 전달되고 있다. 특강과 클래스를 통해, SNS와 커뮤니티를 통해 하나씩 찍어온 고민과 문제들을 공감하며 필요한 이들에게 절실함을 채워주기까지 나 또한 많은 노력과 에너지를 들인다.

'꿈, 열정, 희망, 생명, 삶'을 전하는 삶을 살자. 내가 원하는 가치를 잊지 말자며 꿈쎄스 강으로 첫 네이밍을 스스로에게 부여했다. 성장하는 과정동안 나는 그 이외에도 꿈쎄스 강, 골든메신저, 독서광, 친절한꿈설계전문가, 강사라 작가, 강사라 대표 등등. 여러번 네이밍의 변화들이 있었다. 이 변화는 변덕을 의미했던 것이 아닌 깊은 고민과 성장을 의미한다.

2022년 1월 초, 지식콘텐츠사업을 본격적으로 연구하고 시작하며 또 다시 새로운 시즌을 경험했다. 그리고 한동안은 1인사업하는 책쓰는 작가, 꿈쎄스 강으로 또 다른 임계점에 이르기까지 달려가게 될 것이다.

마흔이 가까이 왔다고 해서, 마흔이라고 해서, 마흔이 지나가고 있다고 해서 그것이 꿈을 잃어버리고 포기하는 이유가 되지 않기를 간절히 바람으로 이 책을 썼다. 사실은 신체적, 정신적, 영적으로 가장 완숙되어진 지금이 가장 완벽한 타이밍이지 않은가? 죽음 앞에 다가설 그 순간까지 가지고 살아야 할 자신만의 꿈과 미래를 왜 사회적 정의로 단정해버리고 벌써부터 놓아주는가 말이다. 이제야 비로소 인생 중반기에 도달했을 뿐이다.

다시금 이전의 삶을 되돌아보고 재정비하여 앞으로의 꿈을 더욱 다져야 할 시기이다. 이전보다 더욱 거대한 세상을 바꾸고 정복하려는 꿈, 자신 인생의 목적과 사명을 감당하려는 꿈, 가장 초라한 곳으로부터 시작하지만 최고로 찬란한 마흔살의 꿈을 위해 용기를 내야 할 시기이다.

미래의 꿈을 위해 오늘을 희생하는 것이 결코 아닌, 내일의 꿈을 오늘 사는 지혜를 이 책을 통해 얻게 될 것이다. 아주 명쾌하게 말이다. 오늘 이 책을 집어든 지금 그 행동이 '나로 살아갈 수 있는 마지막 기회'가 될지도 모른다. 가슴이 뜨거워졌다면 바로 나를 변화시킬 의지를 일으켜 보는 것은 어떤가.

딱 한번 사는 나의 꿈, 나의 인생을 가장 완벽한 타이밍에 실행할 수 있기를 간절히 소망한다.

강사라

contents

1장

마흔 살, 나를 위해 죽도록 꿈을 꾸기로 했다

2장

딱 한번 사는 나의 꿈, 나의 인생이니까

3장

꿈을 사는 완벽한 타이밍, 마흔

4장

내일의 꿈을 '오늘'의 현실로 사는 8가지 방법

마흔 살, 나를 위해 죽도록
꿈을 꾸기로 했다

01

나를 위해 죽도록
꿈을 꾸기로 했다

"하아……."

방바닥에 엎드려 널브러져 있다. 오늘도 인태기(인스타권태기)가 찾아왔는지 아무런 힘도 내지 못하고 있다. 바닥에 엎드려 있는데 팔에 힘을 주고 몸을 일으켜 세울 기력조차 나지 않는다. 온라인 빌딩을 세워 나만의 수익을 이루어보겠노라고 SNS를 시작해 미친 듯이 달렸다. 하루 꼬박 두세 시간을 자면서도 편히 잠자리에 깊이 들지 못하고 수십 번은 눈을 떴다 감았다 한다. 떠지지도 않는 눈꺼풀을 억지로 들어 올리고 또 그새 '좋아요, 안녕하세요.'를 반복하며 댓글을 달고 팔로워 수를 늘리고 있다.

코로나19 사태로 인한 새로운 세상을 전해 들었다. 김미경 씨의 '리부트' 책이 그러했고 강사님이 이야기하는 유튜브 영상이 온통 그 세상을 이야기했다. 이미 블로그라는 것은 끝물이 아닌가 싶을 정도로 오래되었는데도 이제야 내 눈과 귀에 들리기 시작했다. 그곳 온라인 세상에 내 능력만큼 빌딩을 멋지게 올려보자는 기대와 설렘으로 블로그를 시작했다.

안정적이고 성실함으로 인정받았던 직장을 그만두고 블로그를 시작하고 얼마 지나지 않아 인스타 활동을 본격적으로 했다. 그 당시에는 브랜딩, 콘텐츠라는 단어들이 어쩜 그리도 안 들렸을까 싶다. 지금 되돌아보면 강사님들마다 공통적으로 수도 없이 강조했던 내용들이었다. 안타깝게도 그때는 전혀 감도 느껴보지 못하고 알아듣지도 못했던 것 같다. 통일성 있게 나를 네이밍하고 브랜딩하라는 의미를 전혀 이해하지 못하고 내가 하고 싶은 대로 하던 것이 전부이다. 그 와중에 하나씩 겪어보고 시간을 흘려보내 보고 나서야 하나씩 알아가고 정리하기 시작했다.

이날도 어김없이 몸과 마음이 지쳐 무기력감에 눌린 날이 또 찾아왔다. 여느 때와는 조금 다르게 깊다는 느낌이 왔다. '처음으로 그만둘까?'라는 생각을 했다. 이제 나는 어떻게 할 것인가. 사실은 나만의 특출한 재능이나 콘텐츠가 없었다. 퍼스널 브랜딩을 해야 하는 나의 게시물들은 노래를 부르기도 하고 라방을 뜬금없이 하기도 하고, 춤을 추거나 책을 올리는 식이었다. 대부분은 이런저런 시도들을 하며 그동안 하고 싶었던 것들을 하나씩 해보는 일상 게시물들이다.

뜬금없이 '나는 누구인가, 나는 무엇을 좋아하는가, 나는 무엇을 잘하는가?'라는 질문을 하기 시작했다. 널브러진 상태에서 말이다. 참 재미있게도 십 대에도 던져보지 않은 질문이다. 누구나 한 번쯤은 십 대, 성장기에 '나는 누구인가'라는 생각을 깊게 하며 생각의 방황을 한다는데 전혀 해본 적이 없었다. 그런데 나이 마흔에 그것도 인스타를 하다 권태기에 빠져 이 질문을 하기 시작한 것이다.

당장 수입이 생길 것이라고 기대하고 시작한 일이었지만 쉽게 수익이 일어나는 일이 아닌 것을 깨달았다. '이왕 시작하고 여기까지 달려왔으니 한번 내 꿈을 위한 일을 살아보자'라는 결심을 했다. 직장을 그만둘 때만 해도 당장 생계가 두려웠지만, 신의 은혜로 그래도 살아지는 것을 보니 또다시 먹고살기 위함이 아닌 꿈을 시작한 일에 끝까지 해보자라는 마음이 커졌다.

켜켜히 쌓이듯 연속되는 고민과 깊은 담금질 속에서 깨달았다. 아니, 어쩌면 선택했다는 것이 더 정확할지도 모르겠다. '나는 말을 잘해, 언어능력이 좋아.' '나는 책을 너무 좋아해. 그러니 나도 도서 협찬이라는 것 받아보자.' 순간 '나보다 말 잘하는 사람이 얼마나 많아?'라는 생각이 스치기도 했지만 거절하기로 했다. 그리고 선택했다. '나는 말을 잘하는 사람이야!!! 이제 기름칠만 하면 되겠어!!!' 두 돌이 아직 되지 않은 넷째 아이를 품에 안으며 꿈을 향해 전진하기로 결단했다. 이젠 더 이상 뒤돌아볼 생각도 말고 미친듯이 앞으로만 전진하기로 말이다.

'꿈'이라는 것은 누가 가르쳐주는 걸까? 선생님들이 애타는 마음으로 가르쳐 주셨는데 내가 한쪽 귀로 듣고 다른 한쪽 귀로 흘려버린 것일까?

이전 《10대를 위한 성공 진로수업》에서 어린 시절의 어두웠던 가정환경을 이야기했다. 스스로 부모와 환경의 한계 속에 영리하게 나를 가둬버렸는지는 모르겠지만 십 대 시절 나는 꿈을 그려본 적이 없다. 버스를 타고 학교에 오갈 때면 혼자 공상 속에 빠지기 일쑤였다. 집에 불이 나면 어떤 일이 벌어질까? 내가 죽는다면 가족들은 얼마나 슬퍼할까? 엄마가 나이 들어 할머니가 된다면? 어쩜 그리도 상상력이 풍부한지 그 상상들이 꿈을 위한 상상이었다면 현재가 달라졌을 텐데 말이다.

그리고 이십 대, 너무 열심히 살았다. 서울에서 직장생활을 전투적으로 하면서도 1주일에 두 번 영어학원에 가고, 두 번은 피아노학원에 다녔다. 또 어느 때는 동시에 플롯, 기타, 오카리나를 배우고 피아노학원에 다녔다. 그리고 또 무엇인가를 배우러 끊임없이 다녔다. 지금 생각해보니 무엇을 위한 것이었을까? 꿈이라는 것은 정작 없었는데 말이다.

스물아홉에 남편과 결혼했다. 어떠한 열심히 생겼던 것인지 사랑보다는 사명감이 더욱 나를 이끌었다. 남자에게 비전이 없다는 결론에 이르러 헤어짐을 결심한 순간, 그를 대학원 공부를 시켜 새로운 삶을 만들어줘야겠다는 굳센 의지가 생겼다. 대학원 공부를 시키고 그의 생활을 돕기 위해 입학 시즌에 맞춰 급하게 결혼식을 올린 것이다. 경험해보지 않고서는 결코 알 수 없는 그 무게가 어느 만큼인지 전혀 상상도 못 하고 말이다.

학비를 대면서도 생활비를 쓰고 저축을 할 만큼 혼자서 죽도록 벌어댔다. 가끔은 버텨내지 못해 쓰러지기도 했다. 고막염, 방광염, 피부염이 동시에 왔다. 그마저도 첫째 아이가 생기고 유산기를 보이며 일을 그만두게 되었다. 그리고 첫째 아이 출산과 함께 육아를 시작하며 오로지 자녀들을 위한 삶으로 옮겨갔다.

꿈을 위한 삶까지는 아니더라도 나를 위한 삶은 언제였을까? 어쩌면 가정에서 독립하여 결혼하기 이전의 그 짧은 몇 년간이지 않았을까 싶다. 늘 무엇인가를 위해, 누군가를 위해 살았다. 성장기에는 가정환경이라는 그늘이 나를 온통 덮었고, 결혼하고서는 남편을 위해, 자녀를 위해 그렇게만 살아왔다. 그렇게 사는 것이 내게 주어진 삶이라고 생각했다.

의지와 상관없이 끌려가는 것만 같은 삶을 살다 마흔이 되어 새로운 도전을 맞이했을 때 결코 쉬운 도전이 아님에도 불구하고 나를 위해 죽도록 한번 꿈을 꾸어보기로 했다. 그동안 무엇을 위해, 누구를 위해서만 살아왔으니 이번에는 이왕 시작한 거 다시 이전으로 돌아가지 말자고 말이다. 나를 위해 책을 사고 수업도 듣고 시간과 에너지를 투자해보자 결심했다.

죽도록 꿈을 꾸기로 작정한 사람들이 있다. MKYU온라인 대학에서 만난 열정 대학생들 말이다. 이전에는 아무리 주변을 둘러보아도 꿈을 이야기하고 꿈을 위해 사는 이들을 찾기가 어려웠는데 이곳에 있는 사람들은 모두가 강렬한 열정을 가지고 있다. 정작 본인들은 자신이 누구인지, 자신의 꿈이 무엇인지 무척 찾고 싶어 하지만 그들의 이야기와 열정을 듣다 보면 내 눈에는 어슴푸레 보인다. 그들이 원하는 것과 그들의 허풍스러운 진솔한 꿈들이 말이다. 자아 정체성을 찾아 자신의 인생과 목적을 찾아 나선 이들이 가득한 공간이 굉장히 맘에 들었다.

그들은 모두 '고군분투'하는 이들이다. 대부분 육아하다 답답해서 죽을 것 같아 절박한 심정으로 찾아온 이들, 소상공인으로 작은 가게를 하다 코로나19를 만나 먹고살기 위해 온 이들, 꿈이 없이 평생을 살아오다 이제 자신을 위해 한번 살아보고자 찾아온 이들, 가계에 조금이나마 보탬이 되어보고자 온라인 빌딩을 세우려고 온 이들. 폭발시키고 싶은 열정만큼이나 깊은 가슴에 울음 한가득 품고 왔다.

어쩌면 이리도 서로의 모습들이 다양하면서도 닮아있는지 절로 애절한 마음이 생긴다. 그동안 어떻게 참아왔을까? 한국의 어머니들이 본인의 삶이 아닌 가정과 자녀들을 위해 희생하며 살아왔듯이 그 삶을 손사레 치면서도 결국 그들도 자신의 열정들을 참아온 것만 같다. 수업을 동시에 예닐곱 가지를 듣고 과제를 하는 모습도 전투적이고 자기 계발과 의식과 마인드의 일으켜 세우는 열심도 전투적이다.

이들 틈에 끼여 나 또한 전투적인 꿈을 꾸었다. 100가지의 버킷리스트를 기록하고 그 중에서 가장 이루고 싶은 목표들을 하나씩 이루어가기 시작했다. 남편과 아이들이 책상 앞에 붙여진 버킷리스트에 진지한 관심을 가지기 시작했다. 왜냐하면 책을 출간하기, 컨설팅과 코칭하기, 1년 1책 내기, 개인승용차 구입하기, 카페 제작하기, 강연가로 세계 각지 다니기, 1인기업 창업하기 등등. 사소한 것에서부터 이상이라고 여겨졌던 목록에 이르기까지 하나씩 이루어내는 모습을 가장 가까운 곳에서 지켜보게 되었으니 말이다.

대학 시절 진로를 바꿀 기회가 있었지만, 그러기에는 너무 늦은 나이라는 생각에 용기를 내지 못했다. 그리고 이십 년이 지났다. 그때는 그 시절이 충분히 늦었다고 생각했다. 어찌 보면 지금이 훨씬 더 늦었는데 말이다.

하지만 나이 팔십이 되어 동일한 안타까움을 갖지 않기 위해 지금 꿈을 향한 마음을 받아들인다. 종종 남편과 자녀들에게 미안한 마음이 들기도 한다. 그들을 위한 일보다 나를 위한 일에 더 애쓰는 것 같아서 말이다. 어쩌면 이십 대에 용기를 내지 못해 이십 년을 평범하게 흘려보냈던 것처럼 지금 용기를 내지 못하면 또다시 이십 년은 족히 이대로 흘려보낼 것만 같다. 그래서 급하고도 절박한 마음으로 움켜쥐었다.

'나를 위해 죽도록 꿈을 꾸기로 말이다.'

넷 아이를 키우는 엄마가
'꿈을 찾는 방법'

"엄마~코오 자~, 엄마 같이 코오 자~!"

넷째가 불러대는 소리이다. 첫째 둘째는 자다가 깨면 기어서든, 눈을 비비며 걸어서든 직접 엄마를 찾아 나왔었다. 셋째 정도가 되었을 때는 엄마는 그러려니 하고 언니 오빠 옆에서 뒹굴며 잤던 듯하다. 그런데 넷째는 엄마가 옆에 와서 품에 안아 누울 때까지 쉬지 않고 불러댄다. "엄마~ 같이 코오 자자~"라고 말이다. 나름 잔꾀를 내어봤다. "응~ 엄마 쉬하고 갈게~" "응!" 그렇게 기다리다 조용히 잠들기도 했다. 기발한 아이디어라고 생각했지만 그것 마저도 몇 번밖에 써먹지 못했다.

현재 초등학생 5학년인 첫째를 낳고서부터 새벽에 일어나 나만의 시간을 가졌다. 대부분 책을 읽는 시간이다. 십여 년이 지나도록 초저녁 여덟아홉 시 쯤 아이들과 함께 잠들어 새벽 두 시쯤이면 조용히 일어난다. 그동안 책을 읽으며 나만의 평안한 시간을 보냈는데 넷째 이후로는 그 생활이 위기에 처했다.

넷 아이들을 키우며 꿈을 찾아가기란 결코 쉬운 일이 아니다. 사실 처음부터 꿈을 찾아 나선 것은 아니다. 매일 반복되는 일상과 혼자서 육아하며 닳아가는 삶이 견디기가 힘들어 시작한 새벽 독서의 시간이다. 책 읽는 것을 유독 좋아하기도 했지만 나만의 시간, 공간이 없는 것이 왜 이리도 답답하고 괴로운지. 너무 고통스럽다시피 해서 살아낼 틈새를 찾아낸 것이다.

그러다 나이 마흔이 되어 구체적으로 꿈을 찾아가며 채워지는 새벽 공간 그래서 어느새 '새벽을 사는 여자'가 타이틀이 되었다. 목적이 있는 공간과 시간이 되었다. 때로는 무기력하게 앉아있기도 했다. '도대체 나는 왜 이렇게 힘들게 살까? 남들은 그냥 편하게 사는 것 같은데 나는 왜 이렇게 지치고 힘들게 새벽에 일어나 굳이 책을 읽고 있는 것일까? 무엇을 위해서?' 한 달 동안을 책을 들춰보지 않았다. 지친 삶에서 책은 그다지 필요 없다고 느껴졌기 때문이다. 아무런 변화도 없는데 말이다.

그런데도 또다시 책을 펼쳐 드는 나는 영락없이 꿈을 향한 간절함이 무의식 속에 깊이 자리하고 있었던 듯하다. 그럴 수 없는 상황에서조차 그럴 수 있는 상황을 만들어내는 것을 보면 그것이 답을 찾는 방법인 것 같다. 누군가는 이야기한다. '책 읽을 시간이 어디 있냐? 살기 편한 소리 하고 있다.' 그러면서도 유튜브 영상을 보고 밤늦게까지 드라마를 시청하고 있는 그들의 모습이 모순이면서도 충분히 이해되기도 한다.

그러나 일반적인 모습과 다르게 냉정히 또 다른 이상적인 미래를 위해서 오늘, 무엇인가 꿈을 찾는 일을 하는 것 일뿐이다.

드디어 오랫동안 참아왔던 화가 폭발했다. '우당탕쿵탕, 우당탕쿵탕!!!' 누구를 향한 화는 분명 아니다. 한 번씩 참기 어려울 정도로 찾아오는 오늘과 같은 날은 온 우주가 괴롭히는 것만 같다. 퇴근하고 온몸은 지칠 대로 지쳤고, 집안은 온통 어지럽혀져 있고 설거지는 가득 쌓여있다. 아이들 저녁을 준비해야 하고 준비하는 동안에도 너도나도 할 것 없이 귀가 따갑도록 엄마를 불러댄다.

순간 몸은 제자리에 주저앉을 듯만 하고 해야만 하는 일들은 태산처럼 한가득, 이러한 일들은 내 눈에만 보이는가 보다.

"도대체 나는 언제까지 이렇게 살아야해!!!!"

"나는 대체 언제까지 이렇게 살아야 하냐고!!!"

내지른 고함이 그나마 있던 진을 더 빼어놓고 말았다. 모두 다 엎어버리고만 싶었다. 뒤늦게 찾은 꿈에 대한 열심이 커지면 커질수록 빨리 잘 해내고 싶은 욕심도 덩달아 커졌다. 정신을 차리고 보니 이것이 내가 원하는 모습인가 싶다. 하고 싶은 일들을 시작하고 꿈을 위한 일들을 하는 것은 분명한 듯한데 정작 가족들에게 소홀히 하고 남편에게 화를 내는 것이 진정 내가 원하는 모습인가? 꿈이 이루어질 때까지 이렇게 감정들까지도 희생시키며 가야 하는 것인가? 라는 질문들이 머릿속을 가득 채웠다.

나는 미래의 이룰 꿈을 위해 악착같이 현재를 희생시키며 살지 않고 지금 이 순간에 원하는 꿈을 살기로 결단했다. 꿈을 새롭게 받아들이기로 한 것이다. 미래 현실을 지금으로 하나씩 하나씩 가져와 지금 꿈을 살기로 말이다. 현재 나는 꿈을 살고 있기 때문에 조급하지도 현재를 희생시키지도 않는다. 완벽한 꿈이 이루어진 상태는 아직 멀리 있을지라도 분명히 그 꿈의 일부가 지금에 있다. 하여 내 마음은 가득 채워진 미래적인 꿈과 현재를 사는 꿈 덕분으로 너무 행복하고 즐겁고 신이 난다. 이러한 감정들은 미래 현실을 더욱더 강하게 끌어당기고 있다. 꿈이 일상이 된 것이다.

순간 깜박 잊을 때도 있었다. 초반에는 내 일상들이 이미 꿈을 사는 것임을 스스로 말해주는 것이 의지적으로 필요했다. 지금은 신념이 되어 명확하게 자리 잡았다. 그렇지 않았다면 불행히도 손에 잡히지 않은 그것만 잡으려 달리느라 현재의 꿈을 사는 기쁨을 전혀 누리지 못했을 것이다. 할머니가 되어 꿈을 이루었노라고 기뻐하는 그 순간을 위해 지금의 현실들을 희생시킨다는 것은 너무도 억울하고도 어리석은 일이지 않은가.

이러한 의식 전환과 마인드 셋은 육아맘들에게는 가장 우선이 되고 기본이 되는 필수조건일 테다. 자신의 꿈을 찾기 위한 일에 너무 많은 걸림돌들이 있다 보니 이것을 뚫지 않고서는 감히 시작조차 불가능하다. 물론 각자의 형편들과 어려운 상황들은 모두 있겠지만 남자라면 조금은 그래도 가볍지 않을까 싶어 하는 말이다. 그나마 자신이 하고 싶은 취미생활 또는 원하는 일들을 집안 살림과 육아의 80% 이상을 감당하고 있는 여성들보다는 훨씬 시작하기가 쉬울 테니.

긍정 의식과 긍정 마인드 셋으로 시작했을지라도 매 순간 버텨 내야 하는 마인드 관리 또한 신경 써 줘야 한다. 우리 여성들은 이미 내 몸 하나가 움직이는 것이 아니라 남편과 자녀들이 함께 움직이지 않는가. 천성적으로 긍정적이고 역동적인 나도 마인드 관리를 결혼하고 14년째하고 있다. 삼십 대 초중반이 지나가며 자유자재로 마인드를 세팅할 수 있게 되었다.

이전에는 아는 사람들은 알 정도로 남편과 미친 듯이 싸웠고 자녀들에게는 화내지 않는 엄마로 인정은 받았으나 참느라 속이 먹먹했다. 의식 전환과 마인드 셋이 이루어지더라도 마인드를 관리하는 일은 오래도록 반복된 연습과 이겨낼 힘이 필요하다는 것을 이야기하고픈 것이다. 내면의 성장과 성숙이 이루어지면서 '아닌 상황'들을 이겨낼 힘이 생겼다.

'우당탕쿵쾅' 순간 감정이 격해지고 자괴감이 들어도, 소리를 꽥 지르고 감정이 바닥 아래로 가라앉아도 회복탄력성은 정말 놀랍기까지 하다. 생각을 선택하고 감정을 선택한다. 때로는 생각과 감정이 허락하지 않을 때조차도 의지를 선택한다. 넷 아이를 키우는 엄마가 자신의 꿈을 찾는 방법이다. 매우 사소해 보이지만 사실, 이러한 사소한 일들로 쉽게 무너지지 않는가.

"아, 바로 얼마 전 일이었는데 전혀 생각이 나지 않아요."

"사라씨도 나랑 똑같네. 역시 나이는 어쩔 수가 없나봐~."

"아핫! 그런가요? 하하하하" 호탕하게 함께 웃고 넘어간다.

정말 그럴까? 언제부턴가 나이 탓을 하는 일은 없다. 나이 칠십세가 되기까지는 누구든 이십 대처럼 건강하게 활동할 수 있다는 연구 결과가 있다고 며칠 전 스쳐 들었다. 단지 스스로가 나이를 먹어서 늙었으니 라고 허용하기 때문에 노화가 빠르게 진행될 뿐이다. 기억력 같은 경우도 나이가 들어서 기억력이 현저히 감소하는 것이 전부는 아닐 테다. 분명 뇌를 계속 사용하면 더 미세하게 성장하고 발달한다고 했으니 말이다.

마흔이 지나 기억력이 감퇴해서가 결코 아니다. 스스로 선택했다. 중요한 것과 중요하지 않은 것을 분류했다. 이제는 내 꿈과 사업을 위한 일들 속에서조차 우선순위를 매긴다. 그것들을 위한 선택적인 집중과 몰입이 이루어진다. 온통 사업과 관련된 아이디어, 전략과 내용들이 머릿속에 가득하다. 그래서 중요하지 않은 것들은 스스로가 기억하지 않게 된 것들이 많다. 중요한 것들을 순간마다 메모해야 하는 것도 중요하지만 그렇지 않은 것도 때마다 메모해 두어야 하는 이유이기도 하다. 중요도를 두지 않은 경우 정말 까마득하게 잊어버리기 때문이다. 이것이 내가 넷 아이들을 키우며 꿈을 살아내는 방법이다.

정리해보자면, 나만의 공간과 틈새 시간을 만들어낸다. 그 시간은 되려 여유를 부릴 때보다 더욱 촘촘하게 채워져 양이 어마어마하다. 솔직히 시간이 없다는 절실함이 생기니 쓸데없이 인터넷 쇼핑하거나 TV를 보는 일은 절대 생기지 않는다.

　현실과 꿈의 격차 속에서 꿈을 지금 이 순간 살아내기 위해 의식과 마인드를 세팅한다. 꿈에 대한 확신과 신념을 위해 굉장히 중요한 부분이다. 일상 속에서 자신의 마인드 컨트롤을 하는 것 또한 지혜롭게 대처하지 않으면 순간 두 손에서 놓아버리는 실수를 할 수 있다. 그렇게 되면 회복하는데 또 다른 소모가 생긴다. 그러한 요소들이 여성들에게는 너무나 많다는 것에 연민의 마음을 보낸다.

　해야 할 많은 일들 가운데서 우선순위를 선택한다. 중요도를 정하는 것이다. 여성들의 일상 가운데 해야 할 일들이 정말 많다는 것을 충분히 안다. 그럼에도 우리는 꿈을 살아야만 하지 않는가. 그렇다면 꿈을 위한 딱 한 가지를 매일 꼭 해야만 한다. 우선순위의 가장 첫 번째가 되는 꿈을 사는 일을 선택하고 실천하기를 바란다. 나머지는 알아서 제자리를 찾아가게 될 것이니 말이다.

03

왜 꿈을 꾸는 것을
그토록 망설이는 걸까?

'왜 인생이라는 게임에서 레버를 당기는 것은 그토록 망설일까?'

너무도 잘 알고 있는 드로우 앤드류씨의 《럭키 드로우》의 일부 내용이다. 서문에 흑백사진과 함께 소개된 그의 라스베이거스에 갔던 이야기를 해보려 한다. 카지노 호텔의 수많은 사람들이 휘황찬란한 슬롯머신 앞에 앉아 게임을 즐기고 있다. 잭팟을 터뜨릴 것이라는 기대와 설렘으로 거침없이 레버를 당긴다. 돈이 사라져가는 것도 모른 채 아무런 두려움 없이 말이다. 그 모습을 지켜보며 그는 의아함을 가지고 하나의 질문을 던졌다.

'오직 운으로만 결정되는 이 게임에서는 두려움 없이 돈을 넣고 레버를 당기면서 왜 인생이라는 게임에서 레버를 당기는 것은 그토록 망설이는 걸까?'

많은 이들이 이러한 모습으로 살아가고 있다. 중요하지 않은 것들에 두려움 없이 돈을 넣고 레버를 당긴다. 그리고 정작 중요한 자신의 인생의 목적과 꿈을 위한 일에는 주춤거리며 망설이다 그 자리에 이내 멈춰버리고 마는 것이다. 나 또한 언제부터인지는 모르겠으나 별반 다르지 않은 이러한 삶을 살아왔다. 매일같이 먹고 사는 일들, 큰 가치는 없지만, 일상처럼 소비해야 하는 일들, 남들처럼 살기 위한 일들에 온 힘을 다했다. 그것이 내 일생에 충실을 다하는 삶이라고 생각했다.

95%의 평범한 일반인들이 자신들이 태어난 운명대로 살아가는 것처럼 그렇게 인생의 순리대로 사는 것이 인생이라고 말이다. 한때는 벗어나 보려고도 했다. '가계의 흐르는 가난을 끊어야 해, 조상들로부터 계속 반복되는 불운의 고리를 끊어야 해.'라고 말이다. 하지만 그 고리들을 끊어내기에는 나의 의식이 턱없이 부족했고 할 수 있는 일이 아무것도 없어 보였다. 그저 그러다 말았다.

어느 순간 '내 인생도 특별한 목적이 있다.'라는 작은 희망을 보게 되었을 때 그때부터는 망설이기 시작했다. '꿈을 꿀 것인가 말 것인가. 꿈을 선택할 것인가. 꿈을 위해 무엇을 포기할 것인가.' 꿈을 가지는 것에서부터 시간과 노력, 배움의 돈을 투자하는 것에 이르기까지 하나하나 모두가 말이다. 왜일까? 왜 그리 막연하고 불안하게만 여겨졌을까.

'나'라는 작은 우물 속에서 생긴 대로 살아야 한다 생각하며 평생을 살아왔다. 내 의식은 열심히 다른 삶을 살려고 애썼을지라도 삶의 패턴은 그렇게 흘러갔다. 대부분의 사람들이 그렇게 자신들의 태어난 가정과 환경, 사회라는 작은 우물 속에서 서로의 모습을 담아내며 살아간다. 의식의 뚜껑이 열리는 것만으로도 굉장한 기적의 일일뿐더러 넓은 의식 속으로 한 발을 내딛는 것은 큰 용기와 결단을 해야하는 것이다. 각자가 서로 다른 세계를 살고 있다는 것, 나 또한 다른 세계를 살 수 있다는 것을 깨닫고 체득하게 되는 것은 기적이 일어나는 것과도 같다.

도둑질도 처음이 어렵지 한번 시작하게 되면 대담해지는 법이다. 나이 마흔이 지나 '이제는 나도 내 꿈을 위해서 한번 살아보자.'라고 결심했다. 그리고 가는 방향만 바라보기로 작정했을 때 이미 그곳에는 '망설임'이 없다는 것을 알게 됐다. 실제와 같던 두려움이 형체도 없이 사라진 것이다. 유독 꿈을 망설이는 이들은 어쩌면 자신의 인생 가운데 꿈을 선택하고 시작해본 적이 없기 때문이지 않을까 하는 생각이 든다. 하지만 어느 순간 단 한 번 자신의 꿈을 위해 무엇인가 액션을 취한다면 어떤 일이 일어날까? 어쩌면 그 결과는 또 하나의 기적을 일으키는 일일지도 모른다. 자신의 꿈을 위한 시작과 시도, 얼마나 해보았는가. 시도하지 않았기 때문에 일어나는 '망설임'이다.

'아무도 듣지 않는다.'

너의 꿈이 무엇이니? 라고 물으면 너도나도 할 것 없이 모두에게
스쳐 지나갔던 꿈이 있다. 바로 '대통령' 말이다. 지금 시대에 와서
는 공감이 안 되는 이야기일지도 모르겠으나 나와 비슷한 또래 어
린 시절에는 그랬다. 지금은 '대통령'이 아닌 모든 어린이들의 입에
서 거침없이 나오는 공통적인 선망되는 꿈이 있을 것이다. 점점 철
이 들어가며 좀 더 현실적으로 가능한 꿈들을 가지게 되더니 직장
생활하고 나이가 들어가면서는 그 꿈이라는 것도 사라져 터무니
없는 질문이 되어버리고 말았다. 이 정도쯤이 되면 "꿈이 무엇인가
요?"라는 질문에 너도나도 허둥대기 시작한다. 세상에 이보다 더
어려운 질문이 있을까 싶은 정도로 말이다.

눈치챘을 수도 있겠다. 누군가의 시선을 의식하게 되면서 꿈은
우리들 안으로 깊이 숨어들어 가기 시작했다. 부모님의 시선, 학교
선생님과 친구들의 시선, 환경과 상황 속에서 만들어진 여러 관계
와 시선들을 통해 꿈은 내가 아닌 다른 이의 판단을 받게 되었다.
그리고 누군가의 판단에 자신의 꿈이 단정 짓게 되는 것을 자신도
모르는 새에 허락하고야 말았다. 처음에는 '내가 꿈을 남의 손에 맡
겨도 되는 것일까?'라는 의문과 함께 두려움을 가졌을지도 모른다.
그러나 곧 한 번 두 번 허락하더니 금세 습관처럼 자연스럽고 편안
함이 되어버렸다.

그러니 '아무도 듣지 않는다.'라고 생각해보는 것은 어떨까. 아무
도 당신의 꿈이 무엇인지 관심 없으니 맘껏 이야기해 보라고 말이
다. 그것도 조심스럽다면 맘껏 허풍을 떨어보라고 말하고 싶다. 이

루어지든지 말든지, 비현실적인지 이루어질 가능성이나 있는지 없는지 상관 말고 맘껏 떠들어 보자. 자신이 뱉어낸 말이라고 책임을 지지 않아도 된다. 어떤가. 신나게 떠들고 싶어지지 않는가. 머릿속에 마구 떠올라 퍼내고 싶다. 샘물 퐁퐁 솟아나는 맑은 물을 두 손으로 퍼 올리듯이 어느새 얼굴 한가득 미소가 피어오르는 듯싶더니 입가가 실룩거리고 하얀 치아가 드러난다. 감출 수 없는 기쁨이다. 여기서부터가 시작이다.

나이 마흔이 훌쩍 지났으니 괜찮다. '인생 뭐 별거 있냐?'는 맥주 한잔으로 오가는 서로의 위로가 자꾸만 우리들을 현실에 안주하게 한다. 새로운 시작을 하기에는 너무 늦었다고 생각하는 사람들이 한데 모여 설사 누군가 그 무리 속에서 새로운 시작을 할까 봐 노심초사한다. 누군가의 아내이고, 누군가의 엄마여서 꿈은 더 실현 불가능하게만 보인다. 사회가 그렇고 모든 사람들의 인식이 그러니 자신도 그것이 조화로운 것이라는 생각이 더 굳어간다.

꿈은 현실이기도 하지만 이상이기도 하다. 지금 나는, 꿈을 현실 가운데 실현해내고 있지만 그와 동시에 이루어내야 하는 이상으로도 존재한다. 아주 오래전 죽을 것처럼 힘들었던 시기가 있었다. 결혼과 동시에 고향과 가족, 친구들을 떠나 대전으로 거주지를 옮기고 신혼생활과 함께 남편의 대학원 뒷바라지를 하기 시작했다. 철이 없던 남편은 학교생활도 가정생활도 그다지 충실하지 않았고 주말까지 종일 일을 하며 애쓰는 아내의 집안일 하나 돕는 법이 없었다.

첫 아이를 임신하고 유산의 위기를 맞으며 직장을 그만두고 집안에 종일 있게 되었다. 남편은 학생이었고 벌이가 끊겼다. 경제적인 어려움이 생겼고 남편은 새벽에 나가 새벽에 들어오기 일쑤였다. 그때 죽지 않고 살아낼 수 있었던 힘은 매일 출퇴근하듯이 오갔던 교회의 저녁기도 시간이었다. 맘껏 소리높여 찬양과 기도를 하며 눈물을 쏟고 나면 타들어가던 까만 속이 깨끗이 맑아졌다. 가던 발걸음은 늘 무거웠으나 돌아오는 발걸음은 어느새 가벼워져 찬양을 흥얼거리며 집으로 돌아오고는 했다.

그러나 어느 순간 그마저도 공허해지기 시작했다. 기도하고 얻은 은혜가 크면 클수록 현실로 되돌아오는 내 형편과 상황들이 텅텅 비어 있는 것만 같았기 때문이다. 세상 모든 것을 다 얻은 것만 같은 용기와 담대함으로 가득 채워졌는데 돌아오는 길목에서 스멀스멀 혼자 감당 해야할 현실들이 느껴지기 시작한 것이다. 에너지가 조금씩 허공으로 흩어지기 시작한다. 이상과 현실의 괴리감이 너무도 커서 괴롭기까지 했다. 물론 현재는 그 텅 빈 공간을 채우는 지혜를 가지고 있지만 말이다.

괴리감 속에서 꿈을 선택하는 데는 뚫어내는 시간과 성장이 필요했다. 한두 번 '나도 꿈을 꾸어볼까?'라는 기대와 의심 섞인 결정 속에서 어떤 시도들을 하다가도 금세 다시 제자리를 찾아가기 일쑤였다. 꿈틀거림이 때로는 고통처럼 여겨지기도 했다.

죽음의 침상에 누웠을 때가 망설이던 모든 것들이 가장 명확해지는 순간이지 않을까 싶다. 하고 싶은 많은 것들이 있었는데 왜 그리 망설이고 하지 못했을까 라는 후회들이 가득한 순간. 그토록 커 보였던 사건과 문제들이 죽음의 문턱 앞에서는 아주 작은 먼지와도 같아지는 순간. 대신 급하지 않아서 무시하고 지나쳤던 것들이 필름처럼 선명해지고, 일하느라 나중으로 미뤄둔 가치 있는 일들이 떠올라 안타까움과 후회스러움을 남긴다. '무엇이 중요해서 내 인생의 소중한 그 일들을 도전도 해보지 못했을까.' 하고 말이다.

솔직하게 자신을 대면하여 동일한 질문을 던져보기를 바란다.

'왜 나는 꿈을 꾸는 것을 이토록 망설이는 것인가?'

내면의 소리에 귀를 기울인다면 진정한 망설임의 이유를 찾게 될 것이다. 망설이고 있는 나를 찾게 된다면 한결 가볍게 내 꿈을 위한 일을 시작하게 되지 않을까. 바로 지금 여기에서 말이다.

04

나는 그저 최선을 다해
돈을 벌고 싶었다

'내가 먹고 싶은 음식은…… 글쎄.'

신기하게도 넷 아이들 중 어느 아이도 태몽을 꾸지 않았지만, 더욱 신기한 것은 아이를 임신하고 나서도 특별히 먹고 싶은 음식이 없었다는 것이다. 남들은 복숭아, 딸기, 자두 사나흘에 걸쳐 한 박스씩 해치울 정도로 상큼하고도 신 과일이 먹고 싶다고도 하고 평상시에는 먹지도 못했던 순대며 곱창과 같은 음식이 마구 당기기도 한다던데 말이다. '어쩌면 그럴 수 있을까?' 생각하는 사람들도 있겠지만 이미 내게는 먹고 싶어도 먹을 수 없다는 강한 체념이 그 생각조차 막아섰던 모양이다.

요즘 같은 시대, (벌써 지금으로부터 10여 년 전의 일이 되었지만) 첫아이를 임신하고 모든 가족들의 관심과 축하를 받아야 마땅할 그 시기에 며칠을 굶고 있었다. 다행히도 김치를 무진장 좋아한 덕에 김치로 밥 한두 그릇을 뚝딱하는 것이 그리 궁상맞아 보이지는 않았다. 보일러를 돌려도 냉했던 추운 겨울을 보내고서 방안의 벽지가 온통 곰팡이가 슨 그곳에서 첫 출산을 하고 육아를 시작했다.

꽤 오래도록 가난했다. 자기연민에 빠지는 편은 아니라 내가 먹고 싶은 것은 참으면 그만이지만 아이들이 먹고 싶다고 하면 없어서 해주지 못하는 것이 더욱 안타까워 어떻게든 해주고 싶은 엄마의 마음이었다. "엄마, 간식 먹고 싶어요~" 평상시에 매일같이 간식을 사 먹이는 습관은 없었던 터라 1주일에 한 번 정도는 과자 간식을 사달라고 이야기가 나온다. 이날은 과자가 아닌, 치킨이었다.

아이들과 놀이라도 하는 것처럼 집 안에 있는 동전이란 동전은 모두 찾아 모았다. 돼지저금통은 이미 며칠 전 천 원짜리, 오백 원, 백 원짜리를 모두 긁어모았으니 이번에는 남아있는 백 원, 오십 원, 십 원짜리 차례이다. 옷장에 있는 옷 주머니들, 빈 가방 주머니들을 모두 뒤졌다. 그리고 모인 금액이 신기하게도 딱 치킨 한 마리 값이다. 아직은 아이들이 어려서 아빠 엄마가 돈이 없어 그러는지를 눈치채지 못함이 다행이다 생각하며 기쁜 마음으로 치킨을 주문했다.

"와아!!! 치킨왔다!!!"

"아……. 어쩌죠? 잔돈밖에 없는데요……."

치킨집에서 건수로 계산하고 사용하는 퀵서비스이다. 그래서 잔돈이 곤란하다고 한다. 주머니에 한가득 찰랑거리는 잔돈이 무거워서인지, 또 다른 곳으로 배달을 오가니 계산이 어려워서인지 그것까지는 모르겠지만 잔돈이 곤란하다는 배달 아저씨의 대답에 괜히 얼굴도 후끈 달아오르고 신났던 마음도 초조해졌다. 그도 그럴 것이 백 원짜리까지는 그렇다 쳐도 오십 원, 십 원짜리까지는 너무하기도 했다. 진상같은 고객이다. 그래도 어쩌랴. 어느 한쪽도 포기하지 못하고 고민하다 결국 남편이 배달 아저씨의 오토바이 뒷자리에 올라탔다. 동네 마트로 가서 잔돈을 천 원짜리로 바꾸기 위해서다. 우리 가족 치킨 한 마리의 사명을 가지고 말이다.

어릴 적에도 우리 집은 참으로 가난했다. 고구마와 수제비로 끼니를 때울 때가 있었고, 작은 고향 섬을 떠나 제주로 훌쩍 옮겨오신 이후로도 부모님은 오래도록 가난했다. 남의집살이하며 여러 번 부모님을 따라 이사를 다녔다. 그 시절에는 '우리가 가난하구나, 나는 가난하구나.'라는 생각을 하지 못했지만, 지금 생각해보면 걸어 다닐 때마다 방안에 바퀴벌레 새끼들 수십 마리가 사람 다니듯 다니던 기억도 있다. 친구들이 가진 문구류가 늘 부러웠고 모두 마시는 우유 급식도 어려워 다른 친구들 것을 훔쳐 먹기도 했다.

천만다행으로 교육을 시켜야 우리처럼 살지 않을 것이라는 엄마의 철칙으로 대학까지 공부를 마쳤다. 일찍이 부모로부터 경제적 독립을 하고 열심히 직장생활을 하며 아끼고 또 아끼며 저축까지 했다. 아무런 기반이 없었던 터라 직장에서 버는 월급이 집세, 생활비 등으로 모두 나가버리니 목돈이 모이지는 않았지만, 그 이후의 또 다른 가난이 시작된 것을 생각하면 그때가 가장 풍요했던 때인 듯하다.

가난한 집안의 경제적 독립 준비조차 되지 않은 남편과 결혼하며 그동안 혼자서 저축해왔던 전 재산을 결혼자금으로 모두 끌어다 썼다. 고통스럽게 써야 할 돈조차 쓰지 못하고 모아오신 친정 부모님께서는 딸의 결혼자금으로 백만 원을 내어놓으셨다.

그렇게 나는 결혼과 동시에 또다시 가난해졌고 가난의 터널은 내가 성장하던 기간만큼이나 길게 이어졌다. 악순환되는 가난. 결국은 스스로 또 선택하고 찾아가는, 벗어날 수 없는 저주와도 같게 느껴졌다. 가난이 내 인생에서 내 임무나 되는 것처럼.

어느새 셋 아이들이 자라고 직장생활을 또다시 시작했을 때 만 원짜리 팔찌를 살 수 있게 되었다. 남편과 허덕이며 팔아치웠던 통기타, 금목걸이, 귀걸이, 결혼반지까지. 직장생활을 하니 이제는 반지 하나도 사고, 귀걸이도 하나 사는 여유에 저축까지 할 수 있었다. 그 저축은 다음 해 사글세(집세)를 내기 위한 필수 예비저축이었다. 그렇게 직장생활을 6년 가까이 하다 이제 또 직장을 그만두려고 용기를 내었다.

아무리 열심히 충성을 다해도 늘 막혀있는 담처럼 한계가 존재하는 것에 답답함을 느낀 이유였다. 그리고서도 가장 큰 이유는 최선을 다하면 최선을 다한 만큼의 결과물을 얻게 될 것이라는 기대였다. 이미 누구 못지않도록 죽을힘을 다해 살아왔으니 죽을힘을 다해 무엇을 할 자신이 있었다. 최선을 다한 일에 그만한 결과물을 얻고 싶은 것이 기대이고 소망이었다. 그 기대 하나만으로 직장의 안정적인 수입을 거절하고 초조한 마음으로 새로운 선택을 했다. 그리고 미친 듯이 달려들었다.

《블로그 투잡 됩니다》박세인 작가님의 책과 강의로 블로그 시작을 했다. MKYU열정대학생으로 김미경 학장님의 온라인대학 입학을 하고 인스타 강의를 들으며 인스타그램을 시작했다. 생소하지만 코로나19로 인해 새로 접하게 된 온라인 빌딩 세우기이다. 전혀 나와 상관없던 SNS를 시작하게 된 것이다. 블로그에 열심히 포스팅하기 시작했다. 인스타그램 강의를 열심히 들으며 함께 시작한 커뮤니티 친구들과 열심히 달렸다. 당시 인스타 강사셨던 임헌수 소장님의 눈에는 들지 못했지만 그래도 열심히 팔로워를 늘려가며 온종일의 시간을 쏟았다.

SNS로 큰돈을 벌어보자는 생각보다는 생활비는 벌 수 있으리라 생각했다. 당장 직장을 그만두고 올인을 했던 각오만큼 생활비는 직접 해결할 수 있으리라 생각한 것이 큰바람이었을까. 수익과 연결된 결과는 너무 미미했다. 어느 순간에는 '내가 돈을 버는 것에는 재주가 없구나. 나는 돈을 버는 것에 그다지 관심이 없구나.'라는 생각에 이르렀다. 지금 생각해보면 그 이상을 돌파해내지 못하고 '가난'이라는 패턴 속에서 다람쥐가 쳇바퀴를 열심히 달리듯 그렇게 또 다시 돌고 도는 형태였던 것 같다. 계속 동일한 패턴 속에서 끝도 없이 맴돌 듯이.

하늘에서 돈이 뚝 떨어지기를 바란 것이 아니다. 로또복권이라도 당첨되기를 바라는 마음으로 복권 한 장 사본 적도 없다. 터무니없더라도 돈을 많이 벌고 싶다는 생각이라도 해봤으면 좋겠다 싶은 정도로 강한 체념이 또 나를 먹어버린 것만 같다. 돈을 벌어 성공하고 싶다는 간절한 열망, 욕망이라도 강하면 돈이라도 벌 수 있을 텐데 그런 욕심을 가져본 적도 없다. 돈에 대해 간절함을 가지고 싶을 만큼, 너무 평범하게 그저 최선을 다하는 만큼, 딱 그만한 합당한 수입을 가지고 싶었을 뿐이다.

시간이 지날수록 직장을 다니며 단순히 몸으로 열심히 뛰면 그만이었던 것보다 돈을 벌기가 너무 어렵게만 여겨졌다. 사실은 돈을 버는 방법이 생소했었으리라. 이전에는 몸을 움직여야 했던 일이라면 머리를 움직여야 하는 일이었다. 그런데 그 때까지만 해도 돈을 버는 방법이 다르다는 것을 알지 못했다. 온라인에서 돈을 버는 방법은 기본적으로 기획과 전략이 필요했다. 그런데 나는 1년이 넘도록 기획과 전략에 대해 생각조차 해보지 못했다. 이미 방법을 아는 이들이 이야기하는 말조차 이해하지 못하고 겉만 비슷하게 따라 하고 있었을 뿐이다.

돈에 대한 열망을 가지는 것도 가난의 굴레를 벗어나기 위한 한 가지 큰 과제였다. 그동안 가난하게만 살아와서인지 돈이 없으면 없는 대로 감사한 일이고 있으면 있는 대로 감사한 삶이라고 생각해왔던 것이 문제이다. 오래도록 뿌리내린 가난에 대한 관용이 가난한 생각을 가지게 했고 그 생각이 실체가 되어 나의 삶을 주도해왔다는 것을 알게 되는데 일 년 이상의 시간이 걸렸다. 물론 가난을 벗어나고자 하는 발버둥은 있었지만 굴레 속에서 힘겹게 꿈틀대기만 한 격이다.

《언스크립티드》저자 엠제이 드마코는 '각본에서 탈출하라.'고 주장했다. 부모 혹은 조상들로부터 전해져 내려오는 잘못된 신념과 관습, 가치와 패턴들을 각본이라고 표현하며 각본에 의한 인생의 규칙들에서 탈출하라고 말이다. 최선을 다해 돈을 벌고 싶었지만 사실은 최선이라는 그 의미 속에 돈을 벌 수 없는 나만의 패턴이 숨겨져 있었다는 것을 깨달았다.

최선을 다해 돈을 벌고 싶었지만, 이미 그 최선이라는 의미 속에 경계선을 그어놓고 돈을 벌지 못해도 되는 나만의 변명거리를 합리적으로 만들어놓은 것이 '최선'의 실체였다. 돈이 벌어지면 다행이고 돈을 벌지 못해도 어쩔 수 없다는 이미 포기한 최선. 그렇게 나는 그저 최선을 다해 돈을 벌고 싶었을 뿐이다.

05

기회가 없는 줄 알았는데
사방이 '기회'

2020년 마흔 살, 9월쯤 인스타그램을 시작하며 가장 경험해보고 싶었던 위대한 일이 있다. 그것은 바로 '도서 서평단, 도서 서평, 도서 협찬' 해시태그를 달고 나타나는 도서 리뷰 게시물이다. 너무 대단해 보이고 훌륭해 보였다. 책을 좋아하는 나로서는 누가 저런 고귀한 일을 할 수 있는지 선망의 대상이었다. '도서 협찬'이라는 용어도 매우 생소했지만, 도서를 어떤 사람들이 협찬받고 리뷰를 쓰게 되는지의 내용과 과정도 전혀 모르던 나는 전혀 할 수 있는 일이 아니라고 생각했다. 지금 생각하면 너무도 쉬운 일이어서 그 당시의 소망을 품던 간절함에 '참 순수했다.' 웃음이 나지만 말이다.

처음 내게로 온, 이전에 경험해보지 못한 새로운 사건이었다. 어느 날, 아무런 기대 없이 도서 서평단 모집글에 댓글을 남기고 참여했을 뿐인데 띵동 '도서 서평단 이벤트에 당첨되신 것을 축하드립니다.' 친절하게 출판사로부터 디엠(다이렉트메시지)이 왔다. 브랜딩 게시물로 한참 열을 올리고 있던 때라 분주했었음에도 불구하고 이것만은 꼭 해보고 싶었던 경험이었기에 망설임 없이 응했다. 꽤나 자부심을 가지고 당당하게 해시태그를 걸었다. #도서리뷰 #도서협찬 #도서서평

　인스타그램은 이런 곳이었다. 아직은 내세울 만한 것이 하나도 없었지만 동일한 마음과 목적을 가지고 모인 사람들과 새로운 만남을 가지고 함께 기회들을 찾아가는 또 다른 세계. 지금은 SNS가 새로운 커뮤니케이션 방식으로 보편적인 일상 공유와 온라인비즈니스 형태로 자리를 잡았다. 하지만 처음 SNS 시작할 때인 2, 3년 전만 해도 일반인들이 인스타그램을 한다는 것은 인식이 그리 좋지 않았다. 연애인들이 그들의 일상을 보여주는 팬서비스가 대부분이었고 더 나아가 SNS를 하는 일반인들이라면 시공간 제약 없이 여기저기 퍼다나르는 돈 자랑하는 곳에 지나지 않다고 대부분 생각했기 때문이다.

　하지만 직접 온라인 안에 들어와 경험을 해보니 오프라인에서 접하지 못한 새로운 지식과 정보들에서부터 시작해 직접 시도해볼 수 있는 다양한 기회들 천지였다. 넷 아이를 육아하며 환경과 형편의 제약이 많아서 시도조차 하지 못하고 의례 포기해야 했던 많은 일들을 해볼 수 있는 정말 다행스러운 곳. 그런 곳 말이다.

　한 걸음씩 유치한 곳에서부터 시작한 나의 인스타그램은 점점

모양새를 갖춰가기 시작했다. 우선은 그동안 숨겨오고 감춰졌던 욕구들을 맘껏 꺼내 보았다. 세상 예쁜 미소와 포즈를 취해가며 결혼 후 한 번도 찍어보지 않았던 셀카를 찍고, 책을 읽으며 라이브방송을 했다. 삼사십 대가 무엇이랴! 너도나도 춤을 추니 덩달아 춤을 추고 노래도 불러 영상을 올렸다.

어느새 1년이라는 시간이 지나고 또 다른 성장이 시작됐다. 실행력과 추진력에 속도가 붙어 소비자가 아닌 생산자가 되기 위해 네이버 카페를 만들고 유튜브를 시작했다. 책을 쓰고 작가가 되겠다는 꿈은 감히 꿔보지도 않았는데 어느 순간 책을 써야겠다는 결단을 하기까지 이르렀다. 그 결단은 많은 기회들 속에서 하나씩 시도한 실행력들의 결과물이다. 내게로 온 작은 기회들을 흘어내지 않고 차곡히 쌓아 일상의 새로운 기적을 만들어냈다. 작가가 되는 기회를 나는 또다시 얻은 것이다.

작가가 되고 나서 이전과 다른 삶이 시작되었다. 사실은 책이 출간되기도 전, 책을 쓰기로 작정한 때로부터 스스로 '강사라 작가'로 호칭하기를 고집했다. 남편과 아이들에게도 "여보, 이제부터 저를 작가님이라고 불러요~. 얘들아 엄마 작가야." 이야기하기 시작했고 SNS 친구들, 부모님과 형제들에게도 모두 오픈했다. 계정 프로필에도 '작가'라고 기록했다. 약간의 민망함과 남들의 시선이 신경 쓰이기도 했지만 보이지 않는 실재를 보이는 현실로 가져오기 위한 의식이기도 했으니 누가 뭐라 해도 당당할 자신이 있었다.

원고를 쓰기 시작하자 머릿속은 온통 책을 출간하고 나서의 삶이 자연스럽게 이미지화되었다. 이때를 기점으로 버킷리스트를 나열하기 시작했고, 강연가, 동기부여가로서의 삶을 그리기 시작했다. 원고를 쓰다말고 잠시 멍하니 벽을 쳐다보며 배시시 웃는 일이 잦아졌다. 사실 이전에는 강연가와 동기부여가 라는 것조차 있는지 몰랐다. 이제야 시작인데 벌써부터 1년 1책을 내리라 다짐이 들어섰고, 베스트셀러 작가를 꿈꾸기 시작했다. 원고 집필하는 행위 자체가 이미 내가 작가임을 온통 말해주고 있었다. 그렇게 첫 책이 출간되고 완전한 작가가 되었다.

지금은 작가의 삶이 너무 익숙해져서 "모두가 작가 아니었어?"라고 되물을 정도로 내게는 일상적인 일이 되었다. 작가가 되기 전에는 내 주변에 한 명의 작가가 있는 것이 신기한 일이었고 인연이 닿는 것이 너무 대단한 일이었다. 작가가 되고 나니 주변에 이리도 작가가 많았나 싶을 정도로 온통 작가 지인들이다. 작가로의 시작은 또 다른 기회의 문을 열어주는 열쇠가 되어주었다. 생각지 못했던 확장된 다른 삶이 선물로 내게 온 것이다.

마흔이 되어 꿈을 향한 일들을 시작하고 1, 2년간 급성장을 했다. 그동안 꿈이 없이 살아왔던 인생을 보상받기라도 하려는 것처럼. 어느 시점이 될 때마다 새로운 시즌으로 들어가고 있다는 사실을 느낌으로 알 수가 있었다. 비록 눈에 보이지는 않았지만 보이지 않는 영적인 감각으로 말이다. 수많은 도미노 조각들이 세워졌다. 내 스스로가 꿈을 위해 세운 패들이다.

가지런히 세워놓은 도미노의 첫 패를 쓰러뜨리자 첫 패가 두 번째 세 번째의 패를 넘어뜨렸다. 인플루언서라는 문을 열었고 작가라는 문을 열었다. 작가의 문이 열리는 순간이 왔을 때 강하게 일어난 파동은 강연 요청과 저자특강, 인터뷰로 이어졌고, 또 다른 비즈니스를 시작하는 1인 사업가의 문을 여는 큰 힘이 되었다. 처음에는 작은 힘을 싣고 넘어지던 첫째 둘째 패들이 뒤로 가며 큰 힘을 싣게 되었을 때 그 패들은 완전히 이전과 다른 큰 문을 열어준 것이다.

2022년 1월, 또 내게 새로운 시즌이 왔다는 것을 느꼈다. 그날도 여느 때와 다름없이 책 한권을 읽고 있었다. 마지막 페이지를 덮는 순간 '아 나는 사업가이구나? 사업을 해야겠다.'라는 번뜩임이 왔다. 작가가 되고 나서 작가들로 온통 내 주위가 채워졌듯이 1인 사업가들로 이제는 둘러싸여지기 시작했다. 그들의 생각과 행동들을 보고 경험한다. 나 또한 그들에게 그러한 존재가 되었다.

함께 가까이에서 커뮤니티를 이루고 있는 그들이 한 명씩 한 명씩 백만, 억만장자들이 되어가는 것을 지켜보고 있다. 나와 전혀 상관없는 사람들의 세상으로만 여겨졌던 것들이 가까운 곳에서 가까운 이들을 통해 이루어져가는 것들을 보고 있는 것이다. 자연스럽게 그들의 생각 방식과 패턴들이 나의 새로운 패턴으로 자리 잡아가고 있다. 이 얼마나 놀라운 기회인가.

아침 일찍 무거운 몸을 일으켜 화장을 하고 옷을 챙겨 입는다. 또 각또각 구두를 신고 벌써부터 환자들로 가득 차 있을 병원으로 출근을 한다. 의사와 간호사 그 외 직원들도 많고 온갖 치료를 받기 위해 모여든 다양한 사람들 덕분으로 지루할 새는 없다. 종합병원은 아니지만 꽤 유명한 전문병원으로서 규모가 있어 간호사의 일하는 재미도 컸다. 하지만 오랜 시간이 지나고 새로운 것들이 꽤 익숙해져갈 때 즈음 각본처럼 짜여 있는 직장생활을 비롯한 나의 일상들이 너무나 뻔해 보이기 시작했다.

'이렇게 편하고 쉽게 돈을 벌 수도 있구나. 이제는 모든 것이 익숙해질 대로 익숙해졌으니 이렇게 편하게 일하고 돈 벌고 하면 되겠어.' 생각하고 있는 자신을 보게 되었다. 그런데 왜 그리 점점 시간이 지날수록 내지르고 싶은 답답함이 커지는지. 설렘으로 출근 기상을 하던 일이 어느샌가 천근만근 어디론가 끌려가는 것처럼 직장을 향하는 몸과 마음이 무거워졌다.

내 삶속에서 기회라는 것을 찾기가 어려웠다. 분명 기회가 없지는 않았을 텐데 새로운 기회를 기회로 볼 수 있는 안목조차 없었으리라. 이 모든 기회들은 무엇으로부터 시작되었을까? 곰곰이 생각해보면 그 시발점은 책이었다. 누군가 재촉하는 것도 아니었는데 새벽마다 일어나 피곤한 몸을 일으켜 책을 읽었다. 아무런 일상의 변화를 일으키는 것 같지 않았지만 그럼에도 불구하고 매달렸던 독서로 인해 어느 순간 나도 모르게 임계점이 지났다. 중요한 것은 그리고 나서 일상은 달라지기 시작했다.

독서의 임계점이라는 표현으로 처음 알게 된 '임계점'이란 물질의 구조와 성질이 다른 상태로 바뀔 때의 온도와 압력을 말한다. 열

역학에서는 어떠한 한계점을 이야기 하며 그 지점을 지나면 상의 경계가 사라진다고 정의한다. 즉 독서에 적용을 하자면, 아무리 독서를 해도 실력이 붙지 않고 변화가 없는 그 지점의 상한선이 한계점이다. 꾸준히 독서를 하다보면 누구나 그 한계점에 도달하게 되며 그 한계점을 딱 넘어서고 나면 독서의 참맛과 즐거움을 경험하게 된다는 것이다. 즉 독서의 임계점을 넘어서야지만 이전과 다른, 의식과 변화의 삶이 일어나게 된다는 것을 의미한다. 나 또한 그러했다.

계란 껍질을 깨고 나온 병아리가 이제는 어엿한 한 마리의 닭이 되기 위해 성장하듯이 이전의 의식과 완전히 달라지고 나니 다른 차원의 성장과 기회들이 일어나기 시작했다. 책속의 모든 저자들이 나의 멘토가 되었고 그들이 이야기하는 지식과 경험들이 나에게 창조적인 아이디어와 정보들이 되기 시작했다. 거기에 더불어 도전하고 직접 실행을 하니 변화의 가속도가 붙기 시작했다. 꼬리에 꼬리를 물고 사방이 온통 기회들로 뒤덮였다.

오늘도 나는 책을 통해 멘토를 만나고 그 안에서 성공의 그릇을 정직히 준비해간다. 《역행자》 저자 자청, 《나폴레온 힐 성공의 법칙》 저자 나폴레온 힐, 《언스크립티드》 저자 엠제이 드마코 등. 현재 내가 뵙고 있는 멘토들이다. 책 이외에도 기회들을 찾는 방법들은 여러 가지이지만 그 중 가장 기본적으로 기반이 되어야 할 것은 독서임을 명확히 이야기해주고 싶다.

지금은 나에게 설사 어떠한 한계가 있을지라도 스스로가 한계를 한계라고 단정 짓지 않는다. 누가 봐도 명확한 한계일지 모른다. 주변 대부분의 사람들이 그리 이야기 할 것이다. 그러나 보이지 않는 한계 없음의 능력을 스스로가 선택한다. 보이지 않는 세계의 실재를 믿기 때문이다. 오늘도 그 믿음대로 살기 위해 나의 시선을 높은 곳에 고정하는 작업들을 한다. 그것이 어쩌면 많은 기회들을 만나고 쟁취하며 터득한 '기회가 없을지라도 기회를 만들어내는' 나만의 방법인지도 모른다.

꿈을 '꾸는 것'과
꿈을 '사는 것'의 차이

　한동안 꿈을 꾸며 열심히 달렸다. 주어진 새로운 기회들 속에서 하나라도 놓칠 새라 다이어리의 주간계획 각 시간들을 빼곡히 채웠다. 듬성듬성한 모양새를 보고 싶지 않아 시간의 각 공간을 모두 끼워 넣었다. 그것이 제대로 꿈을 꾸는 삶이라고 생각했다. 매우 실행력 높은 성공을 향해 급속도로 가는 지혜라고 생각하며 스스로 안도감마저 느꼈다.

　그런데 그 순간이 지나고 시행착오의 연습들 속에서 안정적인 삶을 찾게 되었을 때 그 때 함께 일어났던 정서가 불안 증세였다는 것을 알게 되었다. 정작 당시에는 불안이라는 것조차 인지하지 못할 정도로 정신이 없었다. 꿈을 꾸고 이루는 것들에 속도감만 엄청 불어넣고 있을 때였으니 나를 몰아붙이고 있다는 사실조차 보지 못한 것이다. 물론 5초의 법칙이라도 있는 것처럼 떠오르는 아이디어들을 즉시 실행해내는 나의 행동력들은 많은 것들을 직접 시도하고 결과물들을 확인하게 했다. 열심히 좇았지만 결국 아무런 소득 없이 에너지만 고갈되고 말았다.

직장생활을 하는 것이 아니었다. 나름 온라인빌딩을 세우자며 스스로가 선택한 일들을 만들어내고 있는 것이다. 좋아하는 일들로 시작해 원하는 꿈들을 이루어내자며 말이다. 꿈코칭, 상담 컨설팅 일정을 잡고 북모임을 만들었다. 자신을 브랜딩하고자 하는 이들을 위해 인터뷰를 진행하기도 하고 특강을 직접 진행하거나 외부 강사를 초청하기도 했다. 자칫하면 스케줄이 중복되어 꼬인 일정을 풀어내느라 신경을 곤두세워야 할 만큼 그렇게 꿈을 위해서라지만 어느 순간 '일을 위한 일들'을 마구 만들어내고 있었다.

"여보, 왜 이렇게 떨리지? 도저히 집중이 안 되고 아무것도 손에 안 잡혀!" 지금에서야 그것이 불안 증세였다는 것을 알게 되었지만 그 때는 할 일이 그저 많아서라고 생각했다. 산더미 같은 해야 할 일들 앞에서 느끼는 성취를 위한 흥분이라고 생각했다. 단지 책상 앞에 앉았을 뿐인데 가슴이 마구 떨리고 조급한 마음이 훅 들어왔다. 하나씩 처리하면 되는 간단한 일들인데 해야 할 일들이 쓰나미처럼 한꺼번에 들어왔다. 책을 폈다 덮었다, 펜을 쥐었다 내려놓았다 버둥버둥 댔다. 집중이 되지 않고 강박처럼 느껴지는 감정 때문에 "와아, 와아" 소리만 "우우, 우우" 내다 바로 그 자리에서 일어서고는 했다. 도저히 집중할 수가 없어 설거지를 하거나 빨래를 돌리고 집안일을 했다.

혼자 집에서 작업을 할 때는 종일 드라마를 보며 시간을 허비하는 일들이 생겼다. 유독 TV를 보며 시간 쓰는 것을 싫어하는 나이다. 그런데 책상에 앉으려는 순간 긴박감과 함께 조급함과 같은 불안이 갑자기 생겼고 벽모서리로 몰아붙여지는 압박감이 싫어 바로 일어서곤 했다. 거실로 나가 리모콘을 들고 드라마를 본다. 그러다 운이 좋으면 갑자기 멋지게 일을 하고 싶어지거나, 그래 나도 할 수 있어 라는 도전 정신을 가지고 책상 앞으로 돌아간다.

그렇지 못한 날은 쉼을 가진다는 합리적인 이유로 나를 위로하며 하룻동안 드라마를 돌려보고는 했다. 그렇게 며칠을 흘려보내고 나서야 다시금 돌아오고는 했다. 그 패턴이 인정하고 싶지 않지만, 한동안 내가 '꿈을 꾸었던' 방식이었다. 현실과 아주 동떨어진 꿈을 이루기 위해 허공 위로 마구 손을 휘저어대던 모습과도 같지 않은가. 내 안에 일어나는 열정만큼이나 발버둥을 쳤다. 그럴수록 조급함과 가슴 벌렁이고 심장이 두근거리는 일들이 잦아졌다. 가장 확실하고도 꿈을 이루는 시기를 끌어당기는 꿈을 위한 일이라고 믿어 의심치 않았다. 성공자의 속도 때문에 일어나는 속도감이라고 여겼다.

이렇게 꿈을 꾸던 방식은 무언가 굉장히 일으켜내는 것만 같았지만 결국은 그토록 깨뜨리고자 했던 서행 차선 안에서의 발버둥 뿐이었음을 고백한다. 벗어나고자 했으나 벗어나지 못하고 같은 자리에서 죽을힘을 다해 버둥거리는 애달픈 모습 말이다. 어쩌면 이것이 욕구의 덫에 걸린 것이 아니었을까 싶다. 다행히도 포기하지 않고 돌파구를 찾는 끈기와 시행착오의 반복된 연습과정 가운데 '꿈을 꾸는 방식'이 아닌, '꿈을 사는 방식'으로 하나씩 변모해가기 시작했다.

저 멀리 있는 꿈과 성공을 빨리 끌어당기기 위해 애썼던 편안하지 못했던 열정과 실행들이 되려 꿈을 밀어내는 일들이 되어가고 있었던 것을 보게 된 것이다. 마주한 현실의 결과는 꿈의 이루어짐이 아닌 더욱 멀어진 꿈을 꾸는 것이었다. 더 이상 지쳐서 그만두고 편하게 살고 싶다는 생각을 하게 된 것을 보니 말이다. 엉뚱한데 힘을 쏟다가 지쳐버렸다. 이제 그만 포기하고 싶을 정도로.

"나는 100억 부자이다.", "2030년 나는 100억 자산가이다." 한참동안 유행하듯 여기저기서 보였던 게시물들의 성공 확언들이다. 챌린지를 하고 있는 것이 분명하다. 너도 나도 100억 부자 확언을 하더니 어느새 자취를 감췄다. 100번을 모두 쓰고 100억 부자를 이루었는지, 열심히 쓰다 이제 그만두었는지 모르지만 말이다. 100번씩 확언을 써야만 하는 그 본질적인 이유를 알고나 쓰는 것일까? 의문이 들었다.

백번의 확언을 쓰는 이유는 믿음에 근거한 단 한 번의 행동을 이끌어내기 위함이다. '나는 100억 자산가이다.'라는 의식을 반복적으로 확언함으로써 무의식의 뿌리까지 변화시켜 100억 자산가라는 정체성을 가지게 하기 위함이다. 그리고 그에 합당한 실제적인 실행을 일으켜 선순환이 지속적으로 반복될 때 직접 100억 자산가의 삶을 살고 있는 현실을 마주하게 된다. 도달할 확률을 높이는 것이다. 확언이 신념이 되고 믿음이 강력해질수록 100%의 현상에 가까워지는 것이다. 이유를 이해했다면 백번의 필사보다 단 한 번의 행동을 발휘하는 믿음을 보였으리라.

수많은 사람들이 똑같은 성공 확언을 필사하고 인증하는 것을 보면서 한편으로는 안타까운 마음이 들기도 했다. 분명 그들의 꿈과 사업, 목적은 각자가 모두 다를 텐데 왜 똑같이 100억 부자를 외치고 있을까? 100억 부자는 무엇 때문에 외치고 있는 것인가? 그들의 꿈은 정말 100억 부자일까? '진짜 꿈'일까? 라고 하는 의문들이 꼬리를 물고 나타났다. 더 나아가 그들은 100억 자산가가 되기 위해 오늘 확언 필사를 하는 것 이외에 어떠한 일들을 하고 있는가. 궁금해지기 시작했다.

꿈을 꾸는 것과 꿈을 사는 것의 차이는 가짜 꿈과 진짜 꿈의 차이이기도 하다. 또한 입으로만 꿈을 외치고 있는 것과 직접 꿈을 위한 단 한 가지를 실행하고 있는 것의 차이이기도 하다. 때로는 너무도 흡사해서 진짜 꿈이라는 착각 속에서 한참을 살았는데 가짜 꿈이었음을 깨닫기도 한다. 꿈을 꾸는 것과 꿈을 사는 것의 차이, 즉 가짜 꿈과 진짜 꿈의 차이는 무엇일까?

우리는 늘 꿈의 완전체를 머릿속에 그리고 상상한다. 현실과 아주 먼 격차를 가진 이루어야하는 도착해야만 하는 높은 지점 말이다. 피와 땀을 쏟아가며 도달한 높은 지점, 그 지점을 찍는 순간 허탈감에 빠지든가 아니면 또 다른 더 높은 지점을 정하고 출발하던 가. 꿈을 이루기 위해 지금 이 순간을 희생하며 순식간에 달려왔건 만 중요한 것을 놓친 것만 같은 찝찝함과 아쉬움을 가지고 무엇인 가를 위해 더 열심히 달리기 시작한다. 도대체 언제 행복과 여유를 누릴 수 있는 것인가. 의문만 남는다.

이것이 꿈을 꾸는 것과 사는 것의 차이라고 말하고 싶다.

'꾸믈담 책 쓰기' 현재 내가 진행하고 있는 책 쓰기 과정 브랜드 이다. 성공하는 책 쓰기, 닥치고 글쓰기, 팔리는 책 쓰기 등 베스트 셀러 작가들을 배출해내는 유명한 기획가, 애디터들 속에서 내가 설 자리나 있을까 라는 소심한 생각을 했다. 거기다 내 책 쓰기 수 업을 듣는 모든 이들의 기획출간(출판사로부터 전액 투자를 받고 책을 출 간하는 방식)을 100% 책임질 수 있을까 라는 완벽한 책임을 스스로 에게 질문했다. 질문에 답을 하는 시간들이 꽤 길었던 것으로 보아 나름 진지하고도 자신에게 정직하게 묻는 질문과 답이었음을 자신 한다.

성공하는 책 쓰기 맞다. 팔리는 책 쓰기 옳다. 나 또한 베스트셀 러 단상에 오르는 책을 내는 것이 계획이며 수십만의 베스트셀러 작가가 되는 것을 누구보다 원한다. 누구보다 성공을 위해 3년간 앞만 보고 숨이 찰 정도로 달려왔다. 간절히 원하고 또한 그 길을 가고 있다.

성공의 그 깃만 바라보고 달리다 꾹꾹 하얀 눈 위를 밟아내는 것처럼 지금이라는 순간의 '사는 것'에 시선을 두고 싶다는 생각을 절실히 했다. 성공의 문이 가장 가까이에 와있는 것을 느낀 그 순간에 말이다. 다시 사업들을 돌아보았다. '내가 진정으로 원하는 꿈, 진정으로 살고 싶은 꿈은 무엇일까.' 그 중 '평범한 주부들'이 모두 자신의 꿈을 담아내는 책을 쓰는 것이 나의 철학과도 같은 소망이다. 더 나아가 이 세상에 사는 모든 이들이 각자만의 책을 쓰는 것, 그 날이 올 때까지 나는 '꾸믈담 책 쓰기'의 사명을 감당하고 싶다.

온 세상 사람들의 꿈을 담는 책 쓰기를 위해 나는 오늘, 나의 꿈을 살고 있다. 단 한 명이 될 지라도 평범한 주부들의 책 쓰기 원데이 클래스를 열고, 책 쓰기 수업을 하고 개인 코칭을 한다. 때로는 효율적인 계산으로 최저인원이 채워지지 않는 한 진행하고 싶지 않은 얄팍한 마음도 들었다. 그러나 이 또한 과정의 정직함을 기억하며 첫 마음이 흐트러지지 않도록 올바로 세운다. 평범한 주부들의 꿈을 담는 책 쓰기를 위해 평범한 주부로부터 비범한 주부가 된 넷 육아맘인 나는, 오늘도 꿈을 담은 작가로서의 책 쓰기를 하고 있다. 새벽 이른 서너 시는 내 꿈을 사는 시간이다.

모두가 꿈을 꾸며 살아간다. 또한 세상은 큰 꿈을 가지라고 이야기한다. 어쩌면 신이 인간에게 세상에서 사는 동안 행복을 느끼며 살도록 주신 선물이지 않을까 생각도 해본다. 꿈을 그리며 얻게 되는 풍요로운 느낌과 행복한 미소를 종종 짓게 되니 말이다. 이렇듯 꿈은 인간이라면 모두가 꾼다. 배우지 않았어도 끝이 없이 상상의 나래를 펼치며 꾸는 꿈은 때론 허황되기기까지 하다. 그러나 허황돼 보이는 꿈이라도 현재 그 꿈을 살고 있다면 즉 꿈의 완전체를 위한 단 한 가지의 일을 오늘 하고 있다면 그 꿈은 이미 현실인 것이다.

확인 해보기를 권한다. 나는 오늘, 내 꿈의 일부를 살고 있는가? 지극히 평범한 주부들이 비범한 주부가 될 때까지, 자신의 꿈을 담는 책 쓰기를 하기까지 내가 오늘 그들의 책 쓰기를 돕는 일을 살고 있는 것처럼 말이다. 직접 꿈을 담는 책 쓰기를 이 새벽에 하고 있는 것처럼 말이다. 이것이 바로 꿈을 '꾸는 것'과 꿈을 '사는 것'의 차이이다. 차이를 이해하게 된다면 오늘의 삶을 대하는 자세가 크게 달라질 것이다. 꿈을 사는 일을 오늘 당장 시작하기를 바란다.

2장

딱 한번 사는 나의 꿈,
나의 인생이니까

01

내 안에서 찾아야하는 게
아닐까?

다양한 삶의 방식일 뿐이다. 삶의 방식이나 인생에 있어서 정답이라는 것은 없다. 그리고 어느 누구의 삶도 동일한 삶은 없다.

참 이상하다. SNS를 하는 수많은 사람들, 나의 팔로워 수만 해도 1만이 넘는다. 그리고 가까이 서로의 활동들을 응원하고 소통하는 사람들만 해도 수천이다. 그들은 종종 남들 하는 것을 배우고 따라가고 비교한다. 교육 플랫폼에서 누군가 새로운 트렌드를 배우고 게시물을 올릴 때마다 관심을 가진다. 무리의 덩어리가 커질수록 조바심을 낸다. '나도 배워야하는 것이 아닐까? 나만 뒤처지고 있는 것은 아닐까?' 지금 이 순간에도 함께 이 길을 가고 있는 친구로부터 톡메시지가 왔다. 클래스유 강좌 링크를 보내며 "이 강의를 들으면 정말 이런 공식이 있을까?"라고 묻는다. 또 하나의 결제를 하며 진짜로 자신이 원하는 것을 얻을 수 있을지 혹은 때로 그렇듯 허탕 치는 일은 아닌지 묻는 질문이다.

종종 다른 이들의 겉으로 보이는 결과물들을 넘어다보며 자괴감을 가진다. 그래서 그들은 또 동일하게 자신의 꿈과 목표와 아무 상관이 없어 보이는 챌린지와 지극히 보편적인 새벽기상, 운동인증, 수업과 강의들을 무리하게 듣기 시작한다. 심지어 최근에는 소비 안 하기 챌린지까지 생겼단다. 물론 취지는 너무 좋다. 함께라서 완주하는 막강한 힘을 얻을 수 있으니 서로 격려하며 마라톤을 뛴다는 것이 필요하다. 그러나 그것이 자신으로부터 출발하였는지 본인의 사업을 위한 필요인지 체크해볼 새도 없이 의미가 좋아서 너도 나도 시작하고 보는 것이라면 자신의 목적지는 언제쯤 도착할 수 있을까.

나 또한 동일한 유혹을 많이 느꼈다. 이전에는 같은 직장 내 동료들이 옆에서 신경 쓰이는 정도였다면 온라인상에서 만나는 수많은 비교와 경쟁대상들은 나로 하여금 금세 피로해지게 만든다. 그러지 않으려고 애쓰는데도 어쩔 수 없이 SNS의 파도 속에서 활동을 하다보면 원하지 않더라도 다른 이들의 성과들을 보게 된다. 정신 바짝 차리고 들어감에도 불구하고 어느새 비교하며 열등감을 느끼고 한순간에 어깨에 힘이 쑤욱 빠져 있는 자신을 보고는 했다.

앞서가는 이들의 결과물들을 보며 자괴감을 느꼈다. 성장을 위해 만난 성공자들과의 인터뷰인데 미팅이 끝날 때마다 범접할 수 없는 벽을 느낀다. 애쓰고 있는 수고가 너무 미약하게 느껴져 대체 얼만큼 더 가야할까 얼마나 더 애써야 할까 끝이 없는 어두운 터널처럼만 느껴지는 성장통을 겪어내야만 했다. 끙끙 앓는 성장통을 하루 이틀 길게는 사나흘 겪고 날 때마다 조금씩 더 성장했지만 감정 에너지의 소진은 결코 적지 않았다. 당장 성공을 얻을 수 있을 것이라는 기대감이 클수록 아픔은 컸고 그 아픔을 겪을 때마다 정직해져야 하는 과정을 수용하는 단련의 계기가 되었다.

되돌아보면 참 감사하다. 내 스스로 자신을 무척 신뢰했던 것이 틀림없다. 다행히 어려움이 생길 때마다 외부에서 쉴 곳을 찾거나 답을 찾지 않았다. 그렇다고 포기하지도 않았다. 꿈을 향해있는 의식의 단 한 가닥을 아슬아슬하게 부여잡고 있을 때라도 말이다. 내 안에서 나를 위한 방법을 찾기 위해 내면의 장소를 늘 찾았다. (자신의 내면을 찾아가는 길을 알지 못하는 이들이 생각보다 많다.) 본질을 찾는 일들이 습관처럼 일상이 되었다. 이제는 바로 즉시 찾아가는 지름길도 만들어졌다.

《생각의 비밀》겉장을 열면 빨간 펜으로 쓰여 있다.

'이 책을 통해 나는 더욱 명확히 꿈 키워드를 세운다. 사업가의 기질이 다분한 나의 모습을 확인한다. 나는 영락없는 사업가이다.

그 키워드는 꿈' (이하 생략)

2022년 1월 또 다른 시작을 선택해야 했다. 작가의 꿈을 살며 2021년 12월쯤 작은 비즈니스의 조짐을 예감했던 것일까? 그다음 해가 되고 새로운 해의 킹핀을 찾고 있을 때 뜬금없이 뒷머리에서 바람이 후욱 하고 불었다. 그 순간 '아~! 난 사업가이구나, 나 사업해야 되겠구나.'라는 들리지 않는 소리가 들렸다고나 할까? 뭔가 또 하나의 의식이 깨어지는 순간이었다. 다시 태어나지 않는 이상 나의 위치가 결코 변할 수 없으며 그동안 책을 통해 의식이 높아졌다 하더라도 사업만큼은 불가능하다고 생각해왔기 때문이다.

소비자가 아닌 생산자의 입장으로 뼛속까지 돌아서기도 완전하지 않은 이 시점에 사업가로서 준비된 것은 아무것도 없었다. 열심히 몸이 녹아져라 일을 하고 정해진 월급만을 받고 살아왔던 나로서는 우리 가족의 나은 생활을 위해서 기껏 해봐야 돈을 더 벌고 더 아끼고 더욱더 일을 해야 하는 법밖에 몰랐으니 말이다. 그러나 '사업을 시작해야겠다.'라는 깨달음이 왔을 때 이미 사업가의 꿈을 살기 위한 일들을 시작하고 있는 모습을 발견했다. 가슴이 벅차기 시작했다. 때로는 눈앞에 오고가는 그림들과 생각들로 잠을 설치기도 했다.

저자 김승호씨의 《생각의 비밀》이 책이 왜 나를 사업가로 몰아가도록 했을까. 모두가 이 책을 읽는다고 해서 나와 동일한 깨달음을 가진 것은 아니었을 텐데 말이다. 책 안에서 나를 보았다. 저자 김승호 씨의 이야기들을 통해 삶의 한계와 환경을 뛰어 넘어서고자 하는 마음이 강하게 일어났다. 사업가적 생각과 마인드, 보이지 않는 것들에 의해 드러나는 보이는 현상과 결과들에 강하게 매료되었다. 나더러 사업을 하라고 하는 책은 아니었지만 이 책을 읽고

난 후 온몸으로 사업을 해야겠다는 느낌이 물이 스며들 듯이 그렇게 왔다. 그리고 1인 사업가 작가로서의 삶을 지금도 지속하고 있다. 크고 작은 시행착오들을 겪어가며 말이다.

지금도 내면에서 찾는 일들을 하고 있다. 2022년 상반기를 열심히 달리고 잠시 정체기가 왔던 최근에도 내면에서 하반기를 달려낼 힘들을 찾고 있었다. 개인 목표와 사업의 목적 가치를 새로이 점검하며 사명을 다지는데 시간을 들이고 있다. 내가 이것들을 시작하게 된 첫 마음은 무엇인가. 무엇을 위해 시작했던가. 신나게 시작한 일들이 무엇이었던가. 내가 원하고 하고 싶었던 것들이 무엇이었으며 지금도 동일한 것들을 하고 있는데 지루하고 힘들어진 이유는 무엇인가.

잘하는 것, 강점이 확실한가? 현재 나는 어느 지점에 있는가. 더 채우고 연구해야하는 것들은 무엇인가. 수없는 질문들이 안에서 일어나고 그 답들을 정리하는 작업들이 매번 더 깊은 우물을 파내듯 깊어지고 있다. 깊어질수록 더욱 선명하고 맑은 내면의 소리를 듣는다. 늘 답은 내 안에 있음을 경험하며 더 깊이 그리고 더 단단히 다져가고 있는 과정은 앞으로도 주욱 이어지리라 생각한다.

처음 시작도 그러했다. 현재도 시간과 에너지를 투자하며 경험들을 축적해가고 있다. 여러 다양한 비즈니스의 방법들이 있지만 남의 브랜드를 위해서가 아니라 나의 브랜드를 위해서 말이다. 브랜드와 콘텐츠를 찾는 일들을 시작할 때 가장 기본은 '나'로부터의 출발이라는 것을 이 책을 집어든 사람들은 이미 알고 있지 않을까? 자신의 성향, 강점, 좋아하는 것과 원하는 것, 무엇을 위해 살고 싶은지, 존재가치와 사명에 이르기까지 A단계에서부터 Z단계까지 과정이 반복될 때마다 더 깊어지고 명확해지는 내면에서 자신을 찾는 일들 말이다.

하지만 그것을 안다고 해서 모두가 용기를 내는 것은 아니라는 것 또한 알게 됐다. 도전에 앞서 각오와 결단이 필요한 일이다. 자신의 본질을 찾는 과정은 단 한 번에 걸쳐 완성되는 일도 아니었고 단 한 번조차도 나의 경우는 1년 이상이 걸렸으니 말이다. 그동안 남들의 앞서가는 모습을 보게 된다. 무언가 계속 일으켜내는 그들의 모습에 조급해하지 않기를 결심하고 감내해야 한다. 용기를 내지 못한다면 모든 시작이 자신을 아는 것으로부터 시작이라고 할지라도 실제로 그 일들에 시간과 헌신하기를 거부하게 되는 것이다. 눈앞의 명확함에도 불구하고 당장 따라가야 하는 수많은 것들에 혹해서 말이다.

SNS활동을 하다보면 끼와 재능이 많은 분들을 종종 본다. 어찌그리도 잘난 사람들이 많은지. 온 천지가 자기 계발에 진심이고 열정이 굉장한 사람들로 가득 차있다. 그들을 관찰하며 알게 된 것이 있다. 대체적으로 끼와 재능이 많은 분들은 하고 싶은 것들도 많고 일과 성취에 대한 욕구도 크다. 사실적으로도 그들은 충분히 이루어낼 역량도 되고 그것을 자신도 잘 알고 있다. 그래서 더더욱 어느 하나라도 손에 쥐어진 것을 놓고 싶지 않은 마음이 강해 더 혼란스럽기도 하다. 그렇게 눈에 당장 보이는 것을 따라 돌고 돌다 결국은 3년 만에 진정으로 본인이 원하는 것이 무엇이며 본인의 꿈은 무엇인지 어떻게 살아야할지를 찾기 위해 원점으로 돌아온 그녀를 보았다.

이키가이 정신이라는 것이 있다. '이키가이'는 삶의 보람과 행복을 찾는 방법을 의미하는데 행복이라는 것과는 조금 어감이 다른 '존재 의미'를 좀 더 뜻하는 개념이라고 보면 될 것이다. 이키가이 정신에서는 반드시 이 네 가지의 요소를 포함한다. '좋아하는 것', '잘하는 것', '돈이 되는 것', '세상이 필요로 하는 것' 이렇게 표현해도 될지 모르겠지만 성공을 위한 일들에 돈 사냥꾼들이 참으로 많다는 것을 보고 있다. 오로지 '돈이 되는 것'을 위해 모인 사람들 말이다. '돈이 되는 것'이 이키가이, 즉 삶의 보람과 존재 의미를 위한 네 가지 요소 중 하나이기도 하지만 그것이 목적이 될 수는 없다.

결국 자신의 인생을 위한 일은 오로지 자신 안에서 진정으로 존재의 의미를 찾는 '좋아하는 것, 잘하는 것, 돈이 되는 것, 세상이 필요로 하는 것' 이 네 가지의 요소를 찾는 것에서부터 출발이라는 것을 꼭 기억하기를 바란다.

용기를 내어 꿈과 인생을 위해 내면에서 스스로를 찾는 일부터 시작해보는 것은 어떨까? 라는 질문을 던지며 여기까지 왔다. 자신에게 이 질문을 던져보아도 좋을 것 같다. 이미 찾아 왔다면 지금 시점에서 다시 재점검을 해보는 것은 어떨까? 이 작업은 수시로 확인하고 점검해야하는 부분이니 말이다.

나를 바꾸고
세상을 바꾸려는 꿈

나는 '꿈 성공학 강연가'로 세계각지를 다닌다.

책상 앞에 훌륭하게 붙여진 2022년 업그레이드된 버킷리스트 21번을 소개한다. 21번의 버킷이 생긴 데는 오래된 멘토 중 한 분인 나폴레온 힐의 영향이다. 그의 저서《놓치고 싶지 않은 나의 꿈 나의 인생》을 통해 탄생했으니 말이다. 이미 전 세계에 꿈과 성공학에 관한 많은 저서들이 존재하는 덕분으로 나는 일생에 일찍이 만나기 어려웠던 꿈 성공학의 대가들을 내 꿈의 시작 지점에서 만났다. 그리고 지금까지 멘토들의 에너지를 얻고 있다. 브라이언 트레이시 또한 나폴로온 힐만큼이나 내게 영향을 미친 멘토이다.

그들은 내 생각을 180도로 바꾸어 놓았다. 생각과 마음의 태도가 한 사람의 일생을 결정한다는 그의 책 속에 가득 담긴 이야기가 내 안의 한계를 깨뜨리고 그동안 살아왔던 차원과 전혀 다른 우주로 나아가게 해주었다. 나폴레온 힐의 산지마을 한 칸짜리 통나무 집과 새어머니라는 환경의 틀이 제약되지 않고 세계 여러 나라의 왕과 대통령의 자문 역할을 해낸 그의 실제적인 삶은 나의 삶에도 동일한 생기를 불어 넣어주었다. 그것이 조상들로부터 그대로 되물려온 환경을 넘어선 첫걸음이다. 포기하고 잃어버리고 싶지 않은 꿈과 인생으로 말이다.

동기부여가 이기도 한 이들의 삶을 보며 "그래 딱 저거야, 내가 원하는 삶이."라고 유레카를 외쳤다. 사람을 세우는 일들에 가치를 느끼고 대중 앞에서 말하는 것을 즐기는 나로서는 매우 적합했다. '동기부여가 라는 것도 있구나.' 신기해하며 '동기부여가', '메신저', '강연가'의 삶을 동경하기 시작했다. 그리고 이전에 경험해보지 못해 전혀 몰랐던 새로운 꿈을 가지게 되었다.

'나는 꿈성공학 강연가로 세계 각지를 다닌다.'

누군가는 이미 이룬 것처럼 설레고 흥분하며 열변하고 있는 내 모습을 보며 허황되다고 이야기할 것이다. 가끔은 나조차 한참 앞서 미래적인 것을 이야기하는 자신이 터무니없어 보일 때도 있으니 말이다. "너 정말 할 수 있겠어?" 나의 대답은 늘 긍정적이다. "그럼, 못 할게 뭐야. 결국은 모두 사람이 하는 건데." 원고를 쓰고 있는 지금 이 순간에도 버킷리스트를 보며 결코 꿈을 꾸고만 있는 것이 아니라는 것을 확인한다. 아직도 올려다볼 때마다 입가에 웃음이 가득해지고 가슴이 뜨거워지는 것을 느낀다. 곧 이루어질 세계 곳곳을 다니며 강연하고 있는 모습을 떠올리며 말이다.

이어서 오늘도 최고 강연가들의 강연을 짧은 시간을 내어서라도 꼭 듣는다. 그들을 그대로 따라 할 생각은 없지만, 곧 세계를 다니는 강연가로서의 모습을 세련되고 훌륭하게 정립하기 위한 최소한의 노력이다. 그동안은 최대한 그들의 생각, 말과 행동들을 따라 해볼 생각이다. 그들의 얼굴 표정과 제스처들까지도. 이렇듯이 나를 바꾸고 세상을 바꾸려는 꿈을 꾸도록 격려해주는 멘토들을 그 어느 때보다 쉽게 만날 수 있는 시대에 무척 감사드린다.

한 달 남짓 남은 원고 마감일이 오늘도 크게 부담이 되지 않고 신이 나도록 나를 전환해 주는 것도 사실은 《역행자》의 저자 자청 때문이다. 원고 쓰기를 미루고 미루다 결국 2주 만에 원고를 완성했다는 그의 말이 한편으로는 놀라면서도 '그래, 자청님도 2주 만에 후다닥 원고를 완성했다는데 2주까지는 아니더라도 나도 금세 쓸 수 있지 않겠어?'라는 생각과 마음이 들기 때문이다. 이후에 더 자세한 전후 사항을 알게 되니 2주 동안 원고 쓰기 이전 오래도록 원고 쓰기를 끌었던 속사정이 있었다는 것을 알게 됐다. 그랬음에도 2주 만에 원고를 썼다는 어디서 주위들은 그 말은 자체로도 큰 힘이 되어 원고를 쓰는 동안 큰 부담을 덜어주었다.

'누군가 했다면 나도 할 수 있어.'라는 도전은 잠시 머문 생각의 한계를 뛰어넘을 힘을 실어준다. 원고를 쓰기 위해 자리에 앉는 순간 '레드썬' 정신이 세팅된다. 그동안 독서와 글쓰기를 즐겨왔던 나에 대한 확신과 근거도 실렸다. '안될 것인 무엇인가' 스스로에게 대담해진다. 넷 아이를 양육하고 있는 지금의 형편들이 결코 핑계가 되지 않는다.

 2평 남짓 될까? 세상을 바꾸려는 꿈은 이곳에서 매일 매 순간 일어나고 있다. 엄마의 작업실이라고 이야기해주는 이곳은 널찍한 책상과 앞 옆으로 세워진 책들, 그리고 책장들로 사방이 차여있다. 그 외는 아이들의 온갖 장난감과 소품들이 들어와 있다. 겨우 책상 앞에 딱 앉아있는 이 자리가 결국은 작업 터 현실이다. 과연 작업실이라고 할 수 있을까 싶을 정도로 종종 온 가족으로부터 침범당하고 있다. 글을 쓰고 있는 지금도.
 그렇게 2평 남짓한 작은 공간이지만, 그것이 지금의 정확한 현실을 친히 말해주고 있지만 나는 공간을 넘어선 꿈을 이곳에서 매일같이 꾼다. 때로는 시간이 멈추기도 하고 여러 공간들을 넘나들기도 한다. 보이는 현상들 속에서 보이지 않는 것들을 보는 일들은 재미있는 숨은그림찾기와도 같다. 현실 속의 나는 이러할지라도, 나의 시선을 높이 들어 높은 차원에 고정시킨다. 이전에는 이룰 수 있을 것 같은 꿈만을 꾸며 그 또한 이룰 계획이 없는 꿈으로 남겨놓기 일쑤였지만 이제는 이룰 수 없을 것만 같은 꿈들을 꾼다. 그 꿈을 위한 일들로 직접 꿈의 일부를 살아가는 데 최선을 다하고 있다.
 작가의 꿈, 1인 지식자본가(사업가)의 꿈, 성공자의 꿈을 선포하며 살고 있다. 늘 이 자리가 솜사탕처럼 달콤한 꿈을 꾸고 신나게 달리는 공간이지만은 않다. 같은 꿈을 사는 자리이지만 때로는 한숨을 내쉬고 한없이 바닥으로 꺼지는 자리이기도 하다. 오래도록 앉은 허리 한쪽이 욱신거리듯이 마음 어느 한쪽은 힘겹고 외롭기도 하다. 머릿속에서 한계 없는 창의적인 생각들이 마구 펼쳐지지만 더이상 생각하고 싶지 않을 만큼 지끈거리고 복잡하게 얽히는 순간들도 부지기수다. 같은 자리에서 벌어지는 모든 일들이 사실은 포기하고 싶을 때도 있다. 꿈을 위한 일들이 쉬운 것을 의미하는 것은 아니니 말이다.

잘 풀리지 않아 노트북을 덮고 책을 펼쳤다. 3분도 채 지나지 않아 마음을 고쳐먹고 노트북을 다시 열었다. 이렇게 한 문장에 한 문장을 더하는 일을 하고 있으며 이 액션이 곧 지금 나를 바꾸는 일들임을 지켜본다. 스스로 대견하다고 생각한다. 참 잘했다 칭찬한다. 이러한 일들은 내 일상 중에 지극히 일상적인 일이 되었다.

베스트셀러 작가를 꿈꾸고 원고를 쓰는 일을 매일 하고 있다. 첫 번째 책을 쓰고 바로 그다음 책을 기획한 것처럼, 이번 책을 쓰고 나서도 바로 다음 책을 기획할 것이다. 베스트셀러를 겨냥한 것이라기보다 물론 그것은 나의 꿈이기도 하지만, 그 정도로 책 쓰는 일을 좋아하게 됐다. 가족과 함께 해외를 여행하는 것도 꿈 중 하나이며 그 꿈을 위한 일들을 위해 오늘을 살고 있다.

가만히 지켜보니 오늘 살고 있는 이 모든 것들이 나를 바꾸는 일이 아닌가? 세상을 바꾸는 일들이 아닌가? 미세한 파동이 나로부터, 오늘로부터 시작해 나와 세상을 그리고 지금과 미래를 바꾸고 있음이 틀림없다는 것을 나는 이 순간 명확히 보고 있다. 여러분들은 자신을 바꾸고 세상을 바꾸기 위한 어떤 꿈을 꾸고 있을까. 문득 궁금해진다.

> 마음먹은 대로 생각하는 대로
> 말하는 대로 될 수 있단 걸 알지 못했지 그 땐 몰랐지.
> 이젠 올 수도 없고 갈 수도 없는 힘들었던 나의 시절 나의 20대
> 멈추지 말고 쓰러지지 말고 앞만 보고 달려 너의 길을 가.
> 주변에서 하는 수많은 이야기 그러나 정말 들어야 하는 건 내 마음 속
> 작은 이야기.
> 지금 바로 내 마음속에서 말하는 대로.
> 마음먹은 대로 생각한 대로 도전은 무한히 인생은 영원히.
> 말하는 대로 말하는 대로
> ‒〈말하는 대로〉 노래 가사

현재는 최고의 국민 MC로서 누가 봐도 성공한 인생을 살아가고 있는 유재석 씨의 이십 대를 지나는 스토리이다. 십 년 이상 캄캄했던 무명 시절을 지나며 얼마나 고통스럽고 외로웠는지를 보여주는 노랫말이기도 하다. 나의 십 대가 그러했고 이십 대가 그러했다. 그리고 삼십 대가 그러했다. 나 또한 '마음먹은 대로 생각하는 대로'라는 누군가의 말이 그럴싸해 보이기는 했지만, 그땐 알지 못했다.

74

단지 '고달픈 인생이 꿈이라는 것도 없어 참으로 지루하고 길구나.'
라는 생각만 했으니 말이다.

그러나 3년 전 마흔이 되고 한 해가 또 지나가는 19년도 8월 말,
꿈을 위해 살아야겠다는 도전을 시작했을 때 마음 속 작은 소리들
이 들려왔다. 작은 소리가 점차 선명해졌다. '마음먹은 대로 생각하
는 대로 말하는 대로' 그의 고백처럼 말이다.

점점 안정기로 들어서고 있다는 생각을 요새 하고 있다. 시간이
흘러서 생긴 익숙함과 안정감이 아닌 시행착오의 스토리가 쌓임으
로써 얻어진 정갈한 안정이다. 이 경험은 이전에 해보지 못한 새로
운 것이다. 무엇인가 도전하고 작정하여 이토록 오랜 기간에 걸쳐
시행착오의 과정을 관찰해보는 경험은 처음이기 때문이다.

나를 바꾸고 세상을 바꾸려는 꿈을 꾸어 본 적이 있는가? 오늘도
내면으로부터 날갯짓을 하고 있다. 예전에는 누군가를 바꿔야 한
다고 생각했다. 내가 무엇인가 해야 한다고 생각했다. 누군가를 위
해, 세상을 위해 의미 있는 일을 해야 한다고 말이다. 이제 나는 내
안의 작은 날갯짓이 결국은 나를 바꾸고 세상을 바꾸는 일이라는
것을 안다. 넓은 우주를 담은 작은 체구 안에서 생긴 작은 날갯짓
이 점점 큰 파동에너지를 일으켜 나를 송두리째 바꿀 것이며 일상
과 주변을 그리고 세상을 바꾸게 될 것이다. 그것이 나를 바꾸고 세
상을 바꾸려는 내 꿈이다. 여러분은 어떤가. 그 꿈을 같이 꾸어보지
않을 텐가. 함께 그 꿈을 꾸기를 간절히 열망한다.

03

사명이라고 쓰고
욕망이라고 읽는다

"저는 돈 버는데 관심이 있을까요?"

어제 또 한 분의 1인 사업인이 오피스 인테리어를 완성하고 SNS
에 사진을 게시한 것을 보았다. 나와 직접적인 만남이 있거나 개인
적인 친분이 있는 것은 아니지만 그래도 한두 번의 온라인상에서
의 만남이 있거나 건너 아는 분들, 즉 나에게 충분히 영향을 끼칠
수 있는 분들이다. 그들이 한 명, 한 명 스타트업을 시작하고 꿈꾸
어오던 자신만의 오피스를 차리는 것을 여러 회에 걸쳐 보고 있다.
그리고 깨닫는다.

'아, 그 때가 막 시작하고 조금씩 일으켜 세우는 시점이었었구나.
1년 남짓한 시간이 짧게는 6개월 정도가 지나며 자리를 잡는구나.
자신만의 로망과도 같았던 일들을 이제 하나씩 건축해 가는구나.'

이 분도 그랬다. 지극히 평범한 위치에서 만난, 아직은 약간 앞선 정도의 1인 기업인으로서 만났다. 그러나 언제부터인가 몇 억을 벌어내는 성공자가 되었다. 그 과정의 모습들을 여러 회에 걸쳐 고스란히 보고 있는 것이다. 내 주변에서 보게 된 이런 분들이 한두 명이 아니다. 정말 평범한 사람들도 억만 장자가 되는 새로운 판이 열리고 있는 것을 목도하고 있다. 어쩌면 이 판에 들어와 있음으로 말미암아 가까이서 보게 되는 것일 수도 있겠다.

퍼뜩 드는 생각이 있다. '아, 돈을 벌고 싶다면 돈을 버는 멘토를 만나야 하는 거지. 돈을 버는 데에 관심이 있는 멘토를 만나야 하는 거지.'라고 말이다. 사실, 누구나 굴러가는 머리가 있는 사람이라면 당연한 사실인데 나는 왜 이제야 그 생각이 깨달음으로 오는지 안타까움조차 든다. 이 또한 고상한 가치라는 것으로 포장을 해온 것은 아닐까? 살짝 물음을 던지고 중심을 재차 확인하는 작업을 한다.

(여기에서 갑자기 나는 돈이 전부인 목적으로 사는 것이 아니라고 한참을 설명하며 늘어놓고 싶지는 않다. 단지 돈을 버는 것에 대해 옳은 가치와 긍정적인 생각, 태도를 가지고 있다는 것은 미리 이야기해 두고자 한다.)

주변에는 "꼭 돈을 많이 벌어야 하는 것은 아니잖아요? 먹고 사는데 문제없는 정도라면 그것도 괜찮지 않아요? 거기서 조금 더 벌면 좋죠." 라고 이야기 하는 사람도 있다. 그 생각에 일부 동의한다. 모든 이들이 다 성공자가 될 수 없고 상위 1%가 될 수도, 될 필요도 없듯이 말이다. 그러나 또 한편으로는 이런 생각도 한다. 돈을 벌어야하는 사람은 돈을 벌어야 하는 것이 맞다. 나 또한 나는 돈을 벌어야 하는 사람이라고 스스로가 생각한다. 진정으로 "난 돈의 그릇이 준비됐다." 라고 이야기한다면 독자들은 웃을까? 웃어도 좋다. 직접 증명해보일 생각이니 말이다.

오랫동안 사명과 욕망 사이에서 혼란스러웠다. 혼란스러움 속에서 일생 동안 한 번도 고민해보지 않았던 철학과 핵심 가치에 대해 깊이 정리해보는 계기가 되었다. (이 중요한 사건이 왜 마흔이 돼서야 일어났을까. 너무 안타깝다.) 그중 가장 혼란스러웠던 주제는 '돈'이었다. 돈에 대한 생각, 감정부터가 충돌했다. 이미 어릴 적부터 고스란히 쌓여 굳어진 부정과 불가능이었으니 말이다. 가난에 늘 허덕이면서도 돈에 대해 관심조차 두지 않으려 했고 돈이라는 단어조차 입에 올리지 않는 것이 인생에서 성숙한 모습이라 포장했다. 6인 가족이 도저히 살아갈 수 없는 수입만으로 쪼개고 쪼개내는 것이 최선이라 여기며 말이다. 난 꽤 괜찮은 사람이야 라며.

존 맥스웰은 이야기 했다.

"신은 당신 안에 꿈을 심어놓으셨다. 꿈은 당신의 것이지 다른 누구의 것도 아니다. 꿈을 통해 당신이 유일무이한 존재라는 것이 명백해진다. 꿈은 당신의 잠재력을 잡고 있다. 오직 당신만이 당신의 꿈을 낳을 수 있으며 오직 당신만이 그 꿈을 실현할 수 있다."

나만이 찾을 수 있는 원석을 찾기 위해 고민하기 시작했다. 작가가 되고 나서 그 다음 할 일들을 찾아야 했다. 무엇을 할 것인가. 그 동안 하고 싶은 일, 원하는 일, 잘하는 일을 좇아서 여기까지 왔다. 그런데 어느 순간 이런 생각이 문득 들었다. '아, 내가 하고 싶은 일, 원하는 일만 한다는 것은 참 이기적인 것이구나.' 왜냐하면 이 시점부터 누군가의 필요 혹은 '무엇을 위한' 이라는 생각을 하게 되고 보니 말이다. 꼭 나 같은 사람들에 대한 긍휼한 마음과 안타까운 마음이 들기 시작하니 그때부터 사명을 찾는 낯선 일이 시작되었다.

사명이란 무엇일까? '맡겨진 임무'라고 정의하지만 좀 더 나아가 미션, 우리가 존재하는 이유이다. 사명의 중요성에 대해 익히 듣기는 했지만 직접 나의 사명을 진지하게 찾는 일은 처음과도 같았다. 이전의 사명은 매우 두리뭉실했으니 말이다. 이 땅에 존재하는 이유를 찾고 새로운 일들을 일으키기 시작했다. 내가 이 땅에 존재하는 이유, 사명이라는 것이 그 당시에는 '누군가를 위한 일'이라고 생각했다. 독서 모임을 비롯하여 누군가의 필요를 위한 일들을 확인함과 동시에 즉시 프로그램을 만들어내기 시작했다. 아이디어를 가지고 기획을 했고 세부적인 프로그램을 만들기도 전에 이미 카드 뉴스를 만들고 모집을 시작한 내 모습을 보면 내심 추진력 짱이네 라는 대견함마저 들었다.

그런데 아무리 피드백이 좋은 프로그램이라도 점점 기간이 지나갈수록 힘이 빠졌다. '누군가를 위한' 시작인데 그것이 나의 사명인데 왜일까? '사명'은 결코 흔들리지 않는 굳건한 뿌리라고 했는데 왜 이렇게 흔들리지? 사명감이 아직은 너무 얕은가? 한 번씩 의문이 들기 시작했다. 열의감으로 프로그램을 진행하고 나서도 그 시간만큼은 뜨거웠으나 종료가 되고 나면 늘 반복되는 이 고민들이 더 깊어지기 시작한다.

'돈이 안 되서 그런가 보다.' 라는 생각을 했다. 이번에는 단 만원이라도 수익을 일으키며 일들을 진행했다. 처음에는 이 또한 매우 신이 났다. 돈이 생기는 일을 하니 말이다. 그런데 참 신기하다. 돈이 되는 것을 직접 확인하고 나면 이 또한 시들해진다. 이것도 저것도 돈을 벌고 있는데 하기 싫은 마음 답답한 마음이 쌓이기 시작하는 것이다. 불만족스러웠다. 이것을 무엇이라고 설명할 수 있을까.

혼란스러웠다. 돈을 벌고 싶어 하는 것인지 벌기 싫은 것인지, 사명을 감당하는 것이 싫은지 좋은지. 대체 뭘 원하는 것인지 끈질기게 물어야만 하는 그 시점이 깊게 패였다. 이제까지 끊임없이 이것들을 물으며 왔다고 자신했는데 이전의 물음들은 질문이라는 것에 미치지도 않는 것처럼 그렇게 생소한 나의 깊은 내면을 또 마주했다. 사명이 사명으로, 욕망이 욕망으로 제자리를 찾아가는데 오랜 시간이 걸린 듯하다.

'나는 줄 수 있는 것이 참 많은 사람이구나.'라는 것을 깨닫는다. 그래서 한동안 그들의 필요에 따라 움직였다. 이 사람의 필요가 보이면 이 사람의 필요를 채워주기 위해, 저 사람의 필요가 보이면 저 사람의 필요를 위해 따라다녔다. 욕심이다. 누구도 만족시킬 수 없는 완벽을 위한 욕심 말이다. 1인기업의 국민 멘토이시며 나의 멘토이시기도 한 김형환 교수님의 질문이 있다. "꼭 사라 씨여야만 하는 이유가 무엇인가요? 왜 꼭 사라 씨여야만 하나요?" 그 의미를 뜬금없이 지금 깊이 깨닫는다. 이 새벽에 오로지 나만 깨어있을 것 같은 이 시간, 이 우주공간에서 말이다. 교수님의 이야기는 이미 몇 개월이 흘러갔는데도.

아이러니하게도 "나? 돈 좋아. 돈 벌면 좋지. 아~ 나 돈 벌어야지." "나? 한 사람 한 사람 모두 쫓아다니면 그들의 필요를 모두 채워줄 수 없어. 내가 신인가? 내 앞가림도 다 못하는데" 결코 인정하고 싶지 않지만 인정할 때 사명과 욕망 그리고 욕심들이 분리되기 시작했다. 곧 사명을 세워놓고서도 명확하지 않았던 사명, 사명이 아닌 것들을 제하고 보니 사명이 명확히 보이기 시작한다. 당연한 것이라고 생각할지도 모르겠다. 나 또한 머리로는 전부 알고 이해했던 것들이 막상 삶으로 경험하고 나니 이것이 '체득'이로구나 싶다. 보물찾기를 시작해야만 찾을 수 있는 진귀한 보물처럼 그렇게 말이다.

결론적으로 내 사명이라고 여겼던, '누군가를 위한 일'에 내 자신이 빠져있다는 것을 알았다. 겉은 그럴싸하고 훌륭해 보이지만 나로부터 시작됨이 아닌 누군가로부터 시작된 일이다. 그것은 나의 사명이 아니다. 사명이란 이 땅에서 내 존재의 이유, 나만이 줄 수 있는 그 무엇이기 때문이다. 꼭 나여야만 하는 이유 말이다.

전지전능하지 않은 나를 인정한다. 수익이라는 결과를 얻지 못하면 결국은 지속성이 없다는 것도 인정한다. 열정이 식어지든, 형편이 어려워지든 상황에 따라 언제라도 사라진다. 돈을 원함까지는 아닐지라도 돈의 필요까지 무시하지는 말자. 돈의 니즈와 원츠의 사이에 있다. 사명과 돈의 조화로움 사이에 있다.

다행히도 나는 이제 돈의 필요를 넘어서서 돈의 가치와 사명을 안다. 희한하게 '부'는 고급스러워 보이고 '돈'은 경박해 보여 아직도 조금은 신경이 거슬리는 돈의 개념을 새롭게 정의해 보기로 한다. 무의식 가운데 은연히 남아있는 돈에 대한 부정적인 경험과 느낌이 완전히 새로워지기를 원하며 일부러 '돈'이라는 단어를 더 스스럼없이 입 밖으로 내어본다. 자칫 욕망으로만 가득해져 돈을 원하는 욕망이 나를 잡아먹는 일이 되지 않기 위한 중요한 작업이기도 하다.

분명 실패인데
실패가 아니라니

목표 인원 100명.

2021년 10월 처음 〈꿈언니의 북클럽〉이라는 북모임을 시작했다. 책을 좋아하던 나로서는 어쩌면 자연스러운 수순이었을 수 있다. 개인 활동의 시작을 북모임으로 시작했던 것이 말이다. 3개월째 되던 12월 선정 책은 브랜든 버처드의 《백만장자 메신저》였다. 예상하지 않았던 좋은 실행 아이디어가 떠올랐다. 바로 의견을 나누고, 북모임 멤버들과 마지막 프로젝트를 하나 준비했다. 별것 아닌 아이디어 한 가닥으로 시작하게 되었는데 각 멤버들을 동기부여하고 함께 시작하니 제법 모양새를 갖추었다. 각자 자신의 인생의 메시지를 전달하는 '나도 메신저 프로젝트' 강연회이다.

프로젝트 시작을 1주일쯤 앞두고 모집에 들어간다. 개인적으로는 100명을 선포하고 태세를 전환할 계획이었지만 크게 부담을 가지는 첫 경험자들을 배려해 목표 인원을 반으로 줄였다. 목표 인원 50명. 그리고 50명 딱 그 정도에 맞는 방법으로 모집활동을 했다. 멤버들과 함께 홍보활동을 했지만 돌아가는 상황에 맞춰 50명만큼만 움직였다. 그날 우리들의 '나도 메신저' 강연회에는 정확하게 50명이 모였다. 충분히 더 가능한데도 불구하고 딱 그만큼만 움직이는 나를 보면서 참 목표설정이 이렇게 중요하다는 것을 몸소 체험했다.

목표 인원 50명.

1인 사업을 선포하고서 책 쓰기 수업 과정을 직접 운영하기 시작했다. 책 쓰기 수업이 계속 진행되고 있었고 수업을 할수록 책 쓰기의 필요성을 깊이 느끼게 된 시점에서 책 쓰기를 원하는 이들을 위한 특강을 준비했다. 1만원의 유료특강이었지만 책 쓰기 동기부여만을 위한 특강이 아닌 책 쓰기 내용들을 충실히 담았으며 나만의 팁까지 털어낸 야심찬 특강이었다. 그 목표인원이 50명이다. 목표를 달성했을까? 잠시 멈춰서 맞춰보시라.

단지, 유료특강이었기 때문이었을까? 참여한 인원은 반도 채 되지 않는 겨우 15명이 전부였다. 어떻게 이런 일이……. 믿기지가 않았다. '속상하고 실망했다.'라는 감정보다는 '희한하네? 의아하다.'라는 감정이 90%였다. 자괴감으로 고통스러워하지는 않았으니 그나마 다행이었지만 영락없는 실패였다. 1인 사업을 시작하고 직접 내 손으로 무엇인가를 시도하고 실행하게 되면서 종종 흔히 겪게 되는 실패들이 생겼다.

첫 책 쓰기 수업은 5명으로 시작했다. 매우 성공적이다. 이름대면 알만한 그들도 첫 수업은 이리 시작했으리라. 지금은 15년, 20년이 되어 평생회원으로 그들의 수강생들은 수백 명에 이른다. 첫술에 배부를 일 없으니 단 세 명만 되어도 성공이라고 생각했다. 그리고 그 다음 수강생은 충분히 열 명 스무 명이 훨씬 넘을 것이라 예상했다. 그래서 7명~10명으로 인원제한을 했다. 사실 수익을 위한 일이지만 수익보다 얼마나 신청할 것인가 하는 반응이 더 궁금했다. 하여튼 열 명은 충분히 넘어갈 것이라 자신했던 나의 예상은 아주 보기 좋게 빗나갔다. 이때부터는 진지하게 문제로 인식하기 시작했다.

물론 이전에 좋은 아이디어들이 생길 때마다 실행했던 프로젝트들은 모두 좋은 결과들을 내었다. 그러나 그것들은 하나의 아이디어 실행일 때의 이야기일 뿐이고 목표한 성과를 이루어 내야하는 사업은 또 다름을 직접 경험하게 된 것이다. 처음에는 희한하네? 의아했던 실패들이 점점 힘들어지기 시작했다. 힘이 빠지고 의욕이 사라졌다. 반복되는 실패는 그렇다고 한다. 그렇게 반복되고 있는 것이다. 반복되는 패턴 속에서 그만 둘지, 빠져나올지 용기를 내어 선택해야만 했다.

엠제이 드마코를 아는가? 그의 유명한 저서 《부의 추월차선》을 많은 분들이 알고 있을 것이다. 부의 추월차선 완결판 《언스크립티드》에서 엠제이 드마코는 자신이 대학을 졸업하고 취직을 하지 않는 대신 사업을 시작하게 된 이야기를 풀어놓는다. 기업가 정신으로 영양보충제 사업, 장신구 사업, 모기지 사업을 시작하고 실패한 이야기이다. 또다시 네트워크 마케팅을 시작했고 또 실패했다. 그 후로도 세 번에 걸쳐 사업을 말아먹는다. 벌써 이것만 세어보아도 몇 번째의 실패인가.

그러고 보면 나는 아직 1인 사업을 시작하고 나서 실패를 제대로 경험해보지도 않았다는 것을 깨닫는다. 그저 성공의 길로 가는 단계에서 아장아장 크고 작은 돌들을 넘어가고 있을 뿐이다. 나라면 한 번의 실패로도 아니 조금 더 선심을 쓰자면, 두 번의 실패를 만났다면 포기하지 않았을까? 나는 아주 평범한 이들을 대변한다. 더 나아가 형편과 상황들에 묻혀있는 육아맘들, 평범한 주부들을 대변한다. 열정 넘치고 에너지 충만한 십 대, 이십 대도 아닌 마흔 살을 대변한다. 그렇게 평생을 살아오다 이제 막 1인 사업을 시작한 자로서 바로 이 지점에서 평범함과 비범함이 갈리는구나! 무릎을 '탁' 친다.

'메타인지' 한참 유행했다. 자신이 학습적으로 그 내용을 명확히 알고 있는지 모르고 있는지의 정도라고 생각했는데 그 이상의 의미이다. 나는 현재 사업 과정을 계속 반복하며 나의 현 위치와 역량을 검증하고 있다. 나를 수용하고 인정하며 겸허히 지나고 있다. 내게 메타인지란 나 자신과 사업들을 객관적으로 명확하게 보는 것을 의미한다. 독서를 오래 하게 되고 의식 관련된 성공자들의 비전과 마인드를 경험하면서 난 이제 무어든 경영할 수 있다는 자신감을 가지게 되었다.

　물론 아직도 완벽하지는 않지만 내 삶을 뛰어넘을 수 있을 만큼 생각도 경영하고 마음도 경영할 힘을 가졌다는 확신 말이다. 어쩌면 그래서 목표 100명, 클래스 신청 인원 20명이라고 맘껏 자신 있게 외쳤는지도 모른다. 의식이 훨씬 앞섰다. 참 귀한 의식의 변화라는 생각은 지금도 변함이 없다. 이전에는 시도조차 할 줄 모르고 누군가 시키는 일만 성실히 해내는 것에 그쳤으니. 그러나 의식과 현실 사이에 내가 해야 할 그 무엇, 방법과 전략, 해결해야 할 문제들을 객관적인 피드백을 통해서 확인해야 할 시점이 왔다. 그것이 실패 앞에서 앞으로 더 나아가기 위한 메타인지를 높이는 작업이다.

　이전에 모든 것들이 쉽게 여겨졌던 것은 이런 이유이기도 했다. 'A라는 아이디어를 가지고 B라는 결과가 생길 거야.'라고 예상한 그 결과가 단지 어떤 반응만을 의미했다. 사람들이 모이는가, 관심을 가지는가, 신청하는가. 반응이 일어나면 난 성공한 것으로 생각했다. 큰 욕심 없이 쾌거를 부르며 잠시 신났다가 또 다른 아이디어와 다른 결과들을 확인하기 위해 여기저기 다니는 것이다. 크고 작은 반응들을 일으키러 말이다. 이전에는 그래도 됐다. 그러나 이제 사업은 다르다는 것을 알게 됐다. 해보지 않아 몰랐던 사업이다.

　말 그대로 사업이라고 하기 위해서는 사업이라 할 수 있을 기준만큼의 결과와 성과를 요구한다. 최소한 나의 현실을 살아낼 수 있을 만큼은 말이다. 깨닫고 나니 어려워지기 시작했다. 목표를 세우고 수치화 시키는 것부터 쉽지 않았다. 자꾸 계산해야 하는 것들을 빠뜨린다. 때로는 안 해보던 것들이라 거추장스럽고 귀찮아 건너 뛰고 후회하기도 한다. '실패를 하고 실패를 쌓아 실패가 아닌 것을 만들어내야 한다.'는 말을 독자들이 이해할 수 있을까? 전달하고자 하는 나의 메시지를 이해하기를 고대한다. 결국 아무리 실패해도 내가 포기하지 않는 이상 실패가 아닌 한걸음 더 성장으로 올라서 는 과정인 것이다.

2022년 6월 출간이 된 자청의 《역행자》이 책은 한 달도 채 되지 않아 9쇄를 발행할 정도로 순식간에 베스트셀러가 되었다. 그 책의 내용 중 인간의 본성에는 실패에 대한 두려움이 각인되어 있다고 한다. 선사시대로부터 실패와 패배는 죽음과 직결되어 있었기 때문 에 인간은 과도하게 실패를 두려워한다는 것이다. 그래서 우리는 늘 새로운 것에 도전하기를 망설이고 실패했을 때 과도한 스트레 스와 좌절감을 가지게 된다고 한다. 더불어 그는 역행자의 삶은 그 와 다르다고 말했다. '역행자는 이 실패에 대한 원초적 두려움이 쓸 모없는 것임을 이해하고 있다.'고 말이다.

그렇다. 너무 안타깝지만 실패에 대한 격한 스트레스와 좌절감이 있다. 사소한 실패에도 자괴감을 느끼는 것으로 매우 자연스럽게 연결되니 말이다. 스스로 그러한 감정들을 의지적으로 거절해야만 가까스로 일으켜 세워질 수 있다. 그리고 보니 우리는 왜 그렇게 실 패를 두려워하여 그 무엇을 시도하기를 주저하는가. 실패하지 않기 위해 시도하지 않고 흘려보내는 인생이 너무 크다. 그렇게 평범한 운명에 순응하는 삶으로 살아왔다.

그러나 언제부턴가 시행착오의 누적, 채워야 할 실패의 양에 대해서 고민하기 시작했다. 실패라는 것이 꼭 피해야 할 것이 아닌 해내기까지의 과정일 뿐이며 그 또한 실패해야지만 지날 수 있음을 말이다. 자청님은 게임에 비교했다. 게임에서 완전한 승리를 위해서는 승리보다 패배를 해야만 진정한 레벨업을 할 수 있다고 말이다. 반드시 패배에 직면할 수밖에 없는 과정 가운데 레벨업이 반복되면 어느 순간 자신도 모르는 새에 완전한 자유에 도달하게 된다는 것이다.

성공하기 위해서는 실패를 반복해야만 한다. 반복된 실패를 쌓아가며 단계를 높여갈 때 비로소 원하던 자유를 얻게 되는 것이다. 마흔이라는 인생을 살아오며 크고 작은 수많은 실패들이 있다. 그 실패들은 곧 우연히 일어났을지라도 지금 이 지점에 모두 모여 또 다른 과정을 위한 일들을 세워줄 것이라 믿는다. 그리고 나는 또 다른 일들을 시작하며 그 안에서 일어나는 실패들을 반갑게 맞을 마음의 태세를 갖춘다. 이제는 두렵지 않다. 두려울지라도 계속 대면하여 그 두려움을 설렘으로 바꿀 생각이다. 분명 실패이다. 그러나 실패를 가장한 성공이다. 다만, 끝까지 그 실패를 딛고 완주하기를 바란다. 실패라는 원석이 다듬어져 성공이라는 빛나는 보석으로 모습을 드러낼 때까지.

'나중'이라는 말은
가장 쉬운 변명

"나중에 다시 올게요~." "조금 더 둘러보고 올게요~."

결혼 전, 친구와 만나기로 한 약속 시간이 아직 남아 고속버스터미널 지하상가를 구경했다. 옷 구경, 잡화와 액세서리들을 좋아하는 나는 그날도 여기저기 돌아다니다 옷 가게에 들렀다. 겨울이라 따뜻한 외투 하나 살까 하는 마음으로 진열되어있는 옷들을 살피다 맘에 드는 반코트를 골라 입었다. 어쩜 이리도 부드럽고 가벼울까? 겨울 외투라고 하기에는 굉장히 가벼워서 놀랐는데 가격표를 보고 더 깜짝 놀랐다. 겨우 십만 원이라니? 종종 있는 일이다. 'O' 하나를 빼고 봤다. 그럼 그렇지, 백만 원짜리라서 그리 내 맘에 쏙 들어왔구나.

전혀 내색 없이 다른 색깔은 없는지 물으며 자연스럽게 벗었다.

다행이다. 다른 색깔은 아쉽게도 없단다. "네~ 알겠어요. 나중에 또 올게요."라고 인사를 건넸다. 이제 우리 관계는 여기까지인 것으로. 으레 예의를 갖추는 듯한 거절이다. 옷 쇼핑을 할 때 가장 많이 쉽고도 편하게 하는 거짓말과도 같은 변명. 옷 가게 주인도 알고 나도 아는 인사치레라는 것을 모두가 안다. 그럼에도 이렇게 변명할 수 있는 안전한 인사치레가 있어 주어서 옷 쇼핑할 때마다 참 감사까지 한다.

일상 속에서 '나중'이라는 말을 언제 하고 있는지 잠시 생각해본다. '나중'이라는 것은 일단 우선순위에서 밀리고 있다는 의미와도 같다. 가장 최근의 일로서 가장 우선순위에서 밀리고 있는 것은 무엇일까. 내 몸을 돌보는 일이라고 해야 할 것 같다. 정말 안타까운 일이지만 가장 최하위에 있다. 넷째를 낳고서 돌보느라 왼쪽 팔을 편하게 올리지 못한다. 팔을 뒤로 쉽게 돌리지도 못할뿐더러 천천히 올리지 않는 이상 90도 이상 벌려 귀에 갖다 대지도 못한다. 그런데 아직 엑스레이를 찍거나 물리치료를 받으러 병원 한번 가보지 않았다. 굳이 세차게 올리지 않으면 일상 생활하는데 문제 없다는 이유이다. 이면에는 그 시간에 해야 할 다른 일들이 많다는 생각이다.

남편도 이야기하다 이제 지친 듯하다. "나중에 갈 거야~ 어쨌든 가기는 갈 거니까…. 나중에" 사실은 나중이 문제이다. '언젠가는 갈 거니까.'라는 생각으로 포장된 가장 큰 변명이기 때문이다. 갈 거야 안 갈 거야 둘 중 하나만 대답해야 한다면 가야 할 수밖에 없는 대답을 나중이라는 변명으로 미루고만 있는 것이다. 그와 같은 일들이 우리의 일상 가운데 얼마나 많을까 싶다. 일상은 그렇다 치더라도 나의 꿈을 이루는 일에 '나중'으로 미루고 있는 일은 무엇인가. 꼭 중요한 문제에서 멈칫하게 되니 묻는 물음이다. 나중이라는 변명은 하지 않겠다는 의지보다 더 고약하다. 기약 없이 한참을 미뤄놓기 때문이다. 다가온 기회조차도 갉아먹는다.

지금 당장 꿈을 위한, '나중에 해야지.'라고 미뤄둔 것들을 모두 적어보자. 솔직하게 말이다. 아무도 보는 이 없으니 솔직하게 적고 내려다보자. 그중 단 한 가지를 바로 실천해보는 것은 어떨까? 나는 정말 솔직하게 '나중에 해야지.'라고 하는 것들이 미안하지만 그닥 없다. 이미 그 꿈을 위하고 사는 일들을 모두 하나씩 해보고 있기 때문이다. 독서하기, 독서모임하기, 특강하기, 글쓰기, 작가 되기, 마케팅하기, 수업하기, 책 쓰기, 컨설팅과 코칭하기, 강연하기 등등. 꿈을 위한 일을 계속하고 있다. 그 위한 일들 자체가 곧 꿈을 살고 있는 것이기도 하다.

또한 지금 당장 또 다른 해야 할 일과 아이디어들이 떠오른다면 바로 실행할 것이다. 여러분은 어떤가. 나중으로 미루고 있는 일들을 꼭 적어보고 단 한 가지라도 오늘 실행하기를 바란다.

나는 육아맘이다. 얼마 전까지만 해도 워킹맘이었다. 종일 일을 하고 집에 돌아와 아직 어린아이 넷을 돌보고 집안일을 해냈다. 그러고서도 나를 위한 일을 했으니 그것은 바로 독서하기였다. 아이들이 어느 정도 커가면서 책 읽는 일 정도는 이제는 좀 할 수 있으리라 생각했다. 잠시 아이들이 노는 틈에 책을 꺼내 들곤 했는데 어쩌면 그렇게 정확히 알고 오는지. 일부러 방해하려고 덤벼드는 것은 아닐 텐데 신기하다. 아이들과 함께 있을 때 나를 위한 무언가를 해보겠다고 애쓰는 것은 서로를 피로하게 한다는 것을 알았다. 그래서 아이들을 모두 재워놓고 내 시간을 가졌다. 단 30분 만이라도 말이다. 그렇게 시작했다. 나를 위한, 꿈을 위한 일을 아주 작은 곳에서 아주 별것 아닌 것처럼.

마흔 살 언저리에 있는 수많은 육아맘들이 나와 같지 않을까 생각한다. 누구보다 그 형편과 상황들을 이해하고 긍휼히 여기는 마음을 가지고 있다. 때로는 너무 안타깝고 속상하다. 가족들을 위한 일들에 충분한 의미와 가치를 가지지만 그럼에도 나를 위한 일들에 늘 목말라 있는 우리들의 삶을 바닥까지 모두 알고 있기 때문이다. 그들을 향해 울부짖듯 달려들어 목청을 높였다. 특강이라도 할라치면 이미 머리꼭지까지 상기되어 목소리 톤부터 올라가고 힘이 실렸다. 특강이 끝나고 나면 온몸에 에너지가 쑤욱 빠져나가 진이 빠진 채로 등줄기의 땀을 식혔다.

그들을 움직이는 것이 참 쉽지 않다고 생각하게 됐다. 모두가 내 의도대로 움직여야 하는 것을 의미하는 것이 아니다. 단지 자신의 꿈을 위해 한 걸음 내딛기를 위한 간절함이다. 그조차도 굉장히 어렵다는 사실을 깨닫고 혼자서 외치는 일을 잠시 멈췄다. 이제는 내가 그들에게 하고 싶은 말이 아닌 그들이 듣고 싶은 말을 시작으로 그들의 생각을 하나씩 변화시키는 작업이 필요하다는 것을 깨닫게 된다. 길고 긴 여정. 그들에게 나의 간절한 마음을 전하기 위한 나를 더 좁고 깊게 파 내려가는 여정이다.

함께 시작했던 SNS 친구들이 많이 떠나갔다. 처음 시작점을 함께 출발했던 천 명, 이천 명의 친구들 중 남아있는 친구들은 10%도 채 될까 싶다. 물론 그들에게 또 다른 방법의 선택이라는 것을 존중한다. 그러나 온라인 빌딩을 세우고자 야심 차게 들어온 그들에게 수많은 기회들조차 함께 사라진 것도 사실이다. 대부분의 이유는 새로운 도전 앞에서 차근차근 정직하게 밟아 내야 하는 과정들을 이겨내지 못했기 때문이다. 그들은 말한다. "언젠가는, 나중에 필요하면 언제든지, 얼마든지 다시 할 수 있어. 이미 했었으니까." 과연 그럴 수 있을까.

처음에는 그들을 격려하며 나 또한 충분히 그럴 수 있을 것이라고 맞장구를 쳐주었다. 그런데 내가 앞을 향해 그 과정들을 지나가면 갈수록 이 일들은 꽤 많은 시행착오들과 시간이 걸리는 일이라는 것을 본다. 멈춰버린 그들과의 간극이 시간이 지날수록 굉장한 차이가 나고 있다는 것을 몸소 체험하고 있다. 언젠가 나중이 되어 운이 좋아 그들이 다시금 이 도전들을 시작하게 된다면 그들은 다시 처음부터 시작이다. 했었기 때문에 속도를 더 빨리 낼 수 있는 것이 아니라 어쩌면 시작하고 멈췄던 이유로 아예 시작하지 않았던 이들보다 더 겸허해져야만 하는 내려놓음의 작업이 하나 더 필요할 수도 있을 것이다.

94

미래와 꿈을 위한 일에는 늘 큰 헌신과 노력 그리고 시간이 필요하다. 인생에 있어 중요한 일일수록 신은 우리에게 더 큰 헌신과 시간을 요구하는 듯하다. 혹 그 일에 '나중'이라고 가장 쉬운 변명을 기약 없이 하고 있지는 않은가? 시간이 걸리는 일에서 가장 지혜로운 일은 가장 빨리 시작하는 것이다. 지금이다. 바로 지금. 우리도 이 땅에 태어난 이상, 이 땅의 주인공으로 살아볼 권리가 있지 않은가.

어쩜 이리도 천생연분일까. 결혼 초반에는 정말 미친 듯이 싸웠다. 양극에서 서로에게 가까이 다가가기 위해 엄청난 희생이 일어났다. 지금 생각해도 부끄러운 일투성이지만 그 당시에는 부끄러운 줄도 모르고 살기 위한 싸움인지, 싸우기 위한 삶인지 분간조차 어려웠다. 그래서 천생연분이다. 어쩜 이리도 다를 수가 있을까. 한참을 싸우다 지쳐 잠시 그를 지켜봤다. '대체 저 사람은 어떤 사람인가. 어떻게 저렇게 살 수가 있지? 어떻게 이런 생각을 못 하지?' 반복되는 부딪힘 속에서 결국 두 손을 들고 가만히 들여다본다. 그가 하는 대로 가만히 있어 본다.

나의 방법이 아닌 그의 방법대로 어떻게 풀리는가 하고 말이다. 사실은 나의 방법대로 해결하다 결국 지쳐서 놓을 수밖에 없는 지경에 이르러서 말이다. 물이 흐르듯 살아지고 그 방법대로 또 인생의 문제가 풀려가는 것을 보며 깨닫는다. 그것도 방법이로구나.

성향과 기질이 양극에 서 있는 우리 부부는 그래서 천생연분이다. 나의 장점이 그의 단점이고 그의 장점이 나의 단점인 것이 명확하게 떨어진다. 그 중 종종 나타나는 '나중'이라는 소재는 기타 줄을 당기고 풀며 정확한 음을 찾아 조율하듯 우리가 서로의 줄을 당기고 풀어 서로의 음을 찾아 만나야 하는 지점이기도 하다. 남편은 '나중'이 일상이고 나는 '지금'이 습관인 사람이기 때문이다.

'나중'이라는 말은 가장 쉬운 변명이기도 하지만 아이러니하게도 무시할 수 없는 그들의 충분한 형편과 이유이기도 하다. 강요한다고 해서 해결되는 것이 아니라는 것을 알았다. 화를 내고, 호소하고, 반복해서 말하는 것들이 결코 누군가를 변화시키지 않는다. 내게 가장 소중한 이라면 더더욱 말이다. '지금 당장' 해야 한다고, 도전하라고 용기를 내라고 외친다고 그들이 할 수 있는 힘을 얻게 되는 것이 아니라는 것을 많은 이들을 만나며 알게 되었다. 인내가 필요한 것은 의식의 변화가 그들 스스로에게서 먼저 일어나야하기 때문이다. 그 이유이다. 그들을 고요히 변화시키는 일들을 나는 시작했다. 그동안 "해야 된다!!!" 만 주구장창 외쳤다. '이렇게 해야 할 이유들이 분명한데 대체 왜 안 하는 거지?'라고 생각하며 말이다. 이제 그들의 언어로 스며들 생각이다.

'나중'이라는 말은 "나중이라는 말은 있잖아요~ 자신의 꿈을 얻는 기회를 갉아먹는 가장 쉬운 기약 없는 변명이에요."라고 소곤대며 말이다.

조금씩 조금씩 자신도 모르게 지금 움직일 수밖에 없는 의식의 힘이 생길 때까지.

내 삶의 주도권,
이제 내가 쥔다

'어제와 똑같이 살면서 다른 미래를 기대하는 것은 정신병 초기 증상이다.'

– 아인슈타인

지금까지 자신의 삶의 주도권은 무엇에, 누구에게 있었는가. 삶의 주도권을 이미 쥐고 지금까지 왔다면 박수를 쳐주고 싶다. 이미 꿈을 사는 일, 독립을 이룬 자유, 성공자의 삶을 이루었을 수도 있을 것이다. 그러나 삶의 주인이 자신이라고 자신할 수 없다면, 무엇인가에 누군가에게 주도권을 빼앗기고 살아왔다면 이제 결단해야겠다.

아인슈타인의 이야기처럼 어제와 똑같이 살면서 다른 미래를 기대한다는 것은 정신병의 초기 증상과도 같으니 말이다. 너무 극단적이라서 강한 반감을 품을 수도 있지만 관용적인 자세로 한번 깊이 새겨보는 기회가 되기를 바란다. 충격이라도 받았다면 그 또한 감사하다는 생각이 든다. 여태까지의 의식에 자극이라도 강하게 주었으니 말이다.

내 삶의 주도권 언제부터 잃어버린 것일까? 십대 때 우리들은 미래를 늘 생각하고 염두에 두며 학창시절을 보냈다. 고등학교는 어디로 가지? 인문계로 갈까 자연계로 갈까? 대학은 어디로 가지? 무슨 과로 가서 나는 무슨 직업을 가질까? 누군가 먼저 걸어간 그 길과 방법 그래도 그것이 정답인 것처럼 열심히 무엇인가를 붙잡고 달렸다. 뭔가 내가 선택하는 것과 같은 착각의 자유를 잠시라도 누리며 말이다. 그리고 직업을 가지고 몇 년을 직장생활을 하며 자신의 평생직장인 것처럼 충성스럽게 일을 했다.

다행히 시대가 바뀌고 다음 세대들의 직업개념 변화가 생기면서 그마저도 직장에 대한 집착을 버리게 되었지만 말이다. 하여튼 한참 자신이 주도권을 전부 쥔 것처럼 달려오다 직장을 갖고 결혼을 하며 뭔가 틀어짐을 느끼기 시작한다. 서른 마흔이 되면서 자신에게 남겨진 주도권이 극히 일부 남아있는 것을 발견하게 된다. 인정하기 싫지만, 사실은 미래를 위해 달렸다고 자부하는 십 대 학창 시절에도 우리에게 주도권이 있었던 것일까? 태어난 나라와 환경, 부모와 형편, 학교의 또래들과 선생님, 우연히 마주친 이웃집 친구와 낯선 사람들 틈에서까지. 사회의 관습과 통념, 타인들의 생각과 가치관, 주고받는 가까운 이들과의 영향력 속에서 얼마나 자신의 주도권을 행사하고 있었을까.

직장생활을 하며 만나게 되는 동료, 선후배와 직장 상사들, 결혼하며 이루게 된 가족이라는 틀 안에서 남편과 자녀들과 이루게 되는 생활양식들 속에서 많은 이들이 꺼리고 슬퍼하는 마흔이라는 나이에 이르기까지. 자신의 주도권은 얼마나 그 역량을 발휘해내었는가 생각해본다. 왜 꼭 그렇게 살아야 하는 것이냐고 한번을 묻지 않고 물 흘러가듯 흘러왔다. 그렇게 계속 흘러갈 뻔했다. 다행이다. 마흔에라도 알게 되어 다행이다. 내 삶의 주도권을 동일한 사회, 통념, 환경, 관계 속이지만 스스로가 쥐고 선택할 수 있게 되었으니 말이다. 그것은 곧 어제와 똑같이 살지 않겠다는 의지였다. 내 삶의 주도권을 내가 쥐겠다는 결단이었다. 그렇게 나는 마흔을 새롭게 시작한 것을 칭찬한다.

어느 날 우연히 아주 오래전에 방영됐던 〈런닝맨 히어로의 귀환 편〉을 보게 되었다. 출연진들이 각각 히어로로 분장을 하고 담력 테스트를 수행한다. 울버린, 아바타, 원더우먼, 손오공, 슈퍼맨, 배트맨, 홍길동. 5층 정도 높이의 두 건물 사이를 나무다리로 이어놓았다. 겹겹의 안전장치를 해놓고서 히어로들이 안전줄 하나만을 의지한 채 눈을 가리고 나무다리를 건너는 것이다. 남편에게 '난 저런 거 정말 안 무서운데……. 쉽게 난 지나갈 거야.'라고 자신 있게 이야기했지만, 막상 덜덜 두 다리를 떨며 아예 발을 떼지도 못하는 그들의 모습은 '장담할 일은 아니겠지?'라는 생각마저 들게 했다.

정말 간만에 배꼽을 잡고 눈물까지 짜내도록 웃었다. 전혀 예상치 못한 옥상에 따로 만들어 놓은 아이들 장난과도 같은 세트가 정말 기발한 이벤트이며 기획이었다. 히어로들이 나무다리 위를 건널 때마다 함께 긴장하며 맘 졸였을 내용들인데 처음부터 끝까지 박장대소했다. 그들의 우스꽝스러운 모습을 보며 맘 놓고 편하게 웃을 수 있었던 것은 실제가 아닌 설정된 세트였기 때문이다. 그런데 순간 머리를 스치는 생각이 있었다. 그것은 통찰과도 같았다. 건너는 방법도 무관하다. 성큼성큼 가던, 기어가던, 앉아가던 그들의 방식대로이다. 설사 거북이와 같이 천천히 가더라도 도착만 하면 성공이지 않겠는가.

히어로들이 순서대로 도전을 외치고 시작은 했지만 언제든, 누구든 포기할 수 있다. 안전줄 끝에 있는 종을 울리면 성공이지만 성공에 이르기까지 그들은 선택할 주도권을 스스로 가지는 것이다. 처음에는 '생각의 차이가 정말 크구나. 생각의 비밀은 정말 놀라운 물리적인 결과를 낳는구나.'라는 생각을 했다. 실제로 자신들이 5층 높이의 건물 사이를 건넌다고 생각했던 이들은 실제가 아닌 생각만으로도 겨우 성인 서너 걸음 채 될까 말까 한 거리를 다리의 힘을 잃고 휘청거리기 때문이다. 넓은 판자를 지나면서도 좁은 나무다리에서 발이 자칫 빗나가 떨어질까 봐 아예 한발조차 내딛지 못하는 웃픈 현실을 만들어냈다.

그리고 포기를 하든 도착했든 안대를 벗고 현실을 직시하는 순간 자신들의 두려움과 공포가 전혀 쓸데없었던 허상이었음을 깨달으며 어처구니없어 한다. 스스로가 생각해도 정말 우스꽝스러웠을 자신들의 모습에 말이다. 그들 각자의 생각들이 큰 차이를 만들어냈다. 결과를 이루기까지의 과정 또한 생각의 영향은 엄청났다. 더 나아가 '주도권'을 생각해보았다. 생각조차 선택은 자신의 몫임을 말이다.

현실을 살아가고 있는 우리들의 모습은 어떨까. 실제로 드러나지 않은 있지도 않은 것들에 두려워하고 있는 것들이 얼마나 많을까? '스스로 난 할 수 없어. 여기까지가 나의 한계야.'라고 생각하며 시도조차 하지 않고 있는 것들은? 눈물까지 쏟으며 웃어댔던 런닝맨의 장면들이 강한 메시지가 되어 깊은 생각에 잠기게 했다. 지금 이 순간에도 다시금 그 날의 메시지를 떠올리며 삶속에 녹아진 생각들을 점검하게 한다. 삶의 주도권을 온전히 내가 쥐고 인생을 살아가기 위해서는 보이지 않는 에너지를 움직이는 생각의 주도권을 쥐는 것이 우선이라는 것을 말이다.

2011년 1월 10일, 첫째 아이의 출산 이후 육아기간은 오래도록 이어졌다. 현재 첫째가 11살, 넷째가 4살이니 아직도 그 육아의 시간들은 지나가고 있는 중이다. 당시 첫 출산과 함께 계속 달리고 있던 무엇인가를 멈추게 되었다. 하고자 하는 일들에 항상 열정을 쏟아 붓는 나는 대학시절에도 동아리 활동에 전심전력을 다했다. 하루 두세 시간을 자면서도 힘든 줄 모르고 달렸다. 직장생활을 시작해서도 허투루 시간을 보내는 일이 없었다. 스스로 찾아서 일을 할 만큼 일 자체를 좋아하기도 했지만 능력을 인정받고자 하는 욕구가 강했던 나는 그 또한 기대 이상으로 해내고는 했다.

독립적이고 주도적이었던 나는 이제, 육아라는 현실을 맞이하며 모든 것들을 잠시 멈추게 됐다. 가족과 친구들도 없는 타지역에서의 삶, 직장 생활 속에서 활력이 되었던 일과 동료들과의 관계, 진취적이고도 역동적이었던 나는 어느 순간부터 집안에서 육아하며 남편만 종일 기다리는 신세가 되었다. 나를 점점 잃어가기를 허락하고야 말았다. 거기다 남편의 대학원비와 생활비를 감당해오던 직장생활을 그만두었으니 엎친 데 덮친 격으로 경제적인 생활이 어려워지기 시작했다. 옛 할머니, 어머니의 생활고 이야기마냥 기저귀, 분유 값을 걱정 해야는 일이 실제로 생겨버린 것이다.

상황이 어려워질수록 나는 더 아이와 함께 고립되었다. 사람들을 만나는 것조차 밥값이 들고 커피 값이 드는 일이었으니 감히 엄두조차 내지 못했다. 지금의 나라면 또 다른 방법을 선택 했을 터인데 그 때는 아이를 두고 직장생활을 일찍 시작한다는 것이 도저히 용기를 낼 수 없을 정도로 어려웠다. 그렇게 둘째, 셋째가 생기면서 육아기간은 길어졌다. 4년 정도가 지났다. 셋째를 출산하고 6개월 정도가 되었을 때 문득 나를 보았다.

아이들과 함께 있을 때는 자녀들에 대한 책임감으로 웃고 놀고, 움직이고 있지만 혼자 멍하니 앉아있을 때는 한없이 무기력하고 나락 없이 가라앉아있는 모습을 보게 된 것이다. 가슴은 왜 그리 먹먹한지. 부기가 이제는 빠질 만도 한데 늘 부어있는 얼굴의 힘듦들……. 모든 것들이 올무처럼 나를 얽어매고 있는 것만 같았다. 스스로 할 수 있는 것이란 아무것도 없다는 생각이 들었다. 그것은 곧 주도권을 모두 잃어버리고 힘없이 쓰러져있는 독수리의 모습과도 같았다. 뜬금없는 독수리의 비유이냐 싶겠지만 그처럼 힘 있게 날아오르던 나였으니 말이다.

　그래서 나는 마흔이 되어 생각지도 못하게 '이것이 나의 꿈을 위한 일이로구나. 시작이로구나.' 라고 느꼈을 때 결코 놓지 않겠노라고 다짐했다. 그동안 그렇게 주도권을 무엇인가에 누군가에 쥐어준 채 살았으니 이제는 결코 놓지 않겠노라고. 상황들이 많이 바뀌었을까? 물론 모든 상황들은 더 좋은 방향으로 향하고 있다. 하지만 또 다른 이유와 상황들은 늘 언제나 있는 법이지 않은가.

　현재도 넷 자녀들을 양육하고 있다. 재정적인 부분을 크게 감당해야하고 내 의지와 상관없이 해야 하는 일들이 있다. 그럼에도 나는 그 어느 때보다 삶의 주도권을 확실히 쥐고 있다. 그동안의 수많은 크고 작은 주도권 싸움에서 이기는 싸움을 해왔기 때문이다. 어제보다 오늘, 오늘보다 내일 그렇게 점점 내 삶의 주도권을 확실히 쥐게 될 것임을 확신한다. 그것이 나의 소망이고 자유이다.

　딱 한번 사는 나의 꿈, 나의 인생이지 않은가.

3장

꿈을 사는 완벽한 타이밍, 마흔

01

꿈이 없는 인생은
실패를 꿈꾸는 인생

어두웠던 십 대를 지나 일찍이 독립한 이십 대는 어쩌면 가장 자유로웠던 때가 아닌가 싶다. 제주에서 약간의 답답함을 느꼈던 나는 서울에서 직장생활을 시작했다. 어쩌면 이리도 내 성격에 딱 맞는지. 아침마다 수많은 인파를 뚫고서 뛰어 출근해야 하는 그 역동적인 느낌이 너무 좋았다. 가만히 서 있기만 해도 나의 노력과 아무런 상관없이 떠밀려 어딘가를 가고 있고 무엇인가를 하는 모습이 무척 만족스러웠다.

종일 직장생활을 하면서도 끝남과 동시에 1주일에 두 번은 피아노학원, 두 번은 영어 학원 주말에는 교회 봉사활동과 예배 활동을 했다. 그러면서도 직장동료들과 영화를 보고 맛있는 음식들을 먹으며 그 삶을 즐겼으니 모든 서울 생활들이 정신없이 사는 기쁨이었다. 오래도록 만났던 남자친구와 헤어진 것 외에는 내게 실패라는 것은 전혀 없었다. 안정적인 직장생활을 하고 있었고, 내가 벌어들인 돈을 저축해가며 자유스럽게 사용할 수 있었으며 배우고 싶은 욕구들을 맘껏 채울 수 있었으니 특별히 어려웠던 일은 없었다.

지금 나는 마흔이 훌쩍 넘었다. 3년 전 온라인 빌딩을 세워보겠노라 도전하고 직장을 그만두었다. 생계 걱정이 되었지만, 직장에서 일하던 열심으로 최선을 다하면 그에 합당한 월급 이상의 수입을 당장 이룰 수 있을 거라 기대했다. 그러나 생각보다 꽤 오랜 시간 맨땅을 파내는 시간들이었다. 새로운 분야이기에 새로운 공부에 그만한 투자가 필요하다는 것을 깨닫고 공부하기 시작했다. 분야의 전문가들을 찾아 나섰고, 필요한 수업들을 들었으며 여러 가지 작은 시도들을 했다. 2천만 원의 빚이 생겼다. 남편 몰래 생긴 빚이다. 망연자실해 거실에 주저앉아 아무런 소리도 없이 눈물만 흘렸다. 사기라고도 할 수 없고 아니라고도 할 수 없는 실패가 내 눈앞에 왔다.

'순간 이제 여기까지만 할까. 굳이 왜 이러한 어려움을 반복해야 할까.' 라는 생각이 들었다. '평범하게 먹고사는 정도면 이것도 행복이 아닐까.'라고 하는 편하게 쉬고 싶은 마음이었다. 그러나 멈추지 않고 또 다시 오뚝이처럼 일어나 계속 부딪히는 벽들을 하나씩 허물어내려 애썼다. 새로운 시도들을 할 때마다 또 다시 새롭게 실패감을 맛본다. 물론 성취감을 맛보기도 하지만 곧 언제 그런 일이 있었냐는 듯 무색하도록 좌절감을 맛볼 때가 부지기수다. 가슴이 답답하다. 커다란 산 앞에서 언제 저 산을 넘을까 바닥에 엎드러지는 순간이 반복된다.

자유로웠던 이십 대와 도전하고 시도할수록 실패가 가득 쌓이고 이 나이에 왜 이런 불편함들을 감당하고 있는가 싶은 사십 대, 어느 때가 진정한 실패의 시기일까? 나는 과감히 이야기할 수 있다. 보이는 현상들과 상관없이 보이지 않는 꿈의 에너지가 가득한 지금, 마흔이 넘어가는 지금이 내게 성공의 시기이며 꿈이 없어 향방 없이 달리던 이십 대가 실패의 시기였다라고 말이다. 천만다행으로 지금 꿈이 있으므로 인해 꿈이 없어 실패였던 이십 대의 시절조차도 실패가 아닌 것이 되었다. 마흔의 꿈이 있어 그 때의 실패도 실패가 아닌 기회와 과정이 되었다는 이야기이다.

어떤 이들은 이십 대에 자신의 꿈을 명확히 하고 목표를 전진하여 일찍이 바라던 것들을 이루기도 한다. 그러나 나의 이십대는 꿈과 목적 없이 현실이라는 프레임 안에서 바닥만 내려다보며 나의 열정과 최선을 다 쏟았다. 그 또한 참 잘한 것이라고 토닥여주고 싶지만 냉정하게 목적 없이 열심히만 살았던 이십 대는 결국 원하지 않은 삼십 대와 사십 대를 맞이하게 했다.

나의 영역이 아니라고 생각했다. 최선을 다했으며 그 결과는 나의 영역이 아니니 그 또한 감사하며 살아야 한다고 말이다. 그러나 이제 알게 됐다. 그런 생각과 마음 자세들이 지금의 내 현실을 만들어 놓았다는 것을. '꿈이 없는 오늘은 꿈이 없는 내일을 맞이할 수밖에 없다.'는 말은 진리처럼 느껴진다. 자신 있게 말할 수 있다. 꿈이 없는 인생은 단지 꿈이 없는 것에 그치는 것이 아니라 실패를 꿈꾸게 한다는 것을. 이미 실패를 꿈꾸고 있는 현실을 만들어 내고 있다는 것을 말이다.

'꿈은 비가시성이기 때문에 사람마다 정의가 다르다.'

메타 브랜딩의 박항기 대표는 국내 브랜딩 네이밍 업계의 최고수의 인물이다. 그는 꿈의 특성으로 다섯 가지를 이야기한다. 비가시성, 유연성, 전염성, 비현실성, 미래지향성이다. 그 중에서도 꿈의 비가시성이라는 특성 때문에 꿈이 없다는 사람들이 많으며 그들은 꿈이 없다하더라도 아무런 일도 일어나지 않을 것이라 생각한다는 것이다. 내 주변에도 꿈이 무엇이냐는 질문에 쉽게 답하는 이들이 많지 않다. 나이 마흔이 훌쩍 넘어가는데도 좋아하는 것이 무엇인지 꿈이 무엇인지 모르겠다는 이들이 보편적이다.

공기가 보이지 않는다고 없는가? 비록 보이지 않지만 우리는 공기가 있다는 것을 알뿐더러 꼭 있어야 하는 물질이라는 필요까지도 인지하고 있다. 그런데 꿈이란 어떤가? 보이지 않기 때문에 은연히 수십 년을 흘려보내기도 한다. 꿈이 없어도 당장 숨을 못 쉬거나 물이 없어 목이 타는 것과 같지 않기 때문에 마흔, 쉰이 훌쩍 넘어가도 없으면 없는 대로 살아간다. 여러분은 어떤가. 꿈은 분명히 존재하고 있다. 보이지 않는 에너지로 말이다.

간혹 젊은 시절에 꿈이 없는 것은 당연하며 오히려 꿈이 없기 때문에 더욱 강하다고 말하는 것을 듣기도 한다. 어떤 의미를 전달하고자 하는 것인지 이해는 하지만 말 그대로 생각한다면 인생을 목적 없이 사는 것과도 같다. 꿈이 없다고 할지라도 완전한 존재로서 '나'의 의미는 충분하다. 그렇다고 꿈이 없어도 되는 것은 아니다. 완전한 존재로서 자신을 만난다면 되려 더 명확히 자신이 원하는 꿈을 마주하게 될 것이니 말이다.

누군가가 강요해서 생기는 것이 아니다. 사실은 가장 자연스러운 것이 자신을 발견하고 자신의 꿈을 발견하는 것이다. 사회의 통념 속에 깨어지고 부서지기 이전의 학령기를 되돌아보면 너도나도 신나게 순진하고 순수하게 꿈 이야기들을 떠올리지 않는가? 스스럼없이 내뱉듯 가벼웠던 꿈 이야기 말이다.

꿈 이야기는 하루에도 수십 번 해야 하는 주제이다. 평생에 몇 번 채 안 되는 질문이 던져졌을 때 정답을 풀듯이 고민하며 힘들어하는 주제가 아니어야 한다. 우리들이 만나면 공통적이고도 일상적인 대화 주제가 될 수 없는 이유는 무엇일까. 어느 순간부터 "넌 꿈이 뭐야?" 라고 물으면 어느 대학을 가는 것, 어떤 직업을 가지는 것이 되어버렸다. 따라오는 것은 너는 OO대학 가는데 나는 전문대 가고 지방대 가는구나. 싶은 것이 부끄러워진다. 너는 변호사가 꿈인데 나는 변호사는 꿈도 못 꾸는 기술자이니 부끄럽고 수치스럽다고 생각한다. 꿈이 문제여서가 아니라 경쟁하고 비교하는 의식이 문제인 것이다.

그와 같은 이유들이 눈덩이처럼 커져 꿈을 이야기하는 것을 입 밖으로 내기가 어려워졌다. 자신의 꿈이 누군가에게는 터무니없는 웃음거리가 될지도 모르고 그들이 생각하기에 별것 아닌 것이 되어버릴 것이라는 두려움 때문에 말이다. '이것도 꿈이라고 할 수 있을까? 꿈이 될 수 있을까?' 대체 누가 꿈이 되고 안 되고의 기준을 가지고 판가름해주는가. 이 또한 꿈을 가진 것이 문제인가? 자신의 꿈에 남들의 시선이 매우 중요해진 것이 문제가 아닌가 말이다.

자신이 주체가 되어 강하게 외치라. "내 꿈이다. 내 꿈이 이것이다."라고 말이다.

2004년도에 한창 온 여성들의 가슴을 설레게 했던 파리의 연인 박신양의 명대사가 갑자기 떠오른다.

"이 남자가 내 남자라고 왜 말을 못해!"

그렇지 않은가? 꿈이 없는 인생은 없다. 목적 없는 인생이 없듯이 말이다. 자신을 사랑할수록 꿈은 너무도 자연스럽게 내면에서 작은 울림이 되어 본인의 귀 언저리에 외칠 것이다. 그것은 곧 신이 인간에게 심어두신 보물과도 같다. 단지 찾아야할 책임이 있을 뿐이다. 자신에 대해 책임을 지는 것은 스스로를 귀히 여기는 사랑의 표현이다. 세상의 시끄러운 소리들을 잠시 닫고 내면의 소리를 들어보자. 자신을 가장 존중히 여기고 강하게 만드는 작업이다.

혼자 방에서 연습해보는 것은 어떨까? 상황과 남들 시선 상관없이 그냥 외쳐보는 것이다. "이 꿈이 내 꿈이야. 내 꿈은 이것이라고.” 먼저 내 자신이 분명히 들을 수 있도록 계속 꿈을 이야기해보자. 그리고 가족을 만나고 친구들을 만날 때마다 꿈 이야기를 해보자. 그들이 듣든지 아니 듣든지 개의치 말고 꿈 이야기를 계속하는 것이다. 혹여나 그들이 본인의 꿈을 무시하거나 콧방귀를 뀐다면 한동안은 그들은 열외 하라. 서로의 꿈 에너지를 함께 나눌 수 있는 이들을 만나서 오늘도 내일도 꿈 이야기를 가득하기를 바란다.

명확해진 순간, 이제부터는 움직이게 될 테니 말이다. 직접 꿈을 살게 되는 것이다. 나는 꿈이 없어서 마흔이 될 때까지 먹고 사는일만 하며 살아왔다. 부자의 부모로부터 태어났다면 부자의 인생을 살아볼 기회가 있었겠지만 그 상태로는 결코 가난을 벗어나는 일은 없었을 테다. 그러나 꿈을 가지고 직접 살게 된 그 순간 나는 가난을 벗어났다. 성공을 향해 가고 있다. 이전의 실패조차 이젠 더 이상 과거를 향하지 않는다. 내게 이젠 미래를 향한 꿈이 있기 때문이다.

마흔이라서 완벽하다

나의 본 게임은 이제부터 시작이다.

이전의 시간들은 어쩌면 이 본 게임을 위한 연습게임이었을 뿐이다. 물론 그 또한 본 게임을 제대로 시작하기 위한 필수 불가결의 과정들이다. 마흔이 되어서야 꿈에서만큼은 새내기가 되어 첫 출발을 했다. 내게는 그제야 꿈을 위한 일들에 대한 준비가 끝난 시점이 아니었을까? 나를 찾는 과정이 시작되었고 그 과정은 내가 무엇을 원하는지, 무엇이 하고 싶고 잘하는지에서부터 시작해 나의 존재가치를 찾는 일들이었다. 나의 강점과 약한 부분을 확인하며 강점을 강화하고 개발시키는 기회들이었다. 최고점에 이르는 추진력과 실행력, 열정과 집중력을 직접 목도하며 나를 통한 또 다른 가능성들을 보았다.

나를 진심으로 사랑하고 신뢰하게 된 과정이기도 했으며 통찰력과 직관력을 타인에게 베풀며 스스로가 감탄하게 되었다. 아무리 보아도 이제야 준비가 끝난 것임에 틀림없다.

"야~! 너 뭐하냐? 말해봐. 너도 할 말이 있을 거 아냐?!"
"……."

말하기 싫어서가 아니다. 말을 못한다. 이런 상황에서는 더더욱 내 생각과 마음을 입 밖으로 꺼내지 못한다. 아무리 말을 하려고 마음을 먹고 애를 써도 이미 틀렸다. 대답을 하지 않으면 변명이라도 하지 않으면 친구와의 관계가 틀어질 거란 생각에 맘이 조급하지만 늦었다. 그렇게 사이는 멀어졌다. 중학교를 졸업하고 각자 자신의 길로 가버릴 때까지. 처음으로 나를 좋아해주고 편지글을 주며 먼저 다가와 주었던 친구인데 그렇게 놓쳤다.

가족이 아닌 누군가에게 나의 생각과 의견을 이야기 해본 적이 있을까? 초등학생 때 너무 우스꽝스럽지만 반 친구들에게 '상사병'으로 몰렸을 때도 아니라고 말하지 못했다. 그들은 아직도 상사병으로 양호실에 가서 누웠던 아이로 나를 기억할 것이다. 그냥 그들이 이야기하듯 행동하기로 하고 양호실에 가서 누웠다. 지금도 이유 모를 뺨을 담임 선생님께 맞았지만 왜 때리는 것인지 이유조차 묻지 않았다. 난 그 남학생을 좋아하지 않았지만 오해를 한 누군가가 그리 이야기하면 그 남학생을 좋아하는 것처럼 행동했다. 야영을 간 뒷날 아침메뉴가 있었음에도 같은 조 친구들이 귀찮아 아침을 먹지 않자 속상해서 울었다. 챙겨먹든, 먹자고 얘기를 하든 할 것이지.

청년이 되고서는 나도 나를 모르고 그들도 나를 모르는 사람이 되었다.

"넌 너무 투명하지 않아. 너란 사람을 잘 모르겠어." 그것은 나도 마찬가지다. 너무 맘에 들지 않는 나는 대체 누구인가. 나도 나를 찾고 싶었다.

내가 나를 사랑하지 않는데 나를 찾는 길을 찾기란 이미 할 수 있는 일이 아니었다. 아무리 대답을 하려고 했지만 말하는 방법도 알지 못했던 것처럼 길을 찾는 방법도 몰랐다. 나를 사랑하기가 우선이었다. 첫 과제부터 해내기 위해 정말 많은 크고 작은 길들을 돌고 돌았다. 그리고 마흔이 되었다. 이제 시작이다. 이제야 워밍업이 끝난 것이다. 얏호.

꼭 마흔이어야만 하는 것은 아닐 테다. 단지 마흔이라는 시간이 많은 인생의 경험들과 역할들 속에서 지식과 통찰들이 채워지는 적절한 시기가 되는 것일 뿐이다. 이전에 상상하지도 못했던 확장된 모습을 발견한다. 다양한 맥락 속에서 확장된 나는 사실 새로운 시각을 가지게 되면서부터 엄청나게 성장하기 시작했다. 나이만 먹는다고 확장된 자신을 마주하는 것은 아니니 말이다. 시각을 달리하는 순간 이전의 송두리째 버려야만 했던 경험들이 기회를 일으키는 귀한 스토리가 되는 것을 경험하게 될 것이다.

며칠 전 이십 대 때 한창이었던 싸이월드 사진첩을 보게 되었다. 이십 대 중반 얼굴은 앳되었는데 풍겨 나오는 분위기가 어쩜 그리도 고상한지 지금에나 나올 수 있는 성숙한 느낌이었다. 너무도 신기해서 가만히 내려다보며 생각에 잠겼다. 그 땐 그랬었다. 원숙미가 진할 법한 사십대의 모습을 그리며 그만한 성숙미를 풍겨 내려 했다. 머리스타일도 옆으로 비스듬히 가려 내리고 비싼 옷은 아니지만 분위기가 살아나는 옷으로 차려입었다. 그리고 다소곳한 손과 발의 매무새와 그에 어울리는 가방과 구두. 원숙미가 청춘 이십 대의 나의 멋이었다.

　지금 나는 특별히 고상한 분위기를 내려고 애쓰지 않는다. 왜냐하면 굳이 겉모습을 여성스럽게 차려입고 성숙한 분위기를 끌어내려 하지 않아도 이미 사십 대에 이른 나는 자연스럽게 그런 분위기가 풍겨져 나오기 때문이다. 이십 대에서 그 분위기와 느낌을 만들고 그대로 유지하려 의식을 했다면 마흔이 지난 지금은 전혀 의식할 필요가 없다. 있는 모습 그대로에 깔끔하게 옷 한 장만 걸치고 편하게 생긴 대로 앉아만 있어도 자연스럽게 그 분위기는 흘러나오기 때문이다.

　왜일까? 무엇일까? 이십 대에 채우려고 상상했던 것들이 나이 마흔에는 원하던 모습 그대로 고스란히 채워져 있기 때문이다. 특별히 그러한 모습으로 보이려 애쓰지 않아도 흘러넘쳐 나온 것들이다. 많은 삼십대들이 후반을 지나가며 깊은 한숨을 내쉰다. 삼십 대 중반이 지나가면서부터 이미 연말이 지날 때마다 그렇다. 이제 곧 자신은 마흔이라는 것이 그 이유이다. 이십 대 삼십 대 때 나 또한 그들과 동일한 모습이었다. 한 해가 지날 때마다 벌써 한 살을 더 먹는구나, 이십 대 후반이 되었구나, 삼십 대구나 이러면서 한숨을 깊게 내쉬고는 했다. 하지만 언제부턴가 '왜 그래야하지?' 전혀 이해되지 않는 순간이 왔다. 마흔이고 쉰이고 내일이, 미래가 기대되고 설렐 뿐인데 말이다.

이삼십 대가 지나가며 항상 누군가의 꿈을 먹고 살던 나는 꿈을 묻는 질문이 어색하고 불편해지기 시작했다는 것을 깨닫게 되었다. 더 이상 꿈을 물을 수 있는 적절한 타이밍이 지나가고 있는 것이다. 어느 날도 그랬다. 꿈을 묻고 되돌아오는 이상한 반응에 괜히 자신이 부끄러워졌다. 꿈을 묻는 질문이 참 어리석다는 느낌이 스쳤다. 곰곰이 생각해보니 마흔이라는 이 나이에, 매일 아이들을 챙기며 먹고 살기도 바쁜 이 환경에 꿈을 논하는 것이 개똥같은 철학으로 여겨졌다. 점차 나이를 먹어가며 누군가의 꿈을 묻는 질문을 그만두었다. 다시금 꿈을 찾고 누군가의 꿈을 찾아주어야겠다는 결심을 하기 전까지 말이다.

어떤가? 여러분들도 꿈이라는 것은 십대, 이십대 한창일 때나 어울리는 단어라고 생각되지는 않는가. 꿈이라는 콘텐츠를 가지고 고심을 하고 있던 때에 누군가도 이야기 했다. "꿈이라는 단어 자체가 십대들에게나 어울리지 않나요? 십대 청년들을 떠올리죠." 대부분이 십대가 꿈과 가장 잘 어울리는 타이밍이라고 이야기를 했다. 그래서 나는 이와 같은 주제를 가지고 책을 써야겠다는 다짐을 했다.

'마흔 살, 지금이 꿈을 사는 완벽한 타이밍이다.' 마흔 살이 완벽한 타이밍이라고 말이다. 꿈을 꾸기에, 꿈을 살기에 완벽한 타이밍, 마흔…….

　다른 세상을 살고 있다. 같은 시대, 같은 공간에 있는데 다른 세상을 살고 있다. 눈에 보이지는 않지만 다른 차원을 살고 있다고 표현해도 될까? 얼마 전까지만 해도 내 주변은 온통 꿈이라는 단어를 들이대기가 무색할 정도로 그와 상관없는 사람들이 가득했다. 젊은 이십 대라고 할지라도 패기는 있으나 지극히 이기적일 만큼 현재 자신의 것을 먼저 챙기기 급급한 이들이었고 삼사십 대라면 오래도록 자신의 자리를 지키기 위해 텃새를 부리는 이들이었다. 가까운 친분이 있는 것이 아니라면 '꿈'을 묻는 일은 결코 하지 않았다. 비록 내 안에는 많은 꿈들이 꿈틀대고 있었다 치더라도 말이다.

　같은 시대 같은 공간이다. 나는 어디로 건너온 것일까 싶을 정도로 현재는 주변이 온통 꿈을 향하고 꿈을 치열하게 살아내고 있는 이들로 가득하다. 아침마다 제일 먼저 열어보는 블로그와 인스타그램 그리고 수많은 단톡방들에 올라오는 대표님들의 아침 인사만 보아도 이미 열기와 에너지는 넘쳐난다. 여러 가지 모양으로 성공 확언과 긍정 확언들을 한다. 2년째 자신의 꿈을 성장시키기 위한 새벽을 디자인하는 공간에 모여 있는 꿈쟁이들, 첫 번째 책을 내고서 그 다음 성장을 담아 두 번째 책을 내는 꿈을 실현내는 작가들이 있다.

한참을 내달리다 몇 개월째 정체기에 있었지만 포기하지 않고 다시 부스터를 달고 있는 그녀를 알고 있다. 사실은 본인이 이야기하지 않았다면 정체기인 줄도 모르고 지났을 것이다. 슬럼프를 배움과 학습으로 퀀텀 점핑의 기회로 삼는 1인 기업인들도 매일같이 보고 있다. 그쳐있었던 6개월간 자신을 위한 배움의 투자에 천만 원을 들이고 왔다고 당당히 말한다. 천만 원의 투자가 일반인들에게는 숨기고 싶거나 괜히 부끄럽게 여겨질 수도 있을 것이다.

처음에는 나 또한 그러했다. 지금은 다르다. 이것도 자신을 위해 필요한 투자라면 꼭 거쳐야는 과정이라 생각한다. 그럴 수 있는 용기에 박수를 보낸다. 돈이 있다고 냉큼 할 수 있는 것도, 돈이 없다고 결코 못하는 것도 아니라는 것을 이제는 알기 때문이다. 그들과 함께 달리고 있는 이 공간이 너무 행복하다. 얼마 전 자녀가 물었다. "엄마, 엄마는 어릴 때가 좋아요, 어른이 됐을 때가 좋아요?" 망설일 것도 없이 자신 있게 이야기 한다. "엄마는 지금이 너무 좋아. 앞으로는 더 기대가 돼."

마흔이라서 너무 좋다. 내 꿈들을 시작하게 된 마흔이 너무 좋다. 물론 앞으로 일어날 일들이 너무 기대가 되는 것은 더더욱 그러하다. 그럼에도 불구하고 완벽한 타이밍은 지금의 마흔 살이 될 것이다. 인생 가운데 이전과 이후를 가르는 경계 지점이기도 하지만 이후를 일으킨 가장 가치 있고 훌륭한 시기가 지금이라고 확신하기 때문이다.

여러분들의 마흔을 응원한다. 모두가 꿈이 의미 없다고, 사라지는 때라고 이야기하는 마흔을 응원한다. 더 이상 '나이가 마흔이라서'라는 핑계로 꿈꿀 자격이 이미 사라진 것처럼 스스로 논하지 않기를 바란다. 마흔이기 때문에 이제 더욱 성숙한 꿈과 목표를 통합할 수 있는 적절한 타이밍이 된 것이다. '마흔이라서 완벽하다.'는 사실을 굳게 믿으라. 이미 충분하다는 것을 기억하기를 마음을 담아 간절히 소망한다.

나의 꿈은 질문을 통해
오늘도 완성 된다

7월 어느 날, 이런 질문을 스스로에게 던졌다. '어떻게 하면 내 고객들의 인생을 꿈과 성공으로 이끌 수 있을까? 사업을 어떻게 더 성장시킬 수 있을까? 어떻게 평범한 주부들이 글쓰기를 쉽게 할 수 있도록 도울 수 있을까. 무엇을 해야 할까? 어떤 기술과 전략이 필요할까. 성과를 위해 시간과 삶을 어떻게 체계화할 것인가' 나는 누구이며 나의 꿈은 무엇인지에서부터 시작했던 나를 향한 질문들이 수많은 과정과 단계들을 거쳐 오며 지금은 또 다른 질문들을 쏟아 놓고 있다. 그리고 질문들에 정직히 응답을 하며 조금씩 더 성장해 가고 있다.

어느 때는 감정들을 묻는 질문들이 절실히 필요한 시기도 있었다. '왜 이렇게 무너지는지, 무엇이 슬픈가, 무기력감이 왜 이렇게 자주 오는 걸까, 감정의 높낮음이 왜 이리 널뛰듯 하는 거지?' 특별한 이유 없이 사업도 무엇인가 되어가고 있는 상황인데도 불구하고 답답함과 슬픔이 가슴 깊이 몽글거렸다. 며칠을 그렇게 헉헉대다가 막연히 힘들어하지 않기로 결단하고 자신에게 질문을 던졌다. 위와 같이 말이다.

지금은 상대적으로 해야 할 역할과 의무들에 대한 질문들이 많아졌다. 이전의 질문들은 기초를 쌓는 탐색작업들이었다면 지금은 하나하나의 기둥들을 세워가는 질문들일테다.

여러분들은 어떠한 질문들을 자신에게 하고 있을까 문득 궁금해진다. 내게는 질문하고 대답하는 일들이 일상적이고도 습관적인 것이 되어서 모두가 그럴 거라 느껴지지만 혹 아닐 수도 있다는 생각도 든다. 자신에게 질문하는 것이 아직 낯설지는 않은가? 매우 낯설어서 질문을 하고 탐색을 하는 과정 자체를 멀리하고 있지는 않은지 말이다. 생각보다 많은 사람들이 자신을 잘 모른다는 것을 알게 됐다.

남의 시선은 비교적 많이 의식을 하면서 자신을 직접 바라보는 일이 적다. 남들이 어떻게 자신을 생각할까에 대한 관심은 많지만 정작 본인을 생각하는 일에는 크게 관심이 없다는 것도 그렇다. 나 또한 마흔의 인생동안 내게 했던 질문보다 마흔에 꿈을 찾아서 지나온 3년간 여정 속에서의 질문이 더 많을 정도이다.

질문들을 시작하며 자신에게 던지는 질문이 굉장히 중요하다는 것을 체득하게 되었다. 그 이유는 모든 해답들이 다른 곳이 아닌 바로 내 안에 있기 때문이다. 그럼에도 불구하고 많은 이들이 밖에서 찾는다. 허공에 치는 메아리처럼 무엇인가 열심히 헤치고 다니지만 불안과 두려움을 가진 채 결국 해결하지 못하고 한 곳만 맴돈다. 자신이 무엇을 좋아하는지, 자신이 잘하는 것이 무엇인지, 자신이 누구인지, 자신의 꿈은 무엇인지조차 아직 대답하지 못한다는 것은 정말 진지하게 생각해볼 문제이다.

뿌린 만큼 거둔다는 말이 있듯이 많은 질문들을 스스로에게 뿌리기를 바란다. 뿌린 질문만큼 그에 대한 해답을 든든히 가지게 될 것이다. 좋은 옥토에 좋은 씨앗을 하나씩 심는 것처럼 질문의 씨앗을 하나씩 심어가기를 바란다. 곧 자신과 자신의 꿈을 완성시키는 씨앗을 말이다.

"모든 것은 질문에서 시작된다."
　- 알베르토 망구엘

나는 양치하는 짧은 3분을 무척이나 좋아한다. 때로는 하루에 양치를 대여섯 번 하기도 한다. 어느 순간 알았다. 그 짧은 시간에 떠오르는 생각들을 즐긴다는 사실을 말이다. 양치하는 시간에 이전에는 뭔가를 골똘히 생각하거나 재밌는 상상을 했다. 언제부턴가는 해결이 필요한 질문들을 곱씹으며 양치질을 시작한다. 해답을 찾거나 불쑥불쑥 떠오르는 창의적인 아이디어를 모으는 시간이다. 이런 비슷한 시간은 자려고 전등을 끄고 누운 그 짧은 시간, 또는 새벽에 잠이 깨어 어둠속에서 질문을 헤집고 있을 때가 그러하다.

질문을 하고 대답하기는 원고를 쓰는 일과도 같아 보인다. 때로는 집요하게 앉아 있어야 하고 또 때로는 가볍게 생각들을 놓아주어야 한다. 질문에 대한 답을 찾기 위해서는 일부러라도 혼자만의 시간을 가지고 반복적으로 골똘히 생각을 해야 한다. 반면 때로는 지끈거리는 머리를 잠시 풀어주고 마음껏 자유를 얻도록 해주어야 한다. 잠시 내려놓고 산책을 하는 것도 좋다. 먼 산과 하늘을 바라보기도 하고 새로운 책들을 읽기도 한다.

원고를 쓸 때도 마찬가지다. 엉덩이 힘으로 한 줄이 써지지 않더라도 한 줄 두 줄을 이어가다보면 금세 속도가 붙어 한 장 두 장을 채우기도 한다. 때로는 과감하게 자리에서 일어나 숨을 깊게 들이마시며 집안일을 한다. 두 뇌를 환기시키고 자극을 줄만한 예능을 보기도 하고 잠시 호탕하게 웃으며 아이들과 놀이를 하며 머릿속을 털어내기도 한다. 그러다보면 어느새 던져진 질문에 답이 주어질 때까지 그 질문을 기억하고 있던 뇌는 어느 순간에 턱하니 답을 내어준다.

잠을 자다 갑자기 꿈속에서 해결책을 찾을 때도 있고 머리를 빗다가 갑자기 툭하고 튀어나오기도 한다. 바로 즉시 적지 않으면 금세 놓치고야 만다. 찰나이다. 엄청난 속도로 지나간다. 그렇게 내 꿈들은 오늘도 쉬지 않고 이어가고 있다. 질문과 함께 말이다.

《어포메이션》의 저자 노아 세인트 존은 우리의 마음은 스스로 던진 질문에 대해 끊임없이 답을 찾아내는 자동 메커니즘으로 작동한다고 이야기한다. 우리가 원하는 미래를 현실화해 나가면서 말이다. 많은 전통적인 성공방식을 이야기하는 성공자들이 긍정 확언과 선포들을 주장하지만 정작 그러한 것들은 긍정 확언을 믿으려 하면 할수록 믿어지지 않는 모순을 일으킨다고 한다. 그래서 그는 혁신적인 자기 확언법을 제시한다. 곧 삶을 변화시킬 질문하기가 그것이다.

설명하자면 '질문하기' 그 자체가 뇌를 자동적으로 답을 찾아내도록 움직이도록 하지만 미래를 현재로 가져온 질문 형태로 확언을 하는 것이다. 이것은 확언을 함과 동시에 무의식적인 저항을 하지 않도록 하는 삶을 변화시키는 질문하기인 것이다. 예를 들어, '나는 행복하게 성공한다.' '나는 행복하다.' 혹은 '나는 어떻게 하면 행복하게 성공할 수 있을까?' '난 왜 이렇게 불안할까?'가 아닌 '나는 어떻게 이렇게 행복하게 성공할 수 있었을까?' '왜 나는 불안이 없는가?'라고 질문하는 것이다. 그 차이를 찾았기를 바란다.

비록 우리가 흔히 알고 있듯이 이미 미래를 이룬 것처럼 확언하는 것은 동일하지만 그것이 질문 형태로 확언이 되었을 때 우리들의 뇌가 저항 없이 자동 메커니즘으로 작동한다는 것이다. 이러한 방법들은 우리들의 꿈과 미래와도 긴밀하다. "나의 사업은 어떻게 이렇게 성공할 수 있었을까?"라고 잠시 잊었던 나의 질문 확언을 오늘부터 다시 해보도록 하겠다.

성공에 관하여 관심을 갖게 되고 성공에 대한 필요와 욕구를 가지게 되면서 수많은 성공자들을 만나고 있다. 그리고 어느 순간 머리를 툭 치는 공통점을 찾았다. 동일한 통찰이지만 그들의 방식과 언어를 가진다는 것이다. 어포밍도 어찌 보면 그러하다. '성공 확언, 상상하라, 끌어당김, 운의 알고리즘, 럭키, 해빙' 이 안에서 공통적인 분모들을 발견한다. 동일한 이야기이다. 그들만의 언어로 표현해낸 것일 뿐이다. 결국은 100%의 믿음과 신념을 위함이다. 믿음을 기반으로 한 액션을 일으키기 위함이지 않은가. 어포메이션 또한 저자의 다른 표현이지만 결국은 무의식에 닿은 온전한 믿음을 일으켜서 행동을 변화시키고 삶을 변화시키고자 하는 것이다.

나의 질문이 어포밍에 이르지 않더라도 질문이라는 것은 결국 답을 찾게 되어 있다. 어떤 질문을 오늘 던질 것인가. 오늘의 질문은 "전자책의 주제는 무엇으로 할 것인가? 몇 페이지를 쓸 것인가. 어느 플랫폼에 올릴 것인가. 비용은 얼마로 책정할 것인가?" 얼마 전까지만 해도 드문드문 "전자책은 어떻게 쓸까? 돈을 주고 수업을 들어야하나? 혼자서 공부해서 해결할 수 있을까? 시간은 얼마나 걸릴까?"였다. 그 질문이 오늘 아침 바로 해결이 되었으니 그 다음 질문으로 넘어가고 있는 중이다. 아마 이전의 질문조차 하지 않았다면 너무 좋은 기회가 왔을 때 그냥 무심코 지나갔을 것이다. 그런데 누군가의 재능기부 파일을 소중히 얻게 되었다. 군더더기 전혀 없이 평범한 주부들과 육아맘들이 골머리를 앓지 않을 만큼 간결 담백하게 말이다.

오늘도 새로운 질문들을 나에게 던진다. 되려 안에서 마구 쏟아져 나온다. 쉽게 답을 내놓는 질문에서부터 고뇌를 요하는 질문에 이르기까지. 가슴을 벅차게 하는 질문에서부터 깊이 성찰 해야 하는 질문에 이르기까지. 마흔으로부터 여태까지 내게 던져진 질문들에 대한 답을 쌓아가며 앞으로도 그렇게 질문과 답들을 쌓아갈 것이다. 정답은 아니다. 얼마 전까지만 해도 정답을 요구했다.

스스로가 완벽할 수 없음에도 그동안 살아왔던 주변의 패턴들이 늘 정답을 요구해왔었다. 이제는 의식적으로 거절한다. 정답을 요구해왔던 것들과 누군가에게조차 딱 떨어지는 답을 줘야만 한다는 강박에서 말이다. 대신 철학과 가치가 오롯이 담긴 나의 해답을 존중한다. 소중하게 여기며 나의 생각과 이웃의 생각을 서로 나누기를 원한다. 무척 기대된다. 새로운 질문들을 통해 완성되어져 갈 오늘과 내일의 내 꿈이 말이다.

어떤가. 자신의 꿈을 위해 오늘 어떤 질문을 나에게 던질 것인가. 지금 바로 '툭'하고 던져보기를 바란다. 그에 대한 답을 곧 들을 수 있으리라. 사소한 질문과 그에 대한 대답들이 그대의 꿈을 완성시켜가는 것을 직접 목도하게 될 것이다.

04

상상 이상의 것,
그것을 꿈꾼다

상상 속에 그리는 그림이 이미 현실이 되었다 생각될 정도로 구체적이고 생생했던 적이 있을까? 대부분 우리는 성공자들을 볼 때 그들의 이루어놓은 결과와 업적들을 본다. 화려하고도 존경스러운 그들의 결과물들을 보며 부럽다거나 나는 이루지 못할 그들만의 재능 또는 이유가 있으리라 추측한다. 나와 그들 사이의 거리로 자괴감을 가지기도 할 테다. 좀 더 희망적인 긍정적 마인드로 접근한다면 그들의 성공방식과 공식들에 관심을 가진다. 그들이 성공한 방식을 따라 나도 성공할 수 있지 않겠냐는 희망을 가지는 것까지 다가간 셈이다. 거기에 한 발 더 간다면 그들의 성공스토리에 귀를 기울일 것이다.

'월 80만 원 벌던 택배기사도 30억 자산가가 될 수 있다. 월 100만원 벌던 짜장 배달부가……. 2년 동안 23억을 벌었다…….' 온갖

고생을 견디며 이루어온, 바닥에서 성공에 이르기까지의 과정을 보며 위로와 격려를 얻는다. 더 깊은 가능성을 본다. '어쩌면 나를 위한 실패와 성공담이겠구나.' 여기며 말이다. '지금의 나도 그러한데, 저분은 나보다 더 못한 상황 속에서도 이렇게 성공했구나. 나도 할 수 있겠구나.' 싶다. 역행자의 저자 자청의 표현을 빌리자면 새로운 자의식이 형성되기 위한 새로운 소프트웨어가 설치되는 순간들이기도 하다.

여기서 많은 이들이 놓치고 가는 아주 중요한 것이 있다. 우리가 격하게 공감하거나 감동하는 포인트는 바닥에서 성공으로 바뀐 드라마틱한 사건이지만, 사실은 지극히 평범한 곳으로부터 상상이 시작된 그곳이 출발점이라는 것이다. 그때 이미 성공이 시작됐다는 것을 그 순간에는 쉽게 보지 못한다. 훨씬 시간이 지나고 여유 있게 과거를 되짚어볼 때 비로소 보인다. 그때가 사실은 변곡점이었다는 것을. 지금의 내가 이미 두세 평 남짓한 우주공간에서 큰 꿈을 위한 작은 꿈들을 살고 있는 것처럼 말이다.

우연인지 운이 좋은 것인지 성공을 이룬 자들의 반복되는 과정들을 살피다 보니 그것을 조금 일찍 보고 있다. 처음에는 나 또한 그러한 심안이 없었다. 늘 성과물을 좇는 데에 급급했다. 평범한 나의 일상에서 벗어나 더 나은 삶을 살고자 애쓸수록, 성공하고 싶은 마음이 간절할수록 더 조급하게 성공을 이야기하는 이들을 좇아다녔다.

그러다 무엇엔가 지쳐 잠시 멈춰 섰다. 나를 되돌아보기 시작했을 때 내면의 또 다른 눈이 열리기 시작한 것이다. 결과보다 값진 과정이라는 것의 미미한 흔적들을 살펴봐야 한다는 것을 알게 됐다. 마찬가지로 꿈을 살면서 성공의 길을 앞서가는 이들의 한 점 한 점 찍혀있는 흔적들과 상상이 시작된 그 지점을 볼 수 있어야 한다는 것을 깨달았다.

꿈을 꾸기 시작한 지점에 대한 생각을 해본 적이 있는가? 그 지점은 이전과 이후를 가르는 미묘한 경계 지점일 것이다. 누군가는 나처럼 작은 한 공간일 수도 있고, 지극히 평범한 일상 가운데 가장 낮은 지점일 수도 있다. 중요한 것은 현실의 모습이 어떠하던지 전혀 상관없다. 가진 현실보다 더 생생한 꿈을 상상하는 그곳에서 수많은 아이디어들이 새롭게 조합되고 현실화되고 있는 것이다. 새어 나오는 그 기묘한 비밀을 좀 더 일찍이 보게 되기를 바란다.

SQ 전문 강사로 활동하던 때가 있었다. SQ는 인간을 인간답게 하는 인간의 근본적 지능을 가리키는데 여섯 가지의 지능을 이야기한다. 그중 의미지능을 소개하는 예시 중 뇌에 대한 놀라운 이야기가 있다. 사례에 따르면 콜럼버스가 아메리카 대륙을 발견할 때 원주민들은 해안으로 들어오는 큰 배를 보지 못했다는 것이다. 어마어마한 크기의 범선이 섬지역으로 들어오는데도 원주민들의 눈에는 배가 보이지 않은 것이다. 왜일까?

그 이유는 놀랍게도 원주민들은 살아생전 한 번도 그렇게 큰 배가 있다는 것을 상상해 본 적도 없을뿐더러 들은 적도 생각해본 적도 없기 때문이다. 즉 원주민들의 두뇌에는 범선에 대한 정보가 전혀 없었던 것이다. 분명 큰 배가 눈앞에 있음에도 불구하고 뇌에 인식되지 못한 것을 보지 못하는 뇌의 단순한 특성이 잘 드러나고 있다. 그런데 출렁이는 물결을 이상히 여긴 추장 한 명이 현상을 보고 또다시 보고를 반복하며 관찰하다 보니 배가 보이기 시작했다. 추장의 이야기를 듣고 두뇌에 정보가 계속 들어가니 비로소 다른 원주민들도 큰 범선을 보기 시작했다는 사실이다.

상상해보지 않아서, 정보가 없기 때문에 놓치고 있는 꿈이 있지는 않은가 생각해볼 필요가 있다. 현재 나는 1인 사업인으로서 자리를 세워가고 있다. 놀라운 것은 지금 많은 이들이 외치고 진입하고 있는 1인 기업, 사업, 지식자본가라는 것이 10년 15년 전에도 이미 있었다는 것이다. 최근 들어서야 알게 된 나는 만약 그 당시에 1인 기업이라는 개념을 알았다면? 내가 그들 환경 속에 노출되어 경험할 수 있는 행운을 가졌더라면? 이라는 물음을 하게 된다.

비슷하게 지금에서야 견문을 넓히고 보니 세상이 참 넓고 할 일은 많구나 싶은 것들을 그 당시에 내가 알았더라면? 하는 아쉬움을 크게 가진다. 보통, 평범한, 일반적인, 이라는 짜여진 틀 속에서 보이는 것들만을 위해 살아온 자로서 말이다. 현실에 보이는 것이 전부라고 치부해버리고 그 이상 상상하지 않는다면 우리들의 꿈은 현실을 벗어나기가 어려울 것이다.

김승호 회장은 《생각의 비밀》에서 이야기한다.

'당신이 보기에 상상조차 못할 큰 꿈이라면, 상상도 못할 노력만

하면 된다. 상상도 못할 노력을 할 자신만 가지면 된다. 당신이 미쳤다는 소리 한번 듣지 않고 살았다면 당신은 한번도 목숨을 걸고 도전해본 적이 없다는 뜻이다.'

어떤가? 이 정도라면 이제 상상조차 못할 큰 꿈을 한번 꾸어 봐야할 명확한 이유가 생기지 않았을까 싶다.

이제와서 이야기지만 나는 작가라는 삶을 감히 상상해본 적이 없다. 막연히 책을 좋아하고 글 쓰는 것을 좋아했기 때문에 '언젠가 책 한 권은 쓰고 싶다.'라는 작은 소망을 가끔 가져보기는 했다. 하지만 희미한 소망이었을 뿐 불가능하다는 생각에 상상조차 해보지 않았다. 직장을 막상 그만두었을 때 나는 오로지 내 힘과 노력으로 작은 결과들을 이루어야만 한다는 것을 깨달았다. 스스로 일어서야 만 했을 때 그때부터 상상이라는 일들이 구체적으로 일어나기 시작했다. 할 수 있는 일들을 상상하기 시작했으며 꿈이 무엇인가를 상상하기 시작한 것이다.

모두가 그랬듯이 꿈과 미래를 상상하는 것은 결코 쉬운 일은 아니었다. 매우 막연하고 답답한 골치 아픈 일들이었다. 하지만 매일같이 생각하고 머릿속에 구체적인 그림들을 그리기 시작했을 때 안에 잠들어 있던 상상의 능력들이 발휘되고 있다는 것을 발견하게 되었다. 더불어 새롭게 생각을 창조해내는 일들을 찾아 나서기도 했다. 혼자서 부딪히는 한계를 극복하기 위해 목적 있는 책 읽기를 시작했다. 필요에 의한 전략적인 책 읽기를 통해 꿈을 공부하고 연구했다. 특강과 강연들을 통해 더 크고 깊게 사고의 영역을 확장해 나가기를 도전했다. 급기야는 직접 멘토를 찾아 나서기도 했다.

책을 쓰는 사람들, 1인 기업 대표님들, 강연가와 마케터들, 기업 컨설턴트, 동기부여가들. 다양한 분야이지만 상상 이상으로 나의 꿈들을 키워내고 살아내기 위해 굉장히 필요한 일들이었다고 지금도 확신한다. 이 모든 것들은 여러 가지의 상상력들을 결합시켰으며 가능성이라는 새로운 문으로 걸어 들어가도록 나를 인도했다. 그리고 상상하지 못한 이전과 다른 삶을 가능하게 했다. 작가의 삶 또한 상상하기 시작하며 얻게 된 귀한 결과물이다.

종종 꿈을 이야기할 때 등장하지만 나는 마음으로 그리는 것 이상의 또 다른 삶들을 꿈꾼다. 상상의 우주는 점점 더 커지고 있다. 멘토들은 늘 내게 상상 이상의 것을 준다. 새롭게 만들어진 삶조차도 상상 이상의 것이었는데 그들은 더 큰 상상 이상의 삶을 살고 있다. 그들을 통해 이보다 더 큰 상상 이상의 것으로 업그레이드를 시킨다. 더불어 이제 꿈꾸는 것은 독립이다. 핵심 가치이기도 한 '독립'은 모든 것을 내가 온전히 선택하고자 하는 것을 의미한다. '독립'이라는 꿈 안에 수많은 꿈들이 들어있다. 상상 이상의 현실을 창조해내기를 꿈꾼다.

아쉽게도 나는 상상력이 뛰어난 사람은 아니다. 상상력이 뛰어난 사람들은 사물을 예의주시하는 경향이 있다고 하는데 그러는 법이 없는 것을 보면 말이다. 세세히 살펴보기 보다는 되래 대충 보고 전체의 흐름을 보는 경향이 있다. 이야기하고 싶은 것은 상상력을 타고나지 않았더라도 혹은 지금 자신의 상상력이 극히 부족할지라도 쓰면 쓸수록 마음을 그려내는 능력은 향상될 것이라는 사실이다. 상상하면 할수록 현실과의 거리를 좁히는 효과적인 창조 능력을 발휘하게 될 것이다. 눈치챘을 테지만 나는 상상 이상의 것, '성공'을 꿈꾼다. 성공은 곧 '독립'과도 상통한다. 상상이라는 것은 그저 현실에서 잠시 벗어나 쉼을 가지고자 한 공간이었지만 이제는 상상을 통해 현실을 변화시켜가고 있다. 주어진 현실 속에서 가능성들을 상상하기 때문이다. 지금 이곳에서 무엇을 할 수 있는가. 불편하면 불편한 대로 내가 할 수 있는 이상의 것들을 상상한다. 이미 된 모습을 상상한다. 살포시 내려앉은 미소를 머금고 그렇게 움직인다. 머리끝부터 발끝까지 내가 상상한 대로 말이다.

나로 살아갈 수 있는
마지막 기회

'내성적인 아이입니다.' 초등학교부터 시작해 성적표를 받아보지 않을 때에 이르기까지 늘 동일하게 쓰여있던 기록이다. '내성적인'의 의미를 미처 알지 못했던 당시 기분이 참 좋았다. 왜냐하면 선생님의 성적과 같다는 뜻으로 받아들였기 때문이다. '선생님과 같은 성적이라니, 혹은 성격이라니.' 기분이 우쭐했다. 이후에 뜻을 알게 되면서 조용하게 지내는, 내 감정과 생각을 잘 표현하지 않는 성격이구나. 라는 생각을 하게 됐다.

주변 모든 이들이 나에게 '내성적인 아이'라고 이야기했다. 대학생이 되었을 때도 조용하고 자신감이 없는 내성적인 아이였다. 그런데 희한한 것이 어느 때부터인가 내 안에서 무엇인가가 꿈틀거렸다. 가족들 사이에서조차 전혀 눈에 띄지 않는 아이였는데 점점 자라면서 흥분해서 남들 앞에 나서서 말하기 시작했고 곧 즐기고 있는 본인을 흥미롭게 보게 되었다.

동아리 활동을 열정적으로 했던 나는 80명이 넘는 학생 인원들을 이끌고 수련회에 참석했다. 처음으로 제주에서 서울을 그렇게 방문한 것이다. 몇 달 전부터 대표 임원들과 함께 한 명 한 명 일일이 동기부여를 하고 연락해가며 참석 인원들을 채우고서 말이다.

오래도록 우울했던 성장 과정들을 보내며 스스로가 깊은 굴속으로 들어가 숨어 살아왔다는 것을 알게 됐다. 보이는 모습대로 모든 이들은 나를 그렇다고 말하였고 나 또한 그러하다고 응답했다. 그들이 말하는 대로 나를 정의하고 살아온 것이다. 성인이 되고 교회와 동아리에서 좋은 사람들을 만나면서 자아가 치유되고 회복되는 것을 경험했다. 내면에서 꿈틀대던 간질거림이 진정한 나를 드러내기 위한 몸부림이었다는 것을 깨달았다.

'내성적'인 것이라는 것이 좋고 나쁨은 결코 아니다. 다만 이야기하고자 하는 것은 내가 아닌 나로 오래도록 살아왔으며 이제야 비로소 어울리고, 딱 맞는 옷을 찾게 되었다는 것이다. 늘 해결되지 않는 답답함이 있었다. 나도 저렇게 할 수 있는데……라는 부러움과 아쉬움이 있었다. 하지만 이제 자신 있게 모습을 드러내니 이보다 더 마음이 시원할 수 없다. 나를 진정으로 수용하고 사랑할 수 있게 되었을 때, 가지고 있던 강점과 잠재력들이 더욱 강화되는 것을 지금도 보고 있다.

그렇게 나로 살아갈 기회를 아주 소심하게 연습해왔던 듯하다. 상처의 자국이 오래도록 남아 한동안은 이 모습과 저 모습이 혼란스러운 시기들도 길었지만 그 때 이후로부터 자신을 찾아 살아가는 과정들은 지금의 나에게까지 이르게 해준 것이라 확신한다. 오래도록 남의 옷을 입고 살아온 만큼 이제는 나만의 옷을 입고 남은 평생을 살아갈 것이다. 생각만 해도 너무 멋지고 훌륭하지 않은가?

재미있게도 본인으로 살아갈 기회는 늘 우리들 옆에 있다. 그래왔고 지금도 변함없이 늘 옆에 있다. 얼마 전 오십 대 여성의 고백을 들었다. 각 시기마다 자신으로 살아갈 기회가 한 번씩 있었지만 본인은 이십 대에도 삼십 대에도 사십 대에도 놓쳤다고 말이다. 동일한 온라인 빌딩을 세우겠다는 의지로 함께 만나게 된 그녀도 새로운 정체성을 스스로 찾고 도전했다. 이제라도 자신을 위한 삶을 살아보겠노라고 말이다. 첫 용기를 낸 것이다.

나의 경우 첫 용기는 마흔이다. 태어날 때는 태초 전 신의 계획대로 세상 하나밖에 없는 존재로 태어났겠지만 스스로 선택할 수 없는 불안한 환경 속에서 그나마 안전하게 살기를 원했다. 가능한대로 모습과 소리를 드러내지 않고 항상 누군가에게 과하게 맞춰가며 말이다.

자라면서 우물 안의 개구리처럼 좁은 내 세상의 틀이 만들어졌고 그 안에서 오래도록 살았다. 부모와 가정환경이라는 강력한 틀을 벗어나 나로 살아갈 기회가 어른이 되고 주어졌지만 스스로 벗어나지 않기를 선택했다. 더 솔직하게 얘기하자면 선택하는 방법조차 알지 못했다는 것이 더 정확할 것이다.

작은 틀 안에서 계속 맴돌며 결혼하고 남편을 위해, 아이를 낳고 자녀들을 위해, 직장을 다니며 다른 사람들에게 인정받기 위해 살았다. 많은 이들이 이러한 순리대로 살아가고 있지는 않을까? 비로소 자신으로 살아갈 기회를 얻어 그 틀을 깨고 나와보니 차원이 다른 곳에 오른 것처럼 그 이전의 삶이 내려다보인다. 무엇을 향하고 무엇을 위한 삶이었는지 그리고 이제 어느 방향으로 향해야 하는지가 더불어 보인다.

뜬금없이 우노 다카시 작가가 떠오른다.

'이 일 저 일 전전하다 적성에 안 맞아 선택한 마지막 길. 가게 번듯하게 꾸미고 열심히만 하면 될 것이라 생각했는데 3개월이 지나도 테이블엔 파리만 날리고, 두 번 이상 찾아오는 손님이 없다……. 마음은 조급하고 반값 광고지에 호객까지 해보는데 손님들 반응은 냉담. 대체 무엇이 문제인가?'

동일한 고민과 심정일 때가 있었다. 열심히만 하면 될 거라고 생각했는데 자의식만 높았던 것이다. 그만두고 싶었다. 그냥 편하게 지내고 싶었다. 그것은 곧 이전의 삶으로 돌아가는 것을 의미했다. "이삼 년간 쌓아온 이 모든 것들을 내려놓고 이전의 삶으로 돌아가겠니?" 자신에게 물었다. 그토록 지쳤음에도 불구하고 평범한 일상으로 돌아갈 생각을 하니 정신이 번쩍 들었다. 내 등짝을 스메싱 할 수 있었다면 아마 그리 했을 것이다.

평범한 일상이 싫었던 것은 아니다. 이전의 삶으로 돌아가는 것이 끔찍했던 것도 아니다. 물론 여기까지 힘들게 온 것들을 허문다는 것이 아깝기도 했지만, 단지 여기서 돌아간다면 꿈을 위한 일들에 다시는 용기를 내지 못할 것이라는 생각이 들었기 때문이다. 다시 그런 기회를 내가 내 스스로에게 주지 못할 것이라는 생각이 두렵게 했다. 차마 꿈을 덮는 일에 용기를 낼 수 가 없었다. 앞으로도 결코 그러지 않을 생각이다.

유투버 '밀라논나' 장명숙 씨, 온라인콘텐츠창작자라고 표현하니 시대를 입은 듯해 더욱 멋진 그녀. '나'로 살아가는 모습이 너무 자유로워 보인다. 대한민국 최초로 밀라노 패션 유학생활을 하고 수십 년간 한국과 이탈리아를 오가며 디자이너로 활동한 그녀의 삶은 어땠을까 라는 상상을 하며 감히 그 과정들을 머릿속에서 함께 걸어본다. 지금의 칠십 대에 이르기까지, '나'로 살아가는 자유로움을 가지기 까지.

'어떻게 나다운 인생을 살 것인가'에 이르기까지, 유연한 소신을 가지고 사회에 공헌하는 의미있는 삶을 살기를 소망하기까지 과정의 삶은 어쩌면 지금의 나의 과정들과 흡사하지 않았을까 라는 생각도 해본다. 성공보다 성장을 자신 있게 말할 수 있음도 성공을 경험해보았기에 말할 수 있는 것이지 않겠는가. 나는 그 길목 어디쯤에 분명 있을 것이다.

두 달 전까지만 해도 과정을 보는 눈보다 결과를 보는 눈이 더 빨랐다. 성과, 성취, 결과, 성공 이라는 에너지에만 관심이 집중되어 있었다. 성공이 빨리 오기를 바랬는데 의외로 시간이 걸린다는 것을 알게 되었을 때 좌절감이 왔다. 죽을 듯이 열심히 하면 될 줄 알았는데 성공의 법칙을 깨달으려면 시행착오의 시간들이 쌓여야만 한다는 것을 깨달았을 때 아직도 한참 멀어 보여 실망이 됐다. 사실은 내가 예상한 신속함은 정말 터무니없는 거저 얻는 것만큼이나 사기 같은 짧은 시간이었다. 아직 흔히 말하는 큰 성공을 맛보지는 못했지만 과정의 의미를 깊게 새기기 시작했다. 놀라운 것은 과정을 의식적으로 짚어갈수록 그토록 원했던 성공이 더 가깝게 다가오는 느낌이랄까.

이 책이 출간될 즈음 이미 성공자의 자리에 가 있을 것 같다는 생각이 든다. 생각만해도 짜릿하다. 내게 성공자의 자리는 '독립'의 자리이다. 한동안 '꿈'을 고집했었다. 지금도 꿈을 고집하는 것에 변함은 없지만 그 이전에 선행 되야는 것이 있다. '독립'이다. 독립이 꿈이기도 하지만 꿈을 살기위해서도 독립이 필요하다는 것. 즉, 나로 살아가기 위해서는 독립이 필수조건이 아닐까 생각한다. 정신적인 독립과 경제적인 독립. 이제야 세상을 제대로 안 것이다.

오늘은 나로 살아갈 수 있는 마지막 기회이다. 부끄럽지만 때로는 그런 의지가 강하다 보니 이기적으로 행동할 때가 있다. 목소리가 너무 커질 때도 있다. 이전에 내가 없이 누군가에게만 맞춰 살아온 인생이라서 아직은 나로 살아가려 애씀이 서툴 때가 종종 있는 이유이다. 혹 독자들이 그런 나를 대면하게 된다면 너그러운 마음으로 서툼을 이해해주기를 간절히 바란다. 그럼에도 불구하고 지금의 이 서툼도 가는 과정이라 여기기에 존중한다. 스스로에게 쿠사리를 놓거나 흔히 그랬듯 죄책감을 가지지도 않는다. 이 또한 작은 실패들일 수 있지만 실패의 연속이라도 포기하지 않을 생각이다. 처음으로 용기를 내어 시작한 '나로 살아갈 수 있는, 내게로 온 마지막 기회'이니 말이다.

이번에 포기하면 다음에 기회를 다시 잡는 행운을 만나더라도 또 다시 포기할 확률을 높이지 않겠는가. 이전보다 더 쉽게…….
"오늘이 우리들에게 '나로 살아갈 수 있는 마지막 기회'라고 여기며 우리 함께 꼭 붙잡고 가요."라고 말하고 싶다.

마흔살,
당신은 지금 꿈이 있습니까?

"여보 당신 어릴 적 꿈은 뭐였어?"

"선생님."

"정말? 오오~"

"왜 선생님이 되고 싶었는 줄 알아? 스승의 날 선물 받고 싶어서."

"푸하하하." 한바탕 웃었다.

충분히 그런 이유가 있을 수 있겠다 싶었다. 내게도 간식 받으러 교회를 열심히 다녔던 기억이 있으니 말이다.

"그럼 마흔이 되고 나서 꿈은 뭐야?"

"성공하는 거, 돈 많이 벌고 싶어."

"그래, 그것도 꿈일 수 있지. 그런데 지금 당신에게는 더 진지하게 원하는 것이 있는 것 같은데?" 진지하게 이야기 해보라고 핀잔을 주었다.

"비전을 이루는 삶."

"비전이 뭔데?"

"천명의 영적 리더들을 세우는 것."

대답을 듣는 순간, '당신은 참 나를 잘 만났다.' 라는 생각이 스쳤다. 나를 만나서 이 시기에 남들 모두 사는 모습대로가 아닌 진정한 성공자와 부자의 이야기도 듣고 1인 사업이라는 것도 알고 그들의 이야기들도 전해 듣고. 아내를 통해서 간접적으로나마 보고 듣고 나누는 것들이 자연스럽게 성공으로 향하니 '당신은 나를 참 잘 만났다.' 라는 생각 말이다. 실제로 남편은 내 책상 벽에 붙여진 버킷리스트를 통해, 독서광인 내 책탑들을 통해, 1인기업인들과의 교류들을 통해 이미 많은 것들을 경험하고 있다. 나의 버킷리스트에 혹 자신이 바라는 것이 있지는 않나 살핀다.

어느 날은 책을 추천해 달라고도 하고 책 탑에서 한두 권씩 빼가더니 단숨에 읽고 리뷰를 직접 하기도 한다. 가끔 의견을 물을 때 책 문구들과 예시들을 들어가며 설득력 있는 생각들을 나눠준다. 한 사람이 성장할수록 서로에게 격차가 벌어지고 커다란 벽이 생긴다면 그보다 부부관계 속에서 불편한 것이 있을까. 감사하게도 서로의 생각과 근황, 사업에 대한 조언을 주고받고 할 수 있다는 것은 함께 성장하고 소통이 이루어지고 있다는 증거이다.

가끔 남편은 말한다. "내가 당신을 만나지 않았더라면 지금 무엇을 하고 있을까?" "음……아마, 하루 벌고 또 하루 벌어 겜방에서 겜하고 있지 않았을까?" 서로 농담 반 진담 반 이야기 하며 피식 웃는다.

물론 어떤 계기가 그의 인생을 어떻게 바꿔놓았을지 아무도 모를 일이지만 나와 연애를 할 당시만 해도 그는 꿈과 비전이 없는 청년이었다. 함께 있는 시간을 빼고 나면 거의 대부분의 시간을 PC게임방에서 보냈으니 헤어질 결심을 할만도 했다. 그랬던 그는 나와 함께 마흔의 길을 걸으며 덩달아 각자의 사명 속에서 성공을 꿈꾸고 있다. 그의 성공은 자신의 분야에서 성과를 이루는 것이라고 한다. 목사로서 천명의 영적인 리더자들을 세우는 것이 그의 평생 비전이며 성공을 이루는 삶이자 꿈이다. 너무 훌륭하다. 그의 마흔도 나의 마흔도 말이다. 뒤늦은 마흔 살에 나를 찾는 과정을 시작하지 않았더라면 이 나이에 꿈을 꾸는 삶을 살고 있었을까 생각하니 문득 참 다행스럽다.

모퉁이에 걸터앉아 계시는 아흔 살 정도 되어 보이는 할머니 한 분을 보았다. 날이 참 무더운 한 여름 정오가 조금 지난 시간이다. 아흔 살? 이라고 놀라겠지만 이곳에서는 흔한 모습이다. 너무 정정해 보여서 오륙십 대 정도이겠거니 했던 주방에서 일하는 아주머니가 알고 보니 팔십 세를 훌쩍 넘기셨다는 이야기를 듣고 뒤로 넘어갈 뻔했다. 매일 보는 차량 운행하시는 아저씨가 오십 대이겠거니 했는데 칠십 세인 것을 알고 또 한 번 놀래다 이제는 흔한 이곳

어르신들의 연세로구나 한다.

뜬금없이 걸터앉으신 할머니를 멀리서 바라보며 잠시 생각에 잠겼다. '아흔 정도 되어 보이는 저기 할머니도 꿈이 있으실까? 얼마 전까지만 해도 사십대들에게 꿈을 묻는 것이 어처구니없이 느껴졌는데 아흔이라면 이미 꿈이라는 것을 생각하지 않고 살아온 지가 아주 오래겠지?' 나는 어떨까? 나도 아흔이라는 나이가 되면 꿈이라는 것의 의미조차 사라지게 될까?

꿈이라는 것이 흔히 그렇게 생각해왔듯이 직업이라고 생각하거나 정상 고지의 깃발을 획득하는 것이라고 생각한다면 어쩌면 나이가 들어갈수록 충분히 그 의미가 사라지리라 생각한다. 그러나 꿈이라는 것을 이 땅에서의 사명을 모두 다 하고 하늘나라에 가기 이전까지 살아야 하는 것이라 정의한다면 눈을 감기까지 꿈을 소유하는 것은 당연한 것이 아닐까.

감히 장담한다. 마흔 살에 가진 꿈들은 현재를 꿈으로 살 방법을 가르쳐주었다. 꿈들은 미래적이기도 하지만 지금 현재의 진행형이기도 하다. 이와 같이 새롭게 정의한 꿈들은 마흔 다섯 살이 되고 오십 대, 칠십 대 그리고 아흔이 되어서도 아흔하나의 미래적인 꿈과 현재 진행형의 꿈을 동시에 살 것이라는 것이다. 오래도록 감춰져 왔던 이 놀라운 비밀과도 같은 깨달음이 이제라서 안타깝기도 하지만 이제라도 마주했으니 얼마나 다행인가.

'어떻게 사는 것이 진정으로 내가 원하는 삶일까?' 복잡한 생각들 속에서 인생의 키워드를 에라 모르겠다! 일단은 던졌다. '꿈, 열정, 희망, 생명, 삶' 그래서 꿈쎄스 강이라고 말이다. 현재에 이르러 딱 두 가지로 압축되었다. '꿈'과 '성공'. 물론 이 안에는 나만의 많은 스토리와 의미들이 함축되어있다. 결코 짧은 시간이 아니었다. 열정과 끈기를 끊임없이 요구했던 훈련의 시간이었다고 할 수 있다.

마흔이라는 나이는 종종 우리들에게 의구심을 가지게 하지 않는가. '이 나이에? 정말 늦은 것이 아닐까?' 일년 이년이 결코 무엇을 하기에 짧은 시간은 아닐 텐데 왜 이미 끝난 것과도 같은 두려움과 안 된다는 생각이 내 머릿속에 단단하게 세팅이 되어있는지 그것도 참 모를 일이다.

첫째를 출산했을 때 인생은 모두 끝났다고 생각했다. 물론 모두가 그렇지 않았을 테지만, 나는 유독 그랬다. 둘째를 출산할 때 이제 정말 인생은 육아하다가 끝나겠구나 생각했다. 셋째를 출산하고 6개월 정도가 지났을 때 갑자기 어느 날 하늘에서 계시가 내리듯이 제 2의 인생을 준비해야겠다는 결단이 생겼다. 출산 과정을 반복하다 보니 어느 순간 온종일 매여 있는 시간이 지나고 독립적으로 무엇인가를 할 수 있는 때가 온다는 것을 체험하며 깨닫게 된 것이다.

아직도 가끔씩 늦었다고 생각이 될 때, 단지 나이는 숫자에 불과하다는 확신이 필요할 때 나는 지금도 종종 주변에 있는 열정이 넘치는 어른들의 나이를 묻고는 한다. "죄송하지만 연세가 어떻게 되세요?" 또는 마음속으로 세어본다. '그래, 나이 오십이어도 저러한 일들을 해낼 수 있구나. 와우, 나이 칠십, 팔십이어도 저리도 산행과

취미활동들을 하고 정정하시다니……. 충분히 무엇인가를 할 수 있는 나이이구나.'라고 말이다. 지금부터 언제 공부하고 언제 기초부터 세워 이룰까 싶을 때에 그렇게 마인드를 새롭게 세팅한다.

가끔 이런 이야기들을 듣는다. "꿈? 없어도 돼. 꿈은 천천히 찾아도 돼. 꿈 이루고 보니 허무하더라." 물론 굳이 꿈을 찾으라 하지 않아도 스스로 찾는 이들이기에 조금은 쉬어가라고 하는 격려일 수도 있다. 그러나 꿈이 없다는 것, 천천히 찾아도 된다는 것은 "누구나 사는 인생 다 거기서 거기야. 인생 뭐 별거 없어."라고 이야기 하는 것과 별반 다르지 않은가. 이루고 보니 허무하더라는 것은 현재 진행형인 나의 꿈들을 즐기지 못하고 원하던 목표, 고지만을 성취하고자 달려온 것은 아닌가. 그렇게 모두가 사는 것처럼 평범하고 싶지 않다. 매 순간의 의미들을 찾으며 목적 있는 삶을 사는 것, 그것이 꿈을 위한 삶이다.

'꿈을 공부하다.'라는 표현 너무 멋지지 않은가? 마흔이 되어 나를 공부하고 꿈을 공부하기 시작하여 직접 꿈을 사는 일에 이르기까지 이전과 다른 경험으로 새로운 영역을 만들어간다. 이미 1인 사업하는 작가라는 새로운 삶의 영역을 만들어 책을 쓰고 글을 쓰는 것이 일상의 70%이상을 차지한다. 글쓰기 하나로 자기 계발도 하고 사업도 한다. 여러 가지를 하느라 애써 에너지를 소비했다면 단순하고도 명쾌한 한두 가지로 내 가치를 더욱 올려주는 일들에 집중하고 있다. 독서에 임계점이 있듯이 꿈을 위해 쌓아가는 일들에도 분명히 임계점이 있을 테다.

그 임계점이 지난다면 어떠한 일들이 일어날까를 기대한다. 1인 사업하는 작가의 삶과도 또 다른 새로운 인생이 펼쳐질 것이라고 확언한다.

검은 하늘에 수없이 뿌려져 있는 별들처럼 바로 내 눈앞에 꿈은 펼쳐져 있다. 그중 어떤 꿈은 매우 반짝이고 어떤 꿈은 희미하게 반짝이기도 한다. 크고 작은 수많은 꿈들이 내 삶 속에 그리고 일상 가운데 뿌려져 있다. 때로는 보잘것없어 보이는 꿈일 수도 있다. 보통 미래적인 꿈은 그럴싸하게도 꽤 성공적으로 보이지만 현재 진행형인 꿈은 보잘것없어 보이기가 일쑤이지 않은가. 너무도 사소해 보여서 그 꿈을 오늘 정직히 살아내기가 어려운 이유이기도 하다. 오늘 이루지 않는다면 미래의 꿈도 오지 않을 것이라는 것을 깨닫지 못하고서 홀대하고 있는 것이다. 오늘 사는 꿈을 소중히 여긴다. 바로 눈 앞에 펼쳐진 꿈으로 한 번 뿐인 인생을 후회 없이 매듭지을 것이다.

마흔 살, 여러분들은 지금 어떤 꿈을 가지고 있나요?

4장

내일의 꿈을 '오늘'의 현실로
사는 8가지 방법

—01—

상상 속에서
미래를 여행하다

상상이라는 것에는 한계가 있을까?

버스를 타고 오가며 많은 상상들을 했다. 때로는 그 달콤함이 너무 좋아서 승차권을 내고 버스를 타면 종점까지 찍고 돌아오는 일도 있었다. 언젠가 첫째 아들이 말한 적이 있다. "엄마, 난 생각으로 신기한 많은 것들을 할 수 있어요. 일단은 가만히 눈을 뜨고 생각하기를 시작하면 머릿속이 하얗게 되거든요. 그럼 하나의 주제를 정하고 천천히 생각하기 시작하는 거예요. 예를 들면 로봇이 어떻게 생겼는지를 생각하고 무기, 칼, 창은 어떤 것을 가졌는지 색깔이나 모양들을 생각하는 거죠. 내가 좋아하는 노래를 틀면 로봇들이 나와서 자신을 소개하기도 하는데 참 재미있어요. 어떤 날은 길을 다 외운 곳을 생각하며 눈을 감고 생각나는 대로 돌아다니기도 해요. 순간이동 하듯이 아주 먼 곳도 옮겨가면서 말이예요." 그 신선한 이야기에 맞아 라고 무릎을 탁 치면서도 그러한 상상들을 하고 표현하는 아이가 대견하기도 하고 놀랍기도 했다.

상상이라는 것에 한계가 있었던가? 사실은 내가 한계를 두지만 않는다면야 한없이 날개를 달고 세상 우주 끝까지도 갈 것이다. 생각하는 일들이 많아질수록 아이디어들이 솟는다. 어느 순간에는 집중된 생각들이 매우 좁아지는 것 같다가도 잠시 휴식기를 가지고 나면 생각들이 통합되어 이전보다 넓어짐을 경험한다. 생각의 속도와 아이디어들의 튀어 오르는 속도들이 굉장히 빨라져서 찰나를 놓치는 경우가 생긴다. 그래서 떠오르자마자 당장 메모를 해야 하는 이유이다. 한계가 없는 내 맘대로의 상상들에 항상 흥분하고 가슴이 뜨거워진다.

《뇌, 욕망의 비밀을 풀다》의 저자 한스 게오르크 호이젤은 말한다.

"우리가 의식적으로 행하는 일은 실제 우리의 뇌 속에서 일어나는 결정 과정이나 뇌의 작용과 거의 관계가 없다. 무의식의 힘은 많은 사람들이 느끼는 것보다 훨씬 더 강력하다. 우리가 하는 결정의 70~80퍼센트 이상이 무의식적으로 일어난다. 의식적으로 일어나는 30퍼센트도 우리가 생각하는 것만큼 의식적이거나 자유롭지 않다."라고 말이다.

우선 상상이란 무엇일까. 경험하지 않은 모양이나 생각을 하는 것, 마음속에 그려보는 것이라고 한다. 수많은 생각들의 자료를 가지고 정신이라는 작업장에서 맘껏 내 맘대로 실현해보는 것이 아닐까? 이것이 또 다른 꿈의 형태일수도 있다. 보이지 않는 에너지로 말이다. 이러한 특성 때문에 상상이라는 것은 무한한 힘을 가진다. 90퍼센트의 무의식을 움직일 수 있는 강력함 말이다.

새벽을 사는 여자였던 나는 십 년 이상을 새벽 한두 시에 일어나 자기 계발 하는 시간을 활용해왔다. 지금은 저녁 강의들이 생기고 건강한 패턴을 위해 조율을 했지만 그래도 가끔씩은 두세 시에 일어나 작업실에 들어온다. 책을 읽거나 원고를 쓰거나. 그러다 잠시 의자에 두 다리를 올려 모으고 앉아 먼 산 바라보듯 천장과 벽 경계를 올려다보며 멍때리기를 한다. 가장 조용한 시간에, 세상 모든 이들이 잠들어 혼자 깨어있는 것만 같은 그 시간에 오로지 나만의 상상 공간에서 말이다.

이때가 가장 한계 없는 삶, 꿈, 성공, 아이디어들이 머릿속 저 끝에서부터 여행하는 시간이다. 어느새 눈웃음이 나오고 입꼬리가 올라간다. 현실은 '아직 이루어지려면 한참이다.'라고 이야기하는 듯하지만 누가 뭐라 하든 내 상상세계 속이니 맘껏 펼친다. 속도를 조절하기도 하고 방향을 바로 잡기도 한다. 상황들 속에서 해결되지 않았던 문제들을 직접 시뮬레이션해 보기도 하고 그때 이렇게 얘기하면 더 좋았지 않았을까 기억을 재생해보기도 한다.

이 년 전만해도 청소년들을 위한 마음으로 상상했던 꿈들이 작년《10대를 위한 성공 진로 수업》이라는 책으로 출간되면서 강연과 인터뷰를 통해 실제가 되었다. 이제는 마흔 살의 나와 같은 이들을 위한 상상이 가득해져서《마흔 살, 지금이 꿈을 사는 완벽한 타이밍이다》라는 책을 쓰고 있다. 명확히는 출간되기 이전인 지금 이미 그 상상이 실제가 된 것이 아닌가. 글을 쓰며 이미 머릿속에 떠돌아 다니던 생각들이 형태화되고 있으니 말이다.

십대 시절 공상 망상과도 같은 상상들을 정말 많이 했던 것 같다. 그만큼 호기심과 사고의 틀이 유연했으니 그 또한 가능했겠지만 현 상상들은 그 때와는 조금 다름을 느낀다. 바로 목적성과 전략을 가진다. 어떤 목적을 가지고, 의도와 계획을 가지고 접근하는 것에 대한 부정적인 느낌을 가지고 살아왔다. 그러한 것들은 머리가 좋은 사람들이 순수하지 못하게 계산적으로 머리를 굴리는 것이라는 생각을 했다. 그 안에서 얻게 되는 중요한 나머지의 필요들까지도 거두었다. 때문에 인생을 위한 목적 있는 삶을 살려 했을 때 얻고 이루기 위한 전략적인 사고를 하는 연습이 많이 필요했다.

내일의 꿈을 '오늘'의 현실로 사는 여덟 가지 방법 중 첫 번째, 상상 속에서 미래를 여행한다는 것은 미래에 이루고자 하는 꿈들을 오늘 상상 속에서 형태화시켜내는 일이다. 두 눈을 감고 마음껏 가슴에서 우러나오는 그림들을 그려보라. 아주 구체적으로, 제대로, 명확히, 바르게 말이다.

'와우 이게 정말 된다고? 정말 상상으로만?' 꿈에 대한 공부들을 시작하게 되면서 나폴레온 힐의 《나의 꿈 나의 인생》 다음으로 접하게 된 《이지성의 꿈꾸는 다락방》은 세상 듣도 보도 못한 신세계와도 같았다.

"생생하게 꿈꾸고 글로 적으면 현실이 된다."라는 문구와 함께 놀랍고 기이한 사례(작가의 소설 작품들이 실제 현실로 나타남) 몇 가지를 소개하며 서문을 장식했다. '작가가 의식적이든 무의식적이든 현실 세계와 상상 세계를 구분하지 못할 정도로 미래의 어떤 사건을 생생하게 꿈꾼 뒤 이를 글로 적었다. 그것은 실제 현실에서도 그대로 이루어졌다.'라는 설명과 함께 말이다.

순간, '내 책들 또한 상상과 기록의 힘을 이미 갖게 되었구나.' 라는 생각에 정신을 바짝 차리게 된다. 매일 흥얼거리는 노랫말이, 간절하게 소망하는 상상들이, 매일의 말과 기록들이 중요한 의미를 가지게 되는 이유 또한 동일하다. 이지성 작가님이 소개하는 꿈이 현실이 되는 놀라운 공식을 나는 실천했을까? 아쉽게도 그리 실행력이 강한 나는 받은 충격만큼이나 실행하지 못했다. '이 책의 공식과 내용들을 가지고 제대로 실행해야지', '이 책은 그냥 읽어서 보낼 책이 아니라 혼자서라도 프로젝트를 시작해야만 하는 책이야. 제대로 한번 꿈이 현실이 되도록 상상해보자.' 벼르고만 있었다.

머릿속에 프로젝트들을 상상하며 큰 그림을 그리고 있었는데 저자가 설명한대로 실행하지 않았다. 점점 더 구체적으로 명확하게 지금 현실인가 상상인가 그 경계조차 헷갈릴 정도의 그 다음단계로 넘어가지 않은 탓이다.

그러나 상상하는 일은 어느 새 일상이 되었다. 이 외에도 많은 성공자들의 선포하고 확언하기의 기본적인 배경은 상상하기인 덕분이다. 그들을 통해서 크고 작은 상상들을 이제는 물 흐르듯 하게 되었다. 다시 지금의 시점에서 이지성 작가님의 상상하기를 짚는다면, 내게 더해질 핵심적인 한 가지는 '극단적인 구체화'라는 결론에 이른다. 생각보다 구체화시키는 일은 머리가 지끈거리는 일이다. 특히나 아이들을 키우며 가능하면 대충 생각하고, 설렁설렁 정리하며 살아온 습관이었던 내게는 구체화시키는 일들이 주저앉아 울고 싶을 만큼이나 어렵다.

내 머릿속에 언제부터인가 떠올려지는 장면들이 몇 컷 있다. 미래적인 모습을, 자유를 상상하면 떠올려지는 장면이다. 아주 깔끔한 대리석의 바닥과 맑은 화이트 톤의 작업실이다. -개인 작업실인지 거실인지 더 명확히 해야겠다.-주변에 풀과 나무들을 볼 수 있는 것을 보면 창이 매우 크던가 유리벽인가도 싶다. 아침에 상쾌히 가벼운 몸으로 일어나 모닝커피를 내린다. 내가 정말 좋아하는 아무런 무늬도 새겨지지 않은 하얀 커피 잔에 말이다. (이틀 전 친구가 생일 선물이라고 커피 잔을 카톡 선물하기로 보내주었는데 그 커피 잔 세트가 딱 내가 원하던 모양과 색이다. 이 또한 상상의 힘이었을까)

TV 어딘가에서 보았을까 아니면 SNS 어디에서 스쳐보았을까 싶을 정도로 생생하게 떠오르는 그 상상속의 장면을 분명 따라가게 될 것이라는 확신마저 든다. "와!!! 내가 상상하던 곳이 여기야!!!"라고 그 거실 있는 집을 계약하게 되던지, 직접 머릿속의 장면을 설명해가며 그러한 거실이 있는 집을 짓게 되던지.

또 한 컷은 나의 순수한 작업실이다. 더 정확하게는 집필실. 생각만 해도 키득키득 웃음이 나온다. 너무 좋다는 이 감정부터가 사실은 시작이라는 것을 아는가. 글을 쓰는 공간이다. 지금은 넷 아이들과 남편이 자꾸 들락거리는 두세 평의 작업실 아닌, 작업실에서 그들과 고군분투하고 있지만 이 또한 어느 영화에서나 본 듯한 모습이다. 높은 뒷 벽면이 온통 책으로 채워져 있다.

이것은 조금 수정해야겠다. 책들이 오래도록 쌓여있는 것을 원하지 않기 때문에 평생 두고 보고 싶은 책 일부가 아니라면 이미 사라졌을 테고 늘 새로운 책으로 순환이 될테니 그토록 벽면높이 온통 채울 필요는 없을 테다. 그렇다면 고전적인 집필실 말고 아까 이야기했던 거실과 비슷한 느낌으로 다시 상상해보자.

우선은 주변이 확 트이고 맑은 느낌의 화이트 톤. 실내화를 신고 다닐 맛이 나는 비교적 넓은 공간이다. 일상의 대부분을 이곳에서 보낼 테니 어쩌면 그 어떤 공간보다도 넓고 단정하다. 독자들은 글을 쓰는 내 책상을 상상할 것이다. 의외로 내 책상은 늘 복잡하고 어지럽다. 그래서 책상 앞에 앉기 이전에는 먼저 작업과 상관없는 것들을 온통 바닥으로 떨어뜨리는 것에서부터 시작이다. 바닥을 말끔히 정리한다.

노트북과 필기도구들, 기본적으로 삼십 권 정도의 책들이 올라온다. 거기다 집중의 시그널을 잡게 해주는 작은 커피 잔까지 올라와야하니 책상은 비교적 넓어야만 한다. 오래도록 앉아있을 테니 의자도 적당히 쿠션감이 있고 편한 것으로 셋팅이 되야하지 않을까?

이상으로 스스로 선을 긋고 멈추지 않으면 하루 종일이고 상상하면서 혼자 키득거릴 수 있다. 방실거리는 시간이 길어질수록 점점 더 명확하고 구체적으로 실제적인 상상들을 하게 될 테지. 그렇게 집필실과 공간들을 상상하듯이 종국에는 가장 나를 필요로 하는 이들에게 꿈 비지니스사업을 통한 최고의 교육과 훈련을 하는 일들을 상상한다. 자신의 꿈을 통해 성공하고자 하는 간절함과 절실함을 가진 또다른 나와 같은 마흔들에게 말이다.

그 시기는 어쩌면 내가 그들을 가장 사랑하게 되었을 때가 아닐까 싶다. 그 때까지 맘껏 상상 속에서 미래를 여행해보려 한다.

02

매일 아침 나는
사명서를 읽는다

2022년 6월 18일 오전 열시쯤 기록한 내 직업사명서이다.

'나는 친절한 꿈 설계전문가 강사라이다. 이 땅에 살고 있는 모든 이들은 삶의 목적과 가치가 있다. 그것을 깨닫고 살아낼 때에 의미와 행복이 커진다. 하여 나는 내 고객들에게 꿈을 정의해주며 그들의 꿈을 구체적이고 미래 현실적으로 설계하여 주는 일을 한다. 또한 거기에서만 그치는 것이 아니라 꿈을 비지니스와 연결한다. 고객들이 양과 질적으로 자유를 누리는 성공의 삶을 살도록 돕는다. 대신 조건은 진정한 성공 마인드를 먼저 장착해야만 한다는 것이다. 고객들을 긍휼히 여기며 사랑하는 마음으로 그들에게 미래 비전제시, 교육, 컨설팅, 코칭을 통해 가장 필요한 것을 정직하게 전달할 것이다. 최고의 꿈 분야 전문가로서 말이다.'

이 안에는 사명과 강점, 비전이 함께 들어가 있다. 물론 개인적으로 가지고 있는 사명서는 정량, 정성의 수치까지 명확하게 기록되어있다. 개인 사명서는 더욱 거창하다. 허풍스럽도록 비장해서 나도 모르게 피식 웃었다. 그런들 어떠랴.

3월에 김형환 교수님의 1인 기업 CEO 실전 경영전략스쿨 109기로 등록을 했다. 이 년간 쉼도 없이 한참 가속력을 내어 달리다가 2022년 1월쯤 한계에 부딪혔다. 한계라는 것은 늘 한 단계 올라서기 위한 준비이지 않은가. 새로운 시즌을 위해 배움에 대한 투자가 필요한 시기라고 생각하고 몇 분의 멘토를 찾아다니다 만나게 된 1인 기업 경영마인드의 스승님이시다. 이 과정의 핵심은 존재의 의미와 가치를 찾는 일이었다고 확실히 말할 수 있다.

자잘한 1인 콘텐츠를 창작하고 수익을 이루어내며 끊임없이 실행을 하고 있었지만 이유 모를 무기력감과 무의미함이 주기적으로 찾아왔다. 수익이라는 결과물의 유무와 상관없이 '아…. 이건 아닌데……'라는 답답함과 곤란스러움. 대체 이것이 무엇인지 원인조차 분간되지 않았다. 때마다 잘 견뎌봤지만 결국 반복되는 주기가 더 짧아졌을 뿐이다. 가장 적절한 타이밍에 시작된 1인 기업 경영스쿨을 통해 그 이유를 명확히 알게 됐다.

심연에서 '사명과 가치를 묻고 있었구나.' 하고 말이다. 물론 사명과 가치를 생각해본 적은 많았지만 내 안 깊은 곳에서 사명과 가치를 애써 캐내어 본 기억이 없다. 보편적인 사명과 가치로부터 한 단계 더 올라서서 나만의 사명을 찾는 작업들이 이제 필요해진 것이다. 새로운 단계로의 진입을 위해서 꼭 건너야 하는 출렁다리처럼.

그 분야로는 전혀 뇌를 써보지 않았기 때문에 혼돈 그 자체였다. 경영 마인드와 관련된 핵심적인 몇 가지의 액션들이 있었지만 그 중 나의 행동을 결정하는 가치를 찾는 일만 해도 6주의 과정이 모두 끝나고도 몇 개월이 걸렸다. 그리고 보면 이전의 가치관들은 마음먹었던 일들이다. 책을 읽으며 누군가의 가치관을 마음먹었던 적도 있고 가치관의 필요를 주장하기에 예시 중에서 몇 가지를 신중히 골라 마음먹었던 적도 있다.

마음먹어서 되는 일이 아니라는 것을 알게 되었다. 물론 그 또한 소중한 과정임과 동시에 의지이지만 가치를 찾는 일은 마음먹어서 되는 일이 아닌, 자신을 이해하는 일이었다. 자신을 깊이 들여다보고 파악하고 이해하는 일, 진정으로 내가 추구하는 인생의 목적에 대해 말이다.

몇 주간에 걸쳐 충분히 고민하고 끌어낸 핵심가치. 마음 흡족해하며 과정은 종료되었다. 그렇게 매번 완성되었다고 생각했다. 그러나 무의식 속에서는 계속 더 명확히 찾는 작업들을 쉬지 않고 한 것이 틀림없다. 현재까지에 이른 나의 핵심가치는 오늘 한 꺼풀 더 얇은 베일을 벗어내고 '의미추구, 성장, 독립'이라는 모습으로 더욱 명쾌해졌으니 말이다.

스스로가 정의를 가지는 것은 크게 의미가 있다.

사명이란 사전적 의미로는 '맡겨진 임무'이며 일반적으로는 '맡겨진 일(활동)'이나 '수행 해야할 일'을 의미한다. 좀 더 깊이 들어간다면 이 땅에서 목적 있는 삶을 살기 위한 존재 이유이다. 가치는 사명을 이루기 위한 행동 결정의 기준이 되는 신념이다. 일상생활에서 가장 중요하게 생각하는 것, 삶의 지표가 되는 원칙과 신념, 성공의 기준을 결정하게 되는 신념 말이다. 비전은 장기적으로 실현하고자 하는 목표이기도 한 동시에 이상적인 미래 모습이다.

목표는 비전을 이루기 위한 구체적인 과제들이라 할 수 있다. 일련의 흐름으로 사명서를 정리하고 매일 읽고 새긴다면 세월을 아끼는 일에 큰 도움을 주게 될 것이라 확신한다. 매일이 완성의 과정이다. 오늘의 사명서를 읽고 있지만 방향의 수정이 이루어지기도 하고 더욱 완성도를 높이는 일들이 반복되고 있다.

오늘도 나는 사명서를 읽는다. 사명을 읽고, 가치를 읽고, 비전과 목표를 읽는다. 하루가 쌓여갈수록 철학과 가치가 단단해진 성숙한 나이 듦이 품격있게 느껴진다. 이제야 알겠다. '저 사람은 어떻게 자기만의 색깔이 명확하지? 난 왜 나만의 색깔이 없을까?' 남들이 뭐라고 이야기하든 말든 자신의 의지와 색깔이 뚜렷한 친구나 후배들을 보면 신기하게 쳐다봤다. '나도 어떻게 하면 저렇게 뚜렷할 수 있을까.'

만나는 사람들에게 여러 가지 모양으로 맞추며 살았다. 때로는 그것이 내 장점이라고 생각했지만 지금 와 생각해보니 나만의 원칙과 기준이 세워지지 않은 것이다. 이 사람과 저 사람들에게 나도 모르게 자동적으로 혹은 습관적으로 나를 맞추고서 되돌아서며 후회했다. 바보 같기도 하고 뭔가 나를 가치없이 다 내어준 것만 같아 맘에 들지 않았다.

'와우, 늘 애매하게 합리화시켰던 그 찝찝함의 원인이 이것임을 이제서야 명확히 알게 되다니……' 이제 나도 내 색깔을 명확히 할 수 있게 되었다. 가치와 기준, 철학을 가지게 되었으니 말이다.

《당신의 생각을 정리해드립니다》 내용 중 저자의 사명 예시이다.

복주환의 사명은 생각정리스킬 교육을 통해 사람들이 '생각을 행동으로', '상상을 현실로' 만들 수 있도록 돕는 것이다.

N잡러 놀이터의 사명은 N잡러들이 온라인 공간에 모여 서로 다양한 정보를 나누고 소통할 수 있도록 커뮤니티를 만들고 활성화하는 것이다. 이러한 커뮤니티를 통해, 정보교류 및 학습을 하면서 N잡러로서 역량과 전문성을 다지고 자신감 있게 활동할 수 있도록 도움을 주는 것이다. -이하생략

복주환 작가님은 '생각정리 시리즈' 저서로 유명하다.《생각정리 스킬》《생각정리 스피치》《생각정리 기획력》.《당신의 생각을 정리해 드립니다》 이 책 한 권을 읽고서 나머지 시리즈를 모두 구매했다. 책 한 권으로 인연이 시작되어 작가님의 행보 또한 오래도록 지켜보게 되었다. 책 안에 소개 되어진 그의 사명과 그가 상상하던 구

체적인 목표들이 하나씩 현실화 되어가는 것을 보는 것은 내게도 성장하는 큰 기회가 되었다.

그는 복잡하고 많은 생각을 정리해내는 여러 가지의 강점과 스킬들을 가지고 있다. 자신의 강점으로 다양한 시스템을 통해 교육하고 컨설팅한다. 복잡한 사람들의 생각을 정리하고 떠돌아다니는 창의적인 생각과 아이디어들을 실현시킨다. 자신이 가장 중요하다고 생각하는 가치를 자신의 강점을 통해 사람들에게 나누고 있는 것이다.

사명의 유무는 평범함과 비범함의 차이이다. 누구에게나 꿈이 있듯이 누구에게나 주어진 각자의 사명이 무엇인지 한 번쯤은 생각해보아야 하지 않을까. 복주환 작가님의 사명에 나의 사명을 빗대어보고 그의 목표를 프레임 삼아 나의 목표들을 적용해보듯이 독자들도 기회로 삼아 사명을 생각해보는 시간이 되었으면 좋겠다. 거창하게 '내 인생의 존재 이유는 무엇인가.'라는 철학적인 질문을 던지지 않더라도 '자신에게 맡겨진 임무, 자신이 해야할 과제는 무엇일까.' 라는 단순한 질문을 스스로에게 던져보는 것으로 충분하다. 당장 오늘부터 그 일들을 시작해볼 텐가? 이미 가지고 있다면 점검해보는 것은 어떨까. 본인들의 사명과 가치들을 내게도 알려줄 수 있다면 그리해주기를 바란다.

'나 강사라의 사명은 꿈이 없이 살아가는 사람들에게 의미추구,

성장, 독립을 바탕으로 꿈을 스스로 찾고 꿈과 비즈니스를 연결하여 성공의 삶을 이루도록 돕는다.'

　꿈을 위해 살기로 결단하지 않았더라면 오늘을 어떻게 살고 있을까. 엄청난 각오로 꿈을 위해 '내 인생의 모든 것을 갈아넣으리라!' 결단했던 것은 아니었다. '하고 싶은 일을 위해 살고 싶다. 더 이상 누군가의 통제를 받으며 원하지 않는 상황으로 나를 몰아가고 싶지 않다. 내가 잘하는 것을 찾고 그것을 통해 하고 싶은 일들을 하고 싶다.'라는 작은 소망으로부터 시작했다. 물론 그 과정들은 결코 쉽지 않았다. 작은 희망이 이끌어왔다지만 한 지점을 지날 때마다 늘 어려운 과제들이 있었고 다행히도 때마다 과제들을 풀어낼 역량도 함께 커져 있음을 발견했다. 그렇게 여기까지 온 것이다.
　이제는 꿈을 좇아 산다기보다 사명을 좇아 사는 인생이 되었다. 사명을 이루는 것이 곧 나의 꿈이기도 하다. 꿈을 위한 꿈 하나를 오늘 살 듯이, 나는 오늘도 아침마다 사명서를 읽으며 사명을 위한 사명 하나를 오늘 살아낸다. 내일의 꿈을 오늘 현실로 살아내듯이, 내일의 사명을 오늘 현실로 살아내는 그 방법대로 말이다.

　나는 이런 내가 참 좋다…….

어떤 꿈도, 성공도
이룰 '자격'이 있다

꿈과 성공을 빠른 시간에 이루고 싶다. 그래서 지금 꿈과 성공을 살기를 선택했다. 앞장에서도 언급했듯이 미래 설계한 그 꿈들을 현재 지금 상상하고, 위한 실행을 한다면 그것이 곧 꿈과 성공을 사는 방법임과 동시에 미래 현실을 빠르게 당겨오는 일이기도 하다. 이루어진 결과만을 원하는가, 완벽히 이룬 꿈, 성공만을 원하는가? 그렇다면 현재를 살고 있는 지금을 풍요롭게 누리지도 기뻐하지도 못할 것이다. 그렇게 이룬 결과물은 과정 속에서 희생되어진 행복의 크기만큼이나 내게 허무함을 안겨줄 것이다. 꿈을 위해 오늘 아르바이트를 하고 있다면, 생활비를 벌고 있다면 그 또한 꿈을 사는 일이 아닌가.

"네, 감사합니다~" 뒤를 돌아서는 순간 남편과 눈이 마주쳤다. 동시에 감추고 싶은 애씀과 환희와도 같은 놀라움이 맞부딪혀 나도 모르게 너무 크게 웃어버렸다. 어찌 감출 수 있으랴.

남편과 함께 가구점에 갔다. "안녕하세요~" 쾌활하게 인사를 하며 맞아주시는 두 분은 젊은 청년이었고 결코 제주도민이 아님을 직감했다. 제주 남성들의 특성인 무심함과 툴한 느낌이 아닌 시원시원하고 살가운 남자들은 영락없는 서울 남성이었다. 지나다 보면 잘생긴 남자들은 많지만 연예인 빼고 정말 흔치 않을 정도의 훈남이었다. 놀래서 나도 모르게 두 손으로 입을 틀어막을 정도로. 결혼하고 나서는 잘생긴 미남들이 편해졌다.

나는 잘생긴 사람을 좋아한다. 아이들을 낳고 아줌마가 된 이후로는 더더욱 그렇다. 물론 외모로 사람을 판단하려 하거나 차이를 두는 것은 아니지만 누구나 흔히 그렇듯 잘생긴 남성이거나 예쁜 여성이 지나가면 한두 번은 더 뒤를 돌아보곤 한다. 눈앞에 있을 때는 빤히 들여보기도 한다. '어쩜 저리도 멋스럽고 인형처럼 생겼을까.'하고 말이다. 실제로 안구 정화되는 느낌이 확실하다.

잘 생긴 사람과 말을 한다는 것은 엄두도 내지 못했다. 옆에 가까이 오기만 해도 너무 부담스러워 고개를 스스로 떨구거나 자리를 피하기도 했다. 고등학생 시절, 나보다 더 키가 작은 반 친구가 있었는데 그 친구는 자신보다 훨씬 키가 큰데다 예뻐서 남학생들에게 대시를 수없이 받는 친구를 베스트 프렌드로 두었다. 나는 그 사실이 참 신기했다. 키 큰 아이와 친구가 된다는 것은 상상도 되지 않았다. 부담스러워서 먼저 피하거나 말조차 건네지 못했다. 이미 스스로가 한없이 작아져 버리고 만다.

키가 작기로 반에서 일·이등을 다투는 나는 그날도 운동장 조회 시간에 앞뒤 자리를 가지고 소심한 신경전을 하다 결국 젤 앞줄에 섰다. 반장이 줄을 맞추며 젤 앞줄에 있는 내 어깨에 잠시 손을 얹었다. 공부도 잘하고 얼굴도 예쁜 반장이 내 어깨에 손을 얹으니 뭔가 의미 있는 사람이 된 것만 같았다. 최고로 잘난 반장의 베프가 된 것 마냥. 생각해보면 그렇다. 초중고등학교를 다니며 반 친구 이상으로 친구였던 친구가 있었을까?

스스로가 친구들에게 가까이 가는 방법을 알지 못했다. 삼삼오오 모여 함께 싸온 도시락으로 점심을 먹을 때도 조심스럽게 눈치 보며 사이에 끼는 일이 대부분이었다. 왜 그랬을까? 자격이 없다고 생각했기 때문이다. 나보다 나아 보이는 친구와 친구가 될 자격이 없다고 생각했다. 키가 크고, 예쁘고, 공부를 잘하는 친구, 활달해서 선생님과 친구들의 관심을 받는 친구는 이미 다가갈 수 없는 선망의 대상이었을 뿐, 감히 말을 걸 자격이 없다고 생각한 것이다.

꿈과 성공을 위한 오늘의 실행들을 정직히 해내고 있다. 원고를 쓰고 책을 출간하는 일, 작가가 되고 싶은 이들에게 작은 소망을 주는 책 쓰기 수업과 코칭을 하는 일, 자신이 좋아하고, 하고 싶은 일들을 통해 꿈을 이루고자 하는 이들을 동기부여하는 일, 꿈과 비즈니스를 연결하여 수익을 위한 파이프라인을 만들어 갈 수 있도록 컨설팅과 코칭을 하는 일들이 그러한 일들이다. 오늘을 정직히 살고 있다.

완벽한 자격을 원하지 않는다. 꿈과 성공을 위한 일들을 지금 이 순간 정직히 해내고 있다는 사실이 바로 그 자격의 갖춤이다. 왜곡된 자아가 회복되지 않았다면, 키가 큰 친구, 예쁜 친구, 공부 잘하는 친구, 성격 좋은 친구는 나의 친구가 될 수 없다는 생각을 아직도 가지고 있었을 것이다. 마찬가지로 꿈도 성공도 이룰 자격이 없다고 단정했을 것이다. 선망은 하지만 결코 용기를 낼 수 없는 이미 그럴만한 자격이 애초에 없다고 말이다.

자격이라는 것은 자기 확신과도 결코 떼어놓을 수가 없다. "나는 어떤 꿈도 성공도 이룰 자격이 있어!!!" 라고 외치자 "어떤 꿈도 성공도 이뤄낼 수 있어!!!"라는 확신이 점점 더욱 강해지는 것을 본다. 스스로에게 자격을 허용한 이후로 확신들은 더 강화되고 있는 것이다. 진정으로 자신을 사랑하기 때문에 일어나는 변화가 아닐까 생각해본다. 사회생활, 직장생활을 하면서 남들에게 많은 인정을 받아왔다. 그동안 그들이 나에게 자격을 주었지만 이제는 그들이 주는 자격보다도 내가 스스로에게 주는 자격이 더욱 막강하다. 누구의 인정을 통한 자격과 확신을 쫓아다니지 않아도 되니 말이다.

자기 확신은 우리 안의 한계 없는 잠재 능력을 깨어나게 한다. 솔직히 열심히 달리다가도 자신이 없어지는 때가 있지 않은가? 원고를 잘 쓰다가도 마감일은 다가오고 막히는 일들이 종종 있고, 애들에게 쏟는 시간은 늘상 생기고. 강연을 앞두고 준비하던 프레젠테이션이 마음에 들지 않아 며칠 전에 모두 갈아엎을까 싶을 때. 특별한 이유가 없이도 몸과 마음이 가라앉고 자신이 없어지는 때 말이다.

그때 '레드썬' 단 몇 초 만에 '자기 확신'으로 바로 전의 모습을 걷어내고 새로운 자아를 입힌다. 최면을 걸듯 말이다. 분명히 바로 전의 나는 점점 머리가 멍해지면서 원고의 글들이 들어오지도 나가지도 않았는데, 순간 "와우 원고가 잘 써지네. 나는 베스트셀러 작가지? 마구 써져. 그까짓 것 뭐." 레드썬 하는 순간 갑자기 그 상태로 전환된다. 미친 소리라고 할 테지만 순간이동 하듯 1초만에 상황 역전하기 방법이다. 오늘도 종종 써먹었다. 더 이상 머리가 돌아가지 않네. 잠이나 좀 자야겠다. 그리고 침대 위에 누웠다. 5분 정도 됐을까? 벌떡 일어났다. "와~!!! 원고 쓰자. 나 그 정도쯤이야 금방 쓰지!!!" 두 손 주먹쥐고 외치며 작업실로 들어가 앉았다. 신기하게도 마법처럼 그냥 자연스럽게 써진다. 그렇게 한 장 두 장 채워간다.

'자기 확신'이라는 무기가 우리에게 자격이 되는 것은 아닐까. 자격이 자기 확신을 부르고 자기 확신이 자격이 되기도 하고 상호관계 속에서 선순환이 연속적으로 일어난다. 이러한 자기 확신이 오늘도 나에게 '자격'이 있음을 확인시켜주고 있다.

"저는 최고의 꿈 설계 전문가입니다. 저는 세계적인 꿈 동기부여가입니다. 저는 책 쓰기의 감각이 참 좋은 사람입니다. 좋은 책을 쓰는 베스트셀러 작가입니다." 허풍과도 같은 이 꿈들을 이야기하며 나는 늘 흥분하고 목소리가 상기된다. 마음이 뜨거워지고 덩달아 몸에서도 열기가 나 땀이 송글 맺힌다. 이 외에도 나의 철학, 꿈, 성공, 스토리들을 이야기할 때 그렇다. 신이 나고 뜨거워지다 결국 엔 열변을 토하니 미안할 지경이다.

남들이 허풍 허세라고 할지라도 전혀 부끄럽지 않다. 한 걸음씩 정직히 걷고 있는 자신을 내가 확신하고 스스로 자격이 있음을 충분 히 인정하기 때문이다. 이렇게 열정적이고 뜨거운 내가 이러한 잠재 력이 있음을 모르고 이삼십 대를 낮은 자존감으로 어떠한 꿈도 꾸지 않은 채 살아왔다니 안타깝기도 하다. 그래도 인생의 중반기 마흔에 이르러 용기 있게 긴 시간들을 포기하지 않고 준비하며 왔으니 이 또한 꿈과 성공을 이룰 자격을 또 하나 갖춘 셈이지 않은가.

잭 마(Jack Ma). 단 십분 만에 아니 육분 만에 소프트뱅크 회장 손 정의 씨로부터 2000만달러(약 253억 원)를 투자 받은 알리바바그룹 의 창업주 마윈이다. 회장으로부터 투자를 요청하기 위해 찾아간 그 때만해도 그는 보잘 것이 없었다. 사업계획도 그다지 변변치 않 았고 영업 이익도 전혀 나지 않은 상태에다가 직원도 손정의 회장 의 시각으로 볼때에는 소수에 불과했다. 그런데 어떻게 십분도 채 되지 않는 시간에 그의 마음을 사로잡을 수 있었을까? 그것은 바로 손정의 씨가 마윈의 사업 설명을 들으며 마윈의 '자기 확신'에 찬 모습을 보았기 때문이다. 투자를 받을만한 충분한 자격이 있음을 매의 눈으로 직관했다는 것이다.

꿈과 성공의 자격이 있음을 확신해야한다. 자격은 꿈을 이룰만한 부모를 만나고 환경을 갖추고 돈이 있어야 하고 등의 자격이 결코 아니다. 내면에서 일어나는 일들이다. 내일의 꿈과 성공을 확신 해야한다. 오늘 안 되는 일 내일 다시 풀어낼 수가 있다. 오늘 좌절된 일이 있다면 내일 다시 도전하여 이루어 낼 수 있지 않은가? 본인의 두 손에서 결코 포기라는 이름으로 내려놓지 않는다면 곧 언젠가는 이루게 될 것이라는 확신을 가지기를 바란다. 그것이 곧 꿈과 성공을 위해 필요한 자격의 갖춤이라고 말하고 싶다.

'짠'하고 보여주고 싶다. 전문가, 성공자가 된 모습을 '짠'하고 말이다. 하지만 나는 오늘도 실수투성이이다. 전문적인 모습만 보여주고 싶은데 이 책에도 나의 부족함을 온통 실어놓고 있다. 지나고 보면 이 또한 빈틈투성이인 하나의 과정으로 점 하나를 찍는 일에 불과할지도 모르겠다. 그럼에도 불구하고 자신이 자랑스럽다. 누구보다 자격이 있노라고 말할 수 있게 되었다. 곧 수없이 도전하기 때문에 일어날 수밖에 없는 필연적인 실수투성이기 때문이다. 도전하지 않았다면 결코 생길 수 없는 실수. 그래서 나는 더 실수투성이가 되려 한다. 시행착오의 쌓는 과정들이 필요하다. 두려움이 왜 없겠느냐마는 두려움보다 꿈과 성공에 대한 열정과 포부가 더 크다. 주저하지 않는다.

실패를 작정하고 수없이 도전한다. 그것이면 충분히 꿈과 성공을 시작할 자격이 있다. 그 자격을 갖추었는가.

04

투자는 나를 변화시킬
의지의 표현이다

내 꿈을 위해 얼마를 투자하고 있는가. 시간과 에너지 때로는 돈을 투자해야만 한다. 종종 듣는다. '메신저가 되기 위해 8천만 원이 들었다. 1인 기업을 위해 1억을 투자했다. 5개월 동안 정체기가 와서 배움에 1천만 원을 썼다.' 무척 궁금하다. 방금 이야기를 들은 여러분들의 반응이 말이다. 물론 돈의 투자만 말하고 싶은 것은 아니다. 시간과 에너지의 투자는 강조하지 않아도 가장 기본이며 중요하다는 것을 모두가 충분히 알고 있다. 그런데 유독 돈에 대한 투자에 있어서는 구두쇠와 같은 생각과 마음들을 가지고 있으니 그 틀을 깨뜨려주기 위해서이다.

어떤가 너무도 의례적인 이 투자가 자신을 크게 놀라게 했다면 이제 그 틀을 깨고 직접 그만한 투자를 각오해야만 한다. 책 쓰기 수업을 들었다. 작가가 되겠다는 꿈이 강렬하게 있지 않았던 것은 그럴 수 있을 것이라는 가능성을 애초에 생각하지 못했기 때문이다. 책을 쓰는 법을 배우고 책을 쓸 수 있다는 기회가 눈앞에 왔을 때 나는 당장 그 기회를 잡았다. 내 기준에서 상상할 만한 금액이 결코 아니었음에도 불구하고 그 기회를 앞뒤 재지 않고 당장 잡았다. 바로 이것이 작가가 되는 방법이라는 확신이 들었고 가능하다는 생각이 든 즉시 책을 쓰겠다는 결심이 섰다. 마음을 정하고 나니 또 다른 문제들도 방법을 찾아내고야 마는 것을 경험했다.

1인 기업인이 되기 위해 브랜딩포유 대표인 장이지 대표님과 인연을 맺었다. 1년 가까이 멀리서 지켜보고 있었다. 성공하는 방법을 알기 위해서는 조금 더 가까이 가서 배워야 한다는 것을 알았을 때 그녀에게 DM(다이렉트메시지)을 보냈다. 장황하게 그러나 깔끔하게 나를 소개하고 직접 철학과 전하고자 했던 인생 메시지를 살펴봐 주기를 원하는 마음으로 링크를 보냈다. 곧 연락이 왔다. 생각보다 우리를 앞서가는 이들은 그다지 멀리 있지 않다는 것을 체득하게 됐다.

한참 사명과 존재의 의미속에서 헤매며 뿌리가 흔들리고 있을 때 더욱 깊게 더더욱 깊게 뿌리를 내릴 수 있도록 손을 잡아주신 분이 계시다. 그는 1인 기업 커뮤니티 안에서 조차 모든 이들의 멘토가 되는 아버지 같은 김형환 교수님이다. 이미 15년 전부터 외롭도록 외길을 걸어오시며 사명을 감당하고 계시다. 더불어 힐링과 사랑의 메신저이신 DID(들이대)의 대표 송수용 대표님을 만났다. 처음 1월 어느 특강을 통해 만난 그는 대쪽 같은 성품의 사람일 것이라 생각했다.

 강연코칭 프로그램에서 만난 그는 어쩜 그리도 섬세하고 미세하면서도 호소력이 짙은 강인함인지 한참 마음이 외롭고 지칠 때 만나 격려 받은 분이다. 동일하게 작은 투자라도 투자해보지 않았다면 결코 투자할 수 없을 비용들이었다. 그렇다고 엄청난 비용은 아니지만 자기 계발이라고는 책이 전부였고 단돈 오만 원 십만 원이라도 나를 위한 일에는 쓰기가 어려웠으니 그 수준에서는 쉽지 않은 금액이었다. 아마 여러분들도 입을 딱 벌리고 "정말? 그렇다면 나는 할 수 있을까?"

 이미 마음을 내려놓는 이조차 있을지 모르겠다. 그럼에도 불구하고 투자를 하고 보니 시간과 노력, 에너지를 쏟는 만큼이나 미래를 위한 배움의 투자가 중요하다는 것을 절실히 체득한다. 나이라는 숫자가 나를 제약할 수 없듯이 돈이라는 숫자에 얽매이지 않는다. 꼭 필요하며 합당한 금액이라면 조금 무리가 가더라도 투자에 아끼지 않는다. 그 당시에도 결코 수중에 돈이 있어서 투자를 했던 것은 아니니 말이다. 인정하고 싶지 않지만 가난한 사람이 계속 가난하고 배우지 못한 사람이 계속 배우지 못하는 되물림이 반복되는 이유는 분명 있다. 그 패턴을 뚫어야 하는 일을 끝까지 해내야만 그 다음 차원으로 올라설 수 있다는 것을 발견하길 바란다.

 마흔 살에 이른 평범한 육아맘들 중 언제든 자신의 필요한 것들을 맘 놓고 살 수 있는 배포를 가진 이들이 얼마나 있을까. 결혼 전에는 늘 자신을 위한 소비들이었는데 결혼과 동시에 남편의 필요들이 눈에 들어오기 시작한다. 넉넉하고 풍족했다면 남편 것도 사고 본인 것도 사고 했을 테지만 이야기 했듯 남편 학비와 생활비를 대던 나는 늘 부족했으니까 내 것을 사는 일은 거의 없다. '나도 나를 위해 돈 쓸 거야. 사고 싶은 거 사 버릴거야. 내가 왜 이렇게 참으면서 살아야해.' 부부싸움이나 해야 비교적 홧김에라도 내 것을 산다.

아이들이 생기고 나서는 필요한 것들이 더 많이 생겼다. 이제는 남편 것과 아이들 것을 산다. 특히나 아이들에게 필요한 것들은 재깍 채워준다. 아이들이 원하는 것이라면 절대 '돈이 없어서.'라는 이유를 대지 않고 기준에 맞는 소비들을 지출한다. 가끔은 본인 것이라고 챙겨두어도 결국엔 가족들을 위해 쓰게 되는 것이 한국 육아맘들의 모습들이 아닐까 라는 터무니 없는 일반화를 시켜본다. 여러분들은 어떤가. 남편의 것도, 아이들의 것도 더불어 자신의 것도 마음 편하게 살 수 있는 경제적인 여유가 된다면 정말 축복이지 않은가. 나 또한 그러한 삶을 이제는 요청한다.

그랬던 나는 이제 뚫어내는 작업들을 하고 있다. 죽어라 한곳을 망치로 두드리고 있다. 책 한두 권 사던 것이 전부였던 나는 그날 책 열권을 한꺼번에 결제했다. 처음 그 경험을 했을 때 굉장히 부자라도 되는 듯했다. 흔히들 이야기하는 플렉스 말이다. 그날 남편에게 플렉스의 뜻이 무엇인지 물었던 기억이 난다. 나도 플렉스라는 말을 쓰고 싶은 날이었으니까.

지금은 틈틈이 때마다 읽고 싶은 책이 보이면 바로 한 권씩 결제

하기도 하지만 보통은 이삼십 권을 한꺼번에 결제한다. 한 번에 사오십만 원의 돈이 나가는 것이다. 플렉스라는 것에 의미를 두고 싶은 것이 아니다. 투자 해야하는 곳에 투자할 용기가 커졌음을 이야기하고 싶다. 최근 글쓰기를 집중적으로 연구하고 실행하고 있는 나는 29만 원짜리 전자책을 발견했다. 바로 《역행자》의 저자 《자청의 초사고 글쓰기》 전자책이다.

《역행자》 베스트셀러 책이 나오기 전에 먼저 그의 전자책을 접했다. 처음에는 혹시 사기 아닐까? 라고 생각했다. 그래서 호기심이 생기지만 스쳐 지나쳤는데 《역행자》가 베스트셀러가 되고 저자가 유명해지면서 다시금 저자의 전자책에 관심을 가지게 되었다. 목차를 훑어보았다. 내용이 너무 궁금해졌다. 독서와 글쓰기를 꾸준히 해오며 인생을 바꾼 그의 스토리들이 책을 좋아하고 글쓰기를 좋아하는 나로서는 너무 매력적이었다. 말도 안 되는 29만 원의 50페이지 정도의 전자책을 나는 샀을까 안 샀을까? 29만 원짜리의 책이라니……. 본인들의 상상에 맡겨보리라.

내 꿈을 태우는 일은 돋보기의 초점을 종이에 정확히 맞추고 태양의 빛을 한곳으로 모으는 것과도 같다. 원하는 일들을 위해 그동안 초점을 맞추는 작업들을 해왔다. 어쩌면 아직도 좀 더 초점을 맞추어야 할지 모르겠다. 또한 에너지들을 한곳으로 모으고 있다. 그 작업들은 시간, 노력과 집중, 또한 돈의 에너지이다. 미친 듯이 시간을 들이고 노력을 한다. 그런데 희한하게도 돈을 쓰는 것이 부끄럽다는 생각이 들었다. 돈을 주고 배우는 것은 너무도 당연한 상식인데 꿈을 위해 돈을 주고 배웠다는 것은 왜 부끄럽게 생각됐을까. 은연중 우리 머릿속에 이러한 생각들이 있는 것은 아닐까. 시간과 노력만으로 오로지 내 안의 것으로 꿈을 이루고 성공해야 한다는 잘못된 고정관념 말이다. 돈을 들이는 것은 반칙이라는 생각. 결코 그 생각을 깨뜨리기를……

'재능 기부는 사람을 변화시키지 않는다.' 변할 사람은 변하고 조금 변할 사람은 조금 변하고 변하지 않을 사람은 또 변하지 않는다. 사람들을 일으켜 세우는 일들을 하며 조금씩 사람의 습성에 대해 배우는 것들이 있다. 결국 변할 사람은 변하고 변하지 않을 사람은 그래서 변하지 않는 이유가 있다는 것을 말이다.

재능기부를 한다고 해서 사람이 변하지는 않는다. 오히려 대가를 치루지 않았기 때문에 가치없이 사라지는 경우가 허다하다. 자신을 위해 그만한 각오를 하는 자가 결국은 배로 얻어가는 것을 종종 목격하게 된다. 합당한 가격을 재는 것도 자신의 몫이다. 형편이 어렵다 할지라도 자신의 필요와 결과 이득에 대한 명확함이 있다면 거침없이 투자할 수 있는가. 자신의 상황을 갈아 넣을 정도로 헌신을 하기 위해서는 필요에 대한 확신, 결과보증에 대한 확신이 필요하다. 거침없는 용기가 아닌 무모함을 바라는 것은 아니니 말이다.

때로는 무모함을 요구하는 이들도 있다. 나 또한 그러한 이들 때문에 덩어리로 베어내는 경우를 겪기도 한다. 프로그램을 신청했는데 실망하는 경우, 알고 보니 그만한 실력을 갖추지 않고 과대 포장하여 일단은 끌어 놓고 보는 경우, 실력은 인정하겠는데 상대의 결정을 전혀 존중하지 않는 경우들도 있다. 아이러니한 것은 그 또한 직접 체득해야만 분별할 수 있는 능력을 갖추게 된다는 것이다. 원하지 않았던 것이지만 그 또한 투자했기 때문에 덤으로 얻게 된 자산이다.

블로그, 인스타그램, 유튜브, 책 쓰기, 1인 기업, 브랜딩, 지식창업, 의식성장, 콘텐츠 등등. 이전의 전공들과 전혀 다른 분야의 공부들을 했다. 무료, 유료 강의, 특강, 수업 과정, 영상과 책들을 통해 대학 시절 전공 공부를 할 때보다 더 집중도 있게 연구했다. 긁어모아 저축해도 모자를 판에 3년동안 배움에 대한 투자를 적어도 이천만원 이상은 쓴 것 같다. 처음에는 어디 잘못된 곳에 돈을 갖다 쓴 것 마냥 말하기를 꺼려했다. 그러나 생각해보니 투자는 나를 변화시킬 의지의 표현이다. 그래서 대견스럽기까지 하다.

현재는 1인 사업하는 작가로서 끊임없이 자신과 사업들을 업그레이드 시켜가며 수익을 일으켜내고 있다. 사업을 하는 동안 도움을 필요로 하는 많은 사람들을 만나게 되었다. 초반에는 그들에 대한 안타까운 마음으로 스스럼없이 많은 것들을 내어주고는 했다.

노력 없이, 투자 없이, 성의 없이 무엇인가 얻기를 원하는 자들에게는 애당초 자신을 변화시킬 준비가 되어 있지 않은 경우가 많다는 것을 알았다. 거저 주어진 의미가 가치를 잃게 되는 순간이다. 나 또한 그러한 투자를 하지 않았다면 그만큼 내 것으로 얻어내려 의지를 일으키지 않았으리라 생각한다. 의지를 일으켜 나를 변화시킨 것이 가장 큰 성과이며 결과물이다. 성과들로 인해 또 다른 미래 투자와 사업들을 통해 생산자가 되었으니 말이다.

그렇다고 긍휼함과 안타까움이 크다는 이유로 아직 준비 되어있지 않은 그들을 몰아세우지 않는다. 각자의 때가 있음을 기다리며 또한 본인의 몫임을.

10배의 행동력이
오늘도 나를 살린다

성공자의 속도가 있다는 것을 알게 되었다. 비록 아직 남들이 이야기하는 성공자의 위치에 오른 것은 아니지만 평범한 크로노스의 시간 속에서 천천히 흘러가고 있었다. 늦었다 여겼던 마흔에 뛰어들었으니 열정으로 미친 결정력과 행동력을 한창 발휘하게 되었을 때 미세하게나마 성공자의 속도가 있음을 경험하게 된 것이다. 그 지점이 아직은 쌓아야 하는 곳이지만 미리 내다볼 수 있었다. 금세 내 앞으로 달려올 것만 같은 그 뜨거움을 잊을 수가 없다.

내게는 연년생 셋 아이들과 네 살짜리 막내, 넷째가 있다. 아직은 엄마의 손이 많이 가는 초등학생과 네 살짜리 아이. 종일 일을 하고 집에 돌아와서도 집안일을 하고 아이들과 충실히 함께 시간을 보내주었다. 그리고 아이들과 함께 누워 천장에 붙여놓은 야광별들을 벗 삼아 두런두런 이야기를 나누다 서로 잠에 들곤 한다. 무엇인가를 향한 열망이 있었는지 그러고서 새벽 한두 시에 일어난다.

아이들이 좀 더 자라고 꿈을 찾는 여정들을 시작하며 누군가에 의해 통제되는 일들을 조금씩 거절하기 시작했다. 꿈과 사업들을 본격적으로 시작하게 된 것이다. 새로운 곳으로 이사를 하게 되면서 새로운 환경과 새로운 시즌이 세팅되었다. 큰 아이들이 등교하고 넷째가 어린이집에 등원하고 나면 센터에 출근하기 이전까지의 시간들을 최대한 활용했다.

닥치는 대로 읽어대던 독서에서 더 나아가 전략 독서하기, SNS(블로그, 인스타그램) 게시물 디자인하고 텍스트 만들기, 책 쓰기 6주 과정 수업진행하기, 책 쓰기 원데이 클래스, 책 쓰기 개인코칭, 독서모임 운영하기, 거침없이 글쓰기 모임하기, 재능기부 강사 섭외하고 특강 진행하기, 시그니처 콘텐츠 사업 기획하기, 원고쓰기, 1인 기업을 위한 수업들과 과제, 그리고 그에 대한 공부와 연구 등등.

이전 이후 평상시의 결정력과 실행력, 추진력을 굳이 비교하자면 분명 10배 이상이다. 이 놀라운 일들을 마흔이 넘은 넷 아이 다둥맘이 어찌 다 감당을 해낼까.

"어떻게 이렇게 많은 일들을 해내시나요? 시간을 어떻게 활용하고 관리하시나요? 정말 피곤하고 힘드시겠어요~ 체력이 그만큼 좋으신가요? 짧은 시간에 이리 이루어내시는 것을 보며 대단하다 생각했는데 애가 넷이라구요? 정말 대단해요."

나는 어디서 이런 미친 행동력을 발휘하고 있는 것일까. 어느 순간 스스로도 궁금해졌다. 가만히 지켜보며 질문해보기 시작했다. 강점과 깊은 연관이 있다. '선택적 열정, 집중, 회복탄력성, 긍정, 실행력, 리더십, 추진력' 자랑과도 같은 이러한 많은 강점들이 있다. 그런데 참 신기한 것은 많은 강점들이 있어도 이 강점들을 활성화하는 것은 다름 아닌 자신이 가지고 있는 의식과 마인드라는 생각이 든다. 한계를 넘어서야 하는 경우가 분명히 온다. 한두 번으로 족할 줄 알았더니 결코 아니다.

사람은 누구나 태어날 때 100%의 잠재력을 가지고 태어난다고 한다. 그 중 평범한 일반인들은 3프로만 사용을 하다 인생을 마감한다. 아인슈타인은 7%까지 사용을 했다고 한다. 나는 몇 프로의 잠재력을 사용하고 있을까. 백 프로에서 3%는 너무 미세한 수치인데 정말 이 정도만 사용하게 된다면 너무 아쉽고 아깝다. 이상 사용할 수 있는 방법은 없을까 싶다.

결혼을 하고 남편과 살며 '여기까지가 내 한계이다.' 라고 느낀 때가 종종 있었고 자녀들을 육아하며 '여기가 나의 바닥이고 한계이다.' 라고 느낀 적이 많았다. 그럼에도불구하고 그 한계들을 돌파해내며 여기까지 온 것을 보면 한계라고 정한 그 기준은 지극히 스스로가 의식한 능력인 것이 아닌가. 그어둔 경험과 생각의 지정선이지 않은가. 한계라는 것도 결국은 겨우 3프로의 한계선에서 말이다.

초등학생 때 누구나 백 미터 달리기를 해본 기억이 있을 것이다.

힘을 다하여 애를 쓰는데도 비질 땀 흘리며 겨우 찍은 백 미터 달리기 실력은 23초이다. 빠른 친구들은 12초에도 뛰는 데 23초라니 반에서 나처럼 늦게 뛰는 아이도 없었다. 그런데 만약, 막 불이 붙은 곳에 아들과 딸이 있다면 나는 몇 초 만에 뛸까? 백 미터를 달려야 할 필요는 없겠지만 분명 나는 상상할 수도 없는 초인적인 힘을 발휘해내 엄청난 속도로 아이를 구하고야 말 것이다. 이것이 우리가 가지고 있는 잠재력의 힘이다.

나는 이 잠재력들을 마흔이 지나고 나서 최대한으로 활용해보고자 결단했다. 그러기 위해 뚫어내야 하는 한계들이 종종 오고는 한다. 뚫어냈는데도 불구하고 다시 원상태로 되돌아가 있는 자신을 발견하고 다시금 애를 써야할 때도 있다.

'절대 안 된다고 하지 않을 것. 부정적인 말 하지 않을 것, 불가능해 보일지라도 이미 되어진 모습을 상상하며 내 것으로 머리끝부터 발끝까지 새롭게 입을 것' 이러한 의식과 마인드셋이 원하는 행동력을 일으키기 위한 핵심이다. 이러한 것들이 하고자 하는 의지를 붙잡는 수만 가지 이유들이기 때문이다.

문득 작년 6월쯤 원고를 쓰고 있던 때가 생각난다. 지금은 원고에만 집중하고 있지만 그 때는 하던 활동들도 모두 진행하며 원고를 쓰고 있었다. 아이들은 방학 기간에 들어갔고 넷 아이들을 돌보고 센터 일과 개인 사업 활동들을 하며 한 달 만에 원고를 써내었다. 몇 권의 책을 써낸 능숙한 작가도 아니었고 예비 작가가 한 달 만에 원고를 썼다는 것은 지금 생각해도 일반적인 상식은 벗어난 것이 아닌가 생각한다. 자청님이 마음먹고 나서는 2주 만에 원고를 썼다는데 언젠가는 도전해볼 만도 하다. 그 또한 위와 같은 사례이다.

모든 환경들은 나를 돕는 것 같지 않았지만 절대 '힘들다, 못하겠다, 시간이 없다, 바빠서 못한다.' 등의 말을 입 밖으로 꺼내지 않았다. 상황이 누가 봐도 그러했기 때문에 더더욱 주의를 기울여 무의식중에 새나오는 말들조차 조심했다. 주어진 상황 속에서 최대한 질을 높이는 일들을 했다. 10분 원고를 쓰는 시간이 겨우 주어지지만 최고의 집중력과 최고의 컨디션으로 임하기 위해 미친 척하고 30초간 아하하하, 푸하하하 웃어대곤한다. 이와 같은 이야기를 하는 이유는 우리의 잠재력을 제한하는 것은 행동력을 제한하는 것과 마찬가지이기 때문이다. 즉, 잠재력을 제한하지 않는다면 우리는 무한한 행동력을 일으켜낼 수 있다는 것을 의미한다.

작년 11월쯤 만난 스승이 있다. 저자 그랜트 카돈의 《10배의 법칙》이다. '10배 더 원대하게 생각하라. 10배 더 큰 목표를 세워라. 10배 더 엄청나게 행동하라. 경쟁하지 말고 지배하라. 성공을 당신의 의무로 삼아라.' 그가 주장하는 10배의 법칙을 이루는 5가지의 성공하는 습관이다. 제시된 다섯 가지의 습관들과 더불어 한 권의 분량을 채우는 내용들도 큰 도전을 주지만 《10배의 법칙》이라는 이 제목만으로도 종종 큰 동기부여를 얻고는 한다.

주어진 환경들에 대한 생각과 감정들이, 때로는 몸과 마음들이 불평과 불만 혹은 더 이상 해내지 못할 것만 같은 지침에 매몰될 때가 있다. 그 때마다 100%로의 잠재력을 상기시키고 10배의 행동력을 생각하고 외친다. 열정을 재충전하고 실행력을 회복하는데 오래 걸리지도 않는다. 상기시키는 그 순간, 외치는 그 순간 새로운 에너지가 솟아난다. 숨어있는 잠재력으로 충분히 이 모든 것들을 실행해낼 수 있다는 것을 매 순간 새롭게 떠올리며 도전한다.

주변에도 이러한 행동력을 가진 이들이 있다. 나의 추진력과 실행력은 정말 칭찬받을 만하다고 생각했는데 그들을 보면 더욱 감격하고 존경에 이르기까지 한다. 그 중 한 분을 소개하고 싶다.

브랜딩 전문기업으로 우뚝 선 '브랜딩 포유' 대표이다. EBS 수학 강사 활동을 하며 1억 뷰 N잡 교육 플랫폼 '퍼스널브랜딩' 클래스 강사이기도 하다. 기본적으로 유튜브, 블로그, 인스타그램 등 SNS의 인플루언서임과 동시에 책을 출간한 작가이기도 하다. 일반인인데도 앨범을 낸 가수이기도 하고 한 아이의 엄마, 한 남자의 아내이기도 하다. 현재는 이 모든 활동들과 더불어 '돈되는 온라인클래스 실행콘텐츠 모임' 운영자로서 소임을 다하고 있는 장이지 대표이다. 이 모든 것을 대체 어떻게 해내고 있는 것일까?

현재 나는 선택적인 열정과 집중을 위해 새로운 도약을 준비하고 있는 단계이다. 여러 가지의 사업들을 더 명확히 조명해내고 있다. 하던 많은 것들을 멈추고 나니 이리 편할 줄이야 싶으면서도 명확해진 일들에 더 많은 전략들을 가지고 덤벼들 타이밍이 기다려진다. 살짝 한 발 빼내고 1인 기업 대표들을 바라보니 대단해 보인다. 대체 가능한 일인가 싶기도 하고 말이다.

그러나 나는 안다. 충분히 모두 가능한 일이라는 것을. 나 또한 지금보다 10배 더 원대하게 생각하고 열 배 더 큰 목표를 세우고, 열 배 더 엄청나게 행동해본 경험이 있기 때문에 사람은 누구나 충분히 모두 해낼 수 있다고 믿는다. 단지 자신 스스로가 '나는 할 수 없어. 나는 약해. 도저히 바빠서 그럴 시간이 없어.'라고 단정 짓지 않는다면 말이다.

세월을 아끼는 삶을 살고 싶다. 십 대 이십 대 때 한창 열정이 불타오르고 체력도 한창일 때 달려보지 못했던 열 배의 행동력을 지금이라도 달리고 싶다. 뒤늦게 뚜껑이 열리고 성장한 의식들이 오늘의 나를 그렇게 가능하도록 돕고 있다. 피곤하다고 지치다고 핑계 대지 않겠다. 날씨가 우중충해서 울적하다고 고독하다고 말하지 않겠다. 마흔이 지나고 쉰이 다가온다고 안타까워하지 않겠다. 아이들이 넷이라고 남편이 집안일을 많이 돕지 않는다고 불평하지도 불만을 품지도 않겠다. 당장이라도 두 주먹을 불끈 쥐고 "가능하다, 충분히 할 수 있지."라고 외치면 그만이다. 이러한 열 배의 행동력이 오늘도 나를 살린다. 생기가 돌고 활력이 돈다. 세상 살맛이 나고 꿈과 목표를 이루어내는 맛이 난다.

이렇게 신이 내게 주신 세월을 아끼는 삶을 살아가고 있다. 신이 보시기에 참 흡족하지 않으실까…….

나는 잠을 잘 때
오로지 잠만 잔다

'소수의 사람만이 자신이 원하는 바를 이루는 이유는 우리가 집중하지

않기 때문이다. 즉, 우리의 힘을 한곳에 집중하지 않기 때문이다.

많은 사람들은 하나를 고도로 숙련하려고 결정하는 대신,

한평생 이것저것 건드려만 본다.'

－ 토니 로빈스

"몇 살쯤이면 통잠을 잘 수 있는 것일까요?"

　통잠을 자는 것이 아직도 작은 소망이다. 모든 엄마들이 출산을
하고나면 겪게 되는 수면부족, 신생아일 적에는 꿈도 못 꿔보는 행
복한 소리이다. 쪽잠이 백일이 되면서 백일의 기적이 일어나고 6개
월, 1년쯤이면 아이의 수면 패턴이 생기면서 엄마들이 통잠을 잘
수 있는 시기에 접어든다. 물론 예외도 많으리라 생각한다. 나 또한

그러했으니.

　조금 편해지겠다 하면 둘째가 생기고 셋째가 생기는 바람에 신생아, 영아의 육아기를 연달아 겪었다. 어릴 적부터 장이 민감하고 아토피피부염이 있었던 첫째로 인해 여섯 살이 되기까지는 계속 자는 동안 온몸을 손바닥으로 쓸어주고 비벼주어야 했으니 통잠은 오래도록 물 건너갔다. 아직은 어린 유아기이니 셋 아이들이 돌아가며 잔병치레를 했다. 밤을 지새워 열을 내리고 등을 두드리고 안아 재우던 일들이 허다했다.

　아이들이 초등학생이 되고 조금 편해지겠다 싶었는데 넷째가 생겼다. 이제는 한 명이 더 늘어 네 명의 아이들과 함께 잠자리에 드니 텀벙텀벙 중간에 잠에서 깨야 하는 경우가 빈번하다. 반면에 열정을 붓는 내 일정들은 새로이 많이 생겼으니 질적으로 시간을 사용하는 일은 매우 중요하다.

　'생각정지' 모든 생각들을 정지시킨다. 생각이 많은 사람들은 잠자리에 들고서도 잠에 들기까지 꽤 많은 시간이 필요한 경우가 있다. 이전에는 생각이 많다는 것이 그리 맘에 들지 않았지만 지금은 생각의 힘을 한 곳으로 모아 꿈과 미래를 위한 일에 활용하고 있으니 이보다 더 중요한 일은 없다. 그럼에도 불구하고 잠자리에 들 때는 생각을 정지시킨다. 내 의지대로 찰나에 말이다. 중요한 것은 '생각 그만하고 자야지, 빨리 자야는데, 빨리 자자.'라고 하는 것조차 생각을 이미 하고 있는 것이라는 것을 기억하라. 언제부터 이러한 훈련이 되었는지는 모르겠지만 스스로 터득했다. 생존을 위해 최적의 수면 상태에 집중하려는 강한 의지이며 나만의 방법이다.

아직도 통잠을 자는 경우가 드물다. 한창 몸을 움직이며 활동할 때도 눈꺼풀이 무겁고 머릿속이 멍해지기도 한다. 그럴 때 잠시 눈을 붙이며 다른 생각 없이 오로지 잠만 자기로 결정한다. 즉시 생각을 정지하고 잠에 든다. 수만 가지의 꼬리 무는 생각들을 스톱하고 말이다. 깨어있는 시간과 잠들어 있는 시간을 정확히 구분하여 각각 시간의 해야 할 일들에 질적으로 집중하기 위함이다. 잠을 잘 때 생각을 정지시키고 오로지 잠만 자는 내 에피소드는 집중의 중요성을 이야기하기 위한 하나의 예시이다.

한곳에만 집중한다는 것은 열정, 인내, 끈기, 확신을 요구한다. 무엇을 이루기 위해서 열정이 바탕이 되는 것은 당연지사이지만 지속하는 힘은 열정이 아닌 인내와 끈기임을 과정가운데 확인하고 있다. 그동안 인생을 돌아보면 많은 어려움들이 있었다. 떠나고 싶지만 떠나지 못하는 상황, 끝내고 싶지만 끝낼 수 없는 상황들이 사방으로 둘러쌌을 때가 그러하다. 할 수 있는 것이라고는 아무것도 없을 때 그 자리를 지키며 견뎌내는 것이 최선이었다.

또한 열정이 아무리 많은 나일지라도, 견딤이 자신이 있더라도 인내와 끈기로 하던 일들을 끝까지 지속한다는 것은 나로서도 참 어려운 일이라는 것을 체득하게 된다. 열정으로 시작한 일들이 에너지가 소진되고 나면 무기력하게 힘을 잃게 되는 일이 다반사이니 말이다. 그럴 때 인내와 끈기를 이끌어내고 지속시키는 힘은 다름 아닌 아직 이루어지지 않은 보이지 않는 결과물들에 대한 믿음과 확신이라는 것을 고백하게 된다. 동일하게 내 꿈을 위한 일이라는 믿음과 이루어진 모습에 대한 확신이 없다면 오늘도 하던 일들을 그만 멈추게 될 것이라는 것을 너무도 잘 알고 있다.

좋은 결과물을 얻기 위해 집중하는 일은 좋은 열매를 얻기 위한 가지치기를 하는 것과도 같다. 통풍이 잘되고 빛을 못 보게 하는 필요 없는 잎과 가지를 줄이고 식물을 건강하게 하기 위해 가지치기를 하는 것과 같이 말이다. 가지치기는 어릴 때 꾸준히 해주는 것이 좋다고 한다. 성장 후에 수형을 잡으려면 타격이 크고 흔적이 남는 이유이다. 과일나무의 열매가 열 개를 맺는다면 당분이 열 개의 열매에 골고루 나눠진다. 열매 아홉 개를 미리 가지치기를 한다면 어떻게 될까.

모두가 알고 있듯이 당분은 오직 한 개에만 모두 공급이 되고 당도와 크기는 최고의 상품을 낼 것이다. 똑같은 식물이라 할지라도 가지치기를 어떻게 하느냐에 따라 품질과 모양이 달라진다. 주기적으로 때로는 과감하게 죽은 잎, 가지, 꽃들을 제거하여 생기 넘치고 맛난 꽃과 열매들을 내놓게 하는 일.

이와 똑같다. 집중하는 일은 원하는 모든 것을 다 가지고 싶은 욕심을 내려놓는 일이다. 오직 자신으로부터 선택된 가지들에 정성을 집중한다. 자신의 것이 아닌 것들을 쳐내고 필요 없는 잎과 가지들을 줄인다. 한참 틀어지기 이전에 손질을 꾸준히 해줌으로 큰 타격과 남는 흔적을 최소화한다. 꾸준하고 지속적으로, 때로는 과감하게 쳐내어 오직 본인만의 최고의 상품들을 내놓도록 말이다. 잘라 낸다는 것은 늘 아픔을 동반한다. 그러나 해야만 하는 일인 것을 모두가 공감할 것이다.

내가 그랬다. 처음부터 모든 것을 다 하고 싶었다. 손에 꽉 쥐었던 것들을 내려놓는 일은 손해 보는 일인 것만 같고 그들보다 못해 보이는 것만 같았다. 더 솔직히 얘기하자면 많은 열매들을 주렁주렁 맺고 싶었다. 주렁주렁 맺힌 한 개 한 개의 과일들이 전부다 최고의 상품이기를 기대하며 말이다. 그것은 욕심이다. 1인 사업들을 이루어가며 최고의 상품은 가지치기를 해야만 탄생하는 것임을 직접 보고 느끼고 있다. 삶과 사업에서도 가치 있는 가지치기의 일들이 일어나고 있는 것이다. 그리고 보면 참 많이 성장하고 성숙했다.

남들 하는 것 나도 다 할 수 있다는 욕심으로 가득 찬 자의식을 가지고 있었다. 가지치기를 하며 내려놓기까지 적어도 일이년은 걸린 듯싶다. 앞으로도 지나다보면 새로운 순들이 돋아나고 새로운 잎과 가지들이 생겨날 것이다. 지혜로운 가지치기를 꾸준히 주기적으로 할 예정이다. 자연의 섭리를 통해 이치를 통찰하게 되니 참 오묘하다는 생각을 하게 된다.

스콧 영 저서 《울트라러닝》이라는 책에서 소개하는 울트라러닝의 정의이다.

'울트라러닝이란 자신에게 필요한 지식이나 기술을 새로이 습득하기 위해, 혹은 실제 활용할 수 있는 지식과 기술로 업그레이드하

기 위해 짧은 시간동안 스스로 설계한 배움의 경로로 완벽히 정복해내는 고효율·고강도 학습법을 말한다.'

새로운 아이디어와 불꽃 튀는 영감으로 최단기간에 자신이 목표한 지식과 기술을 완벽하게 정복해낸다. 여기에서의 핵심은 빠르고 강도 높은 학습을 완료하기 위한 전략을 세우는 것이다. 울트라러닝에서도 단연 집중하기를 빼놓을 수가 없다. 울트라러닝의 9가지 학습 법칙 중 하나이기도 하다. 울트라러너 사례로 등장하는 서머빌에게 큰 관심이 갔다. 그녀는 여성교육이 어려웠던 시대 스스로 교육의 길을 개척했다. 아이에게 젖을 물리며 매일 아침 공부를 하고 육아와 집안일을 했다. 나 또한 아이를 기르고 요리를 하고 집을 청소하고 일들을 함과 동시에 공부를 시작했다. 하던 공부를 매번 덮었다 다시 펴는 일들이 일상이었으니 어쩜 그리도 나와 같은 상황일까 동질감을 느끼며 도전을 얻었다.

끊임없이 집중력을 흐트려 놓는 아이들과 경제적인 지원이 되는 것도 없이 되려 내가 6인가족의 경제의 큰 부분을 책임져야하니 그에 대한 스트레스도 적지 않다. 해야할 일들이 계속 나타나는 이러한 상황 속에서 서머빌 만한 집중력은 아니더라도 그 비슷한 집중력을 활용하는 법을 터득해오고 있다. 열악한 환경과 비슷한 처지에서 작업을 이루어낸 그녀에게서 무엇을 알아낼 수 있을까? 그녀의 전략과 집중의 방법들이 너무도 궁금해진다. 아직은 더 끌어 올려야 하는 과제이지만 어쩌면 나와 비슷하지 않았을까 생각해본다.

서머빌이 울트라러닝의 학습법을 알았는지는 모르겠지만 일정이 무한정이고 여가 시간이 넉넉했다면 이러한 집중력을 발휘할 수 있었을까 라는 생각을 해본다. 원고를 쓰고 있는 현재의 나는 하루에 한 꼭지 이상을 써내야 한다. 추석 연휴기간이라 시부모님께서 다녀가셨고, 아이들이 학교를 가고 넷째아이가 어린이집에 가나 싶더니 열감기로 집에 종일 따라다니고 있다. 육아를 해야 하고 남편이 집에 없는 동안 집안 청소와 설거지, 쌓여있는 빨래들을 돌리고 널어야한다. 요새 같아서는 책 한권 읽는 시간조차 여유가 나지 않는다.

집중을 시작하기에도, 유지하고, 집중의 질을 최대화 시키기에도 전혀 최상의 환경과 상태를 만들어 낼 수가 없다. 그럼에도 불구하고 오늘 내게 서머빌의 이야기는 큰 격려와 도전이 된다. 새벽에 기침을 하는 아이의 등을 두드리며 상황들이 이러하다며 짜증을 부린 모습을 반성하며 다독인다. 주어진 이 상태에서 또한 충분히 가능하다는 것을 스스로에게 증명해내며 말이다. 이러한 환경들 속에서 고도로 발달 된 '초고속 집중하기'이다. 시작과 동시에 즉시 깊이 들어간다. 짧은 시간 이내에 들어가서 하고자 했던 과제를 단시간에 해치운다. 언제라도 금방 다시 집중할 수 있는 시간이 사라질지 모른다는 것을 익히 알고 있기 때문에 지금 집중의 시간이 절박하다. 많은 것들을 지금 해내야만 한다.

집중을 한다는 것은 자신의 비전에 대한 헌신을 의미한다. 가지치기를 해야 하고 목표를 세워야 할 것이다. 지식과 기술을 익히고 목표를 이루기 위한 전략들을 세워야할 것이다. 시간과 에너지를 집중하는 일이며 그 외의 것들에 관심을 떨어뜨린다는 의미이다. 오른쪽 시력을 잃고 난 레온하르트오일러가 "이제 정신이 흐트러지는 일이 좀 줄겠지."라고 이야기했던 것처럼 고백할 수 있는가. 그만한 집중력을 발휘할 헌신이 자신에게 있는가. 되물어본다면 좋겠다.

천재성을 타고나지 못했다고 핑계대지 않기를 바란다. 잠을 잘 때 오로지 잠만 잘 수 있는 비상한 집중력과 그에 대한 헌신이 있다면 타고난 천재성보다 더 높이 오를 수 있다는 사실이 나는 참 다행이고 감사이다.(물론 많은 천재들은 잠자리에 들어서도 수많은 상상들을 머릿속으로 그린다. 그러나 나는 생존을 위한 잠이 필요한 사람이니 자신에게 중요한 그것을 선택하고 집중함에 의미를 두기를 바란다.) 우리와 같이 평범한 이들 안의 비범함을 보여줄 수 있는 용기이며 기회이니 말이다.

날마다 내 분야의
최고 전문가 따라하기

나는 성공할 사람인가?

그렇다. 성공의 기준은 각기 다를 수 있겠지만 내 성공기준은 추구하는 의미 있는 삶과 더불어 성장과 독립이다. 추구하는 의미 있는 삶, 생애를 다하기까지 머물지 않는 성장, 정신적·경제적으로 얽매이지 않는 독립 이 세 가지의 요소가 갖추어졌을 때 내 인생은 성공적이라고 자랑할 수 있을 것 같다. 즉 내가 원하는 성공의 기준인 셈이다.

난 생각의 힘을 믿는다. '나는 성공할 사람인가?' 여기서 잠시 멈추고 자신에게 한번 질문을 던져보자. 무엇이라고 답했는가? "그렇다." 라고 말할 수 있는 것조차 생각의 힘이라는 것을 아는가. 마흔에 최고가 되어보겠노라고 시작해서인지 조급함과 불안함이 더 컸을지도 모른다. 거침없는 시도와 거침없는 실행 그리고 거침없는 네이밍을 했다. 주변 사람들은 내가 승승장구하며 거침없이 나아가는 모습만 보았겠지만 많은 시도와 실행들 가운데 성공적인 결과를 얻어낸 것들이 얼마나 될까? 사실은 아주 적다. 꽁꽁 숨겨두고 싶을 정도이다. 그럼에도 불구하고 곧 '나는 성공할 사람, 성공할 수밖에 없는 사람'이라는 생각을 수시로 한다.

생각보다 많은 사람들이 이러한 '생각의 힘'을 발휘해내는 것이 어렵다 라는 것을 알게 되었다. 6개월 동안 글쓰기 모임을 진행하며 이와 비슷한 주제를 가지고 여럿이서 글쓰기를 한 적이 있다. 주제는 '나는 어떻게 해서 이렇게 성공적으로 사업을 이루어냈을까?'였다. 단지 글쓰기일 뿐이다. 어느 누구도 "당신 아직 성공하지 않았잖아요, 당신이 사업을 했나요? 당신은 아직도 넘 부족해요."라고 지적하는 사람 어느 누구도 없다.

글쓰기를 시작하기 바로 전에도 주제의 취지를 이야기했다. 결과는 어땠을까? 우선은 성공한 자신의 모습을 한 번도 상상해본 적이 없었다. 자신의 꿈을 위한 비즈니스(사업)를 하기 원하면서도 사실은 그것을 위해 현재 열심히 무엇인가를 하고 있음에도 불구하고 자신이 사업가라는 말을 하기조차 부끄러워했다. 성공을 원하면서도 성공자로서 이야기할 자격이 없다고 스스로 생각하는 것이다.

우리는 그야말로 지극히 평범하게 살아온 마흔 언저리에 있는 일반인 인 것이다. 일반인이 성공자가 되기 위해서는 어떻게 해야 할까. 아들의 교육을 위해 세 번이나 이사를 한 맹자의 어머니 지혜와 같아야 한다. 책 쓰기와 글쓰기를 매일 하고 있음에도 나는 책 쓰기와 글쓰기의 전문가를 매일 찾아 나선다. 관련된 영상, 특강, 강의, 수업들이 필요할 때 신청하여 수강하기도 하고 관련된 책들을 섭렵하기도 한다. 비용이 어찌 되었든 글을 쓰는 분야에 최고가 되고 싶어 이 분야의 최고 전문가들을 찾아다닌다.

지속해서 최고의 권위를 자랑하는 강연가의 강연을 듣고 따라 한다. 이미 꿈과 성공 분야의 고민 해결사가 되어 그의 제스쳐와 스피치를 따라 해 본다. 언젠가 그가 섰던 무대일지도 모를 그 무대 위에서 열성적으로 꿈과 성공을 강연하는 모습을 상상하며 말이다. 이 또한 생각의 힘이 없었다면 이러한 실행력을 이끌어낼 수 있을까? 자신에게 있는 생각의 힘을 믿어보기를 바란다. 이미 되어진 최고의 모습을 그리며 최고가 되기 위한 액션들을 실천해보면 어떨까. 성공할 때까지 말이다.

내 주변에 각 분야의 최고 전문가들이 참으로 많다. 이전에는 꿈을 꾸는 사람들도 주변에 드물었을 뿐더러 성공한 사람이라 하면 그저 내 기준에서 의사, 변호사 같은 고지식층인데 돈도 많이 벌거나, 사업을 하며 돈을 벌거나 빌딩을 가진 정도가 전부였다. 그 이상의 성공자들은 나와 아예 상관이 없는 사람들이었으므로 관심을 가질 수도 없는 다른 세상 사람들과도 같았다. 격차가 너무 컸으니 처음부터 올려다보지도 않는 나무였던 것이다.

이제 나는 그들에게 관심이 많다. 그들과의 격차를 격차로 느끼지 않게 되었다. "나도 그들의 대열에 설 수 있어!"라는 확신까지 가지고 있다는 말이다. 최근 9개월동안 정말 많은 억만장자들의 대열을 봤다. 억만장자라 하면 《백만장자 메신저》의 백만장자가 내가 상상할 수 있는 전부였다. 이 책을 접할 때 만해도 백만장자라는 수치가 우주와도 같이 커보였다. 억만장자들의 대열을 보고 시야가 넓혀지고 나니 이제는 백만장자가 가능한 수치로 느껴진다.

그렇다고 결코 일반적인 것은 아니다. 단지 주변에서 절대 구경하기조차 어려웠던 억만장자들을 가까이에서 볼 수 있다는 것은 큰 행운이라고 생각한다. 백만장자가 가능한 수치로 느껴진다면 이것은 굉장히 기적과도 같은 사고의 변화가 아닌가. 사실은 여기서부터 시작되는 것이니 말이다.

자청, 신사임당, 박세인, 복주환, 조규림, 기성준, 김미경, 장이지, 이라희 대표. 이들은 기본적으로 작가이면서 기업 대표님들이다. 그 외 1인 기업인들까지, 나는 이들과 가까이에 있다. 물론 이들 중 가까운 관계에 있는 분들도 있지만 나와 직접적인 관계가 없는 이들도 있다. 그렇다고 전혀 연결고리가 없는 것은 아니다. 적어도 한 번쯤은 서로 얼굴을 마주하거나 이야기를 나눴거나 책을 통해 만났던 이들이다. 그것이 가능했던 것은 SNS를 통해서이거나 온라인 교육을 통해서이다.

신사임당님은 유튜브 수업과정을 통해, 자청님은 책과 SNS를 통해, 박세인 님은 블로그 강의, 복주환 님, 조규림 님 또한 책과 SNS를 통해 만나기도 소통하기도 했다. 기성준 작가님과 이라희 대표님은 1인기업 선배로서 줌미팅을 통해 만났으며 장이지 대표님은 멤버십 프로그램을 통해 가까워졌다. 김미경 학장님은 내가 첫 SNS, 온라인 빌딩을 세우기 위해 첫 발을 내딛게 한 《리부트》책의 저자이자 MKYU대학 학장과 열정대학생으로 인연을 맺게 된 분이다. 이 외에도 굉장히 많은 이들이 있지만 극소수만을 소개하면 이러하다.

이들은 억만장자 대열을 이미 들어섰거나 들어서고 있다. 나와 여러 가닥의 끈으로 연결되어있는 이들이 성공과 내 현실과의 격차를 격차로 느끼지 않게 한 장본인들이다. 이들이 성장하는 모습을 꾸준히 보아왔기 때문이다. 짠 하고 이미 성공한 모습만 보았다면 내게 그들은 그저 '성공한 사람'에 지나지 않았을 것이다. 그래서 어쩌면 나와 동떨어진 상관없는 다른 세계를 사는 성공자 뿐이었을 테다.

하지만 난 지켜보았다. 이들이 첫 책을 쓰고 사업을 확장 시켜가는 모습, 유투브에서 실험적으로 다양한 시도들을 하며 수익모델로 만들어가는 모습, 글쓰기를 통해 이전과 이후의 삶을 변화시키며 상상을 초월하는 사업을 창조해내는 모습, 베스트셀러작가가 되어 강연과 컨설팅을 하고 목표하던 꿈을 이뤄가는 모습, 초반의 사업들이 6개월, 1년 만에 몇 억의 수익사업으로 변모해가는 모습의 과정 등등을 직접 보게 된 것이다.

이젠 나도 그들의 대열에 섰다. 그동안 지켜보아 온 그들의 모습대로 나 또한 그 길을 그대로 따라가고 있기 때문이다. 맹자의 어머니가 아들의 교육을 위해 이사를 한 것처럼 나 또한 내 꿈과 성공을 위해 이사를 한 것이나 다름없다. 많은 기회들이 펼쳐져 있는 온라인 세상으로 말이다. 이곳이 아니었다면 성공자들과 이리 가깝게 접할 기회조차 있었을까? 그들을 보며 나 또한 저렇게 따라가면 되겠구나 라고 희망을 가질 수 있었을까?

'나도 다음에는 자청님처럼 2주 만에 원고 집필해봐야지.'라고 상상하며 미소를 짓는 것은 결코 작은 일이 아니다. 이것이 곧 나를 그 자리에 올려놓게 될 테니까 말이다.

'저는 제 꿈을 실현하기 위해 책을 썼습니다.

그리고 또 다시 제 꿈을 실현하기 위해 책을 쓰고 있습니다.

강 작가와 함께 허심탄회하게 책 쓰기의 모든 것, 프리토킹 해봐요.

가치와 의미, 재미와 풍성한 정보를 담아 여러분들을 뵙겠습니다.

6월 16일 밤 9시' (이하생략)

책은 쓰고 싶지만 감히 책을 쓸 용기를 내지 못하는 이들을 위해 허심탄회하게 궁금증을 풀어줄 프리토킹을 준비했다. 50명은 거뜬히 신청을 할 것이라 예상했다. 한 시간 전에 모든 준비를 체크하고 줌링크를 보냈다. 이십분 전 줌을 열어놓고서 오시는 분들을 한 분씩 한 분씩 인사하며 맞이했다. 드디어 9시가 되었다. 와우!!!

"와~!!! 여러분 안녕하세요. 오늘 이렇게 와주셔서 너무 감사드리고 환영합니다." 무척이나 상기된 목소리로 신나게 본인을 소개하고 책 쓰기의 특강을 시작했다. 시간이 지날수록 열의가 차올라 등에서 땀까지 송글 맺혔다. 준비한 프레젠테이션을 하나씩 넘겨가며 책 쓰기의 프로세스와 나만의 노하우들을 나누었다. 온몸을 휘저으며 청중들과 직접 교감을 해야 하는데 줌이라서 아쉬움 또한 남았지만 정말로 의미있는 시간들이었다. 많은 분들이 너무 멀게만 느껴졌던 책 쓰기의 실질적인 노하우들을 듣게 되어 좋았다는 피드백을 해주셨다. 함께 한 시간들의 감동이 설레어 항상 그렇듯 잠에 들지 못하고 말똥한 눈으로 배시시 웃으며 밤을 지새웠다.

나는 늘 청중들 앞에 설 때 '쇼맨십'을 발휘한다. 이날 50명은 거뜬히 신청할 것이라는 나의 예상은 빗나가고 15명이 참여했다. 어깨의 힘이 쑤욱 빠지고 웃고 있는 얼굴근육이 부자연스러워 질만도 하다. 하지만 청중들 앞에 서는 순간 나는 15명 앞에서 150명 앞인 것처럼 강연을 했다. 최고의 동기부여가, 강연가인 브라이언 트레이시, 그를 머릿속에 떠올리고 열정적인 모습을 따라 하기 때문이다. 단 열 명이라 할지라도 백 명 앞에서 천 명 앞에서 강연하는 것처럼 말이다. 그것이 곧 백 명 앞에서 천 명 앞에서 강연하게 될 나의 모습이라고 믿는다.

오늘도 나는 내 분야의 최고 전문가를 방문한다. 언젠가는 누군가도 나의 성장을 지켜보며 격차를 허무는 때가 오지 않을까. 라는 기대를 하며 말이다.

08

가장 중요한 목표부터 종이 위에 적는다

2022년 올해의 목표를 무엇이라고 적었을까? 기록해놓은 종이는 어디에 있을까? 분명하게 기억하고 있을까. 목표를 위한 실천들은 하고 피드백은 하고 있을까. 단지, 부자가 되고 싶다. 돈을 많이 벌겠다는 막연한 꿈을 목표라고 정해놓고 시간만 흘려보내고 있지는 않을까.

꿈을 현실로 만드는 가장 좋은 방법 중 '시각화 하라.'는 말을 많이 들어봤을 것이다. 동일하게 자신의 목표를 시각화하는 것은 목표를 현실화시키는 가장 좋은 방법이다. 눈에 보이는 힘이 작용하여 뇌를 계속 자극시키고 눈에 보이는 대로 몸을 움직이게 만들기 때문이다. 결국 시각화하고 긍정 선언을 선포하는 것은 자신의 신념으로 뿌리내리고 자신의 몸을 움직이게 만들기 위함이 아닌가.

뇌의 특성 중에 '뇌의 가소성'이라는 것이 있다. 고정된 뇌를 가지고 태어나는 것이 아니라 생각하고 경험하며 학습이 이루어지면서 변화하는 것을 말한다. 이 가소성은 낯선 일은 불편해하고 익숙하고 잘하는 것을 즐기려는 성향이 있다. 즉 잘하는 것과 좋아하는 것에 끌리는 성향을 가지는 것이다. 이러한 뇌의 특성 때문에 시각화, 긍정 선언을 선포하며 반복적으로 자극시키고 노출시키는 작업이 중요한 영향을 끼치게 된다. 물론 타고난 천재성과 같이 타고난 신경 세포망으로 탁월한 재능을 발휘하기도 하지만 잘 살피지 않고 지속적으로 계발하지 않는다면 그 또한 평범해질 수 있다는 근거이기도 하다.

유명한 켈리 최 회장을 예로 들자면, '초밥 사업으로 1000억 원짜리 사업체를 만들겠다.'와 같은 목표를 수치화한 명료한 목표를 가지고 있었다.

그녀는 켈리델리를 시작하면서 남들을 이롭게 하여 5년 안에 300억 원의 부자가 되겠다는 목표를 정하고 그 때까지 목표를 이루기 위해 최선을 다했다. 시각화 하는 것도 최선의 방법 중 하나였다. 5년 후 어떤 집에서 살 것인지, 어디에 있는 어떤 회사에서 어떤 일을 하고 있을지, 회사 직원은 몇 명일지 어떤 사람들이 일하고 있을지를 낱낱이 상상하며 시각화한 것이다.

올해의 자신의 목표를 이루기 위해 종이에 기록하였는가. 기록해 놓은 종이를 올려다보며 매일같이 시각화하고 있는가. 가장 절실하다면 가장 중요한 목표를 종이 위에 큼직막하게 적기를 바란다. 우리가 할 수 있는 가장 쉬운 일이 바로 이것이지 않은가. 학습이 이루어질 때 더 많은 시냅스들이 활성화된다고 하니 자신의 뇌를 자신의 목표로부터 더 익숙하고 잘하고 좋아하는 것으로 이끌어보는 것은 어떨까 생각한다.

'그것은 바로 내가 이루고자 하는 것을 하루에 100번씩, 100일 동안 중얼거리는 것이었다. 내 목표는 명확하고 구체적이었다. 미국 전역에 300개의 매장과 일주일 매출이 100만 달러로, 연간 5,000만 달러를 달성하는 것으로 정했다. (중략) 우리는 이제 겨우 그런 매장을 하나만 손에 넣은 상태였지만 안 될 것이 무엇인가? 2월 22일 세 가지 목표를 되뇐 지 100일째 되는 날이다.'
– 《생각의 비밀》 중에서, 저자 김승호

또 하나의 예로, 《돈의 속성》으로 이미 유명해진 김승호 회장님의 사업을 시작하는 방식이다. 위와 같은 고백을 접하고 반응은 다르게 일어날 수 있을 것이다. 누군가는 덩달아 가슴이 뜨거워져서 그동안 애매모호했던 자신의 목표들을 당장 종이에 적어보며 마음을 다진다. 또 누군가는 미국이라는 지역적 괴리감과 자신은 매장을 가지고 있지 않으니 본인의 현실과는 전혀 맞지 않다고 돌아설지도 모르겠다.

나는 왜 이리 가슴이 뛸까. 미국인도 아니고, 미국에 가본적도 없을뿐더러 매장이라고는 전혀 생각조차 해보지 않았지만 김승호 회장님의 목표를 보며 내가 정할 목표를 통찰해낸다. 굉장히 흥미롭고 가슴 뜨거워지는 일이 아닐 수 없다.

'48세 강사라는 미래비전, 교육, 코칭을 통해 월 3천만 원의 수익모델과 꿈 멘티 100명을 세운다.' 5년 후의 나의 비전문이다.

이어 '체계적인 내 교육 프로그램들을(책 쓰기, 글쓰기, 자동화시스템, 전자책쓰기, 꿈 설계 비즈니스클래스) 통해 2023년 1월까지 월 1천 만원 수익을 달성한다.' 라는 단기 목표를 정했다.

천만 원을 벌기 위한 목표이기보다는 체계적인 사업 수익모델을 장착하고 생산적인 시스템과 나의 역량을 검증해보고자 함이다. '내년 1월까지 4개월 정도 남았는데 월 1천만 원을 벌지 못하면 어떻게 하지? 사람들에게 모두 말했는데…….' 이전 같았으면 이런 생각이 먼저 들어 확정하지도 못했을 것이다. 걱정하지 않는다. 설사 목표를 이루지 못했다면 달성하지 못한 원인을 찾고 더 나은 방향과 전략을 설정하기 위한 피드백을 얻게 될 것이다. 그것으로도 충분히 성공을 위한 발판을 얻은 셈이다.

처음에는 월 200만 원 이상 벌어본 적이 없는 내가 월 1천만 원이라니 어처구니없어 보이기만 했다. 이제는 1인 기업 대표들의 억 달성을 줄줄이 보고 나니 감히 1천만 원이 너무 작은 수치처럼 느껴지기도 한다. 비록 자본이 드는 사업은 아니었지만 그만큼 시간과 노력의 에너지를 엄청 쏟아야한다. 결코 쉬운 일은 아니다. 때로는 필요한 경험과 지식들을 누군가에게 돈을 투자하고 학습을 한다. 그러고보면 전혀 자본이 필요 없는 것도 아니다. 감당할 수 있을 만한 때로는 조금 무리를 하더라도 미래적인 투자가 필요한 일이다.

높은 자의식만큼이나 실제 경험 속에서 직접 나온 스토리들을 탄탄하게 쌓아야 하는 법이니 1천만 원 달성에 최선을 다하고 있다. 1천만 원의 목표를 올려다볼 때마다 대체 어떻게 이룰 것인가 발등에 불 떨어진 것처럼 방법을 생각하고 전략을 짜보기도 한다. 바쁘게 일상을 보내다 깜박했더라도 우연히 올려다본 종이에 적힌 목표를 보고 다시금 되뇐다. 이제는 이곳에서조차 큰 소리 빵빵 쳤으니 이루지 않고서는 어쩔 도리가 없다.

책을 쓰는 것도 1천만 원 달성을 위한 거창한 프로젝트 중 하나이다. 물론 평생 책만 쓰고 싶을 정도로 글을 쓰는 것이 좋다. 원고 마감일이라는 긴장감에 끊임없이 달리기를 하고 있는 책 쓰기가 좋다. 동시에 이러한 일들을 하고 있는 것은 내 사업을 업그레이드 시키기 위한 하나의 전략이기도 하다. 결코 넷 아이를 키우는 엄마의 입장에서 글을 쓴다는 것이 쉽지만은 않다. 아이들끼리 잘 놀고 있어 잠시 책상앞에 앉으면 어떻게 그리 잘 알고 때맞춰 엄마를 찾아오는지, 원고 마감일을 앞두고 마음이 급해질라 치니 환경들은 어떻게 그리 잘 알고 장애물들을 고약하게도 가져다 놓아주는지 그야말로 신통방통하다.

이 또한 방법이 있다. 별다른 것이 아니다. 지금 가장 급하고 중요한 목표를 눈에 보이도록 하는 것이다. 우선 책상 달력에 원고마감일에 맞춰 주마다 마쳐야 할 꼭지 진도를 적어놨다. 이번 주는 5장 5꼭지까지 완료하는 것이다. 총 31꼭지가 완성된다. 그리고 다음 주 토요일까지 6장 6꼭지까지 완료하도록 기록되어 있다. 총 39꼭지를 마치되고 초고가 드디어 완성되는 날이다. 얏호!!! 1주일 후면 초고 완성이다.

내 책상은 가족들 중 누구라도 쉽게 손을 대지 않는다. 가장 큰 이유는 원고를 쓰는 한글 파일이 항상 열려있다. 내가 집중적으로 쓸 수 있는 시간이 넉넉하지 않기 때문이다. 설거지를 하다, 아이들 밥을 챙겨주다, 넷째를 어르다가도 잠시라도 틈이 생기면 바로 이 자리로 돌아와 글을 쓰기 시작한다. 원고의 한 문장, 한 문단들이 그렇게 모여 한 권의 책으로 탄생하고 있다. 책상에 앉으면 열려있는 원고를 직접 대면하니 딴짓을 할 수도 없을뿐더러 자동적으로 글을 쓰고 있는 나를 발견하게 된다.

이번에는 또 하나 나만의 노하우를 추가했다. 유독 이번에는 근거 모를 맘의 여유가 늘어지기도 하고 원고를 쓰기 어려운 상황들이 생겼다. 세네 꼭지의 진도가 늦어졌다. 하루 한 꼭지 쓰기도 쉽지 않은데 그렇게나 밀렸다니. 한글파일 창에 한 꼭지만 떠있을 때와 두세 꼭지가 떠있을 때 쓰는 자세와 속도가 다르다는 것을 알았다. 진도가 늦었음에도 한 꼭지만 떠있으면 뭔가 한 꼭지 정도야 금방 쓰지 하는 마음으로 하루를 채우고 있는 인간 본성의 나태함을 보게 된 것이다. 그래서 진도가 밀린 꼭지 수만큼 오늘 해야할 분량으로 창에 띄워놓는다.

오늘 완성해야 할 꼭지들이 눈에 매번 보이니 긴장이 풀리지 않는다. 금방 쓸 테니 좀만 있다 쓰자 라는 핑계를 대지 못한다. '하루에 이렇게 많은 양을 써내는구나.' 되려 역량을 확인하는 재미가 쏠쏠하다. 이것이 바로 눈에 보이는 힘이다.

물론 때로는 예민해지고 언성을 높이는 일들이 생기기도 한다. 목표가 있다는 것은 이루어야 할 책임과 노력이 필요하기 때문이다. 강한 성취욕구가 있을 때 더욱 그렇다. 그때마다 마음을 잘 추스르며 종이 위에 적힌 가장 중요한 목표들을 눈으로 읽고 마음으로 읽는다. 어느새 얼굴도 마음도 편안해진다. 좋다. 종이 위에 적힌 목표를 보는 것만으로도 곧 현실화할 것이라는 믿음과 신뢰가 생긴다. 또다시 미래 현실을 바라보며 즐겁고 신나게 목표를 이룰 실행력을 충전한다.

지금 바로 가장 중요한 자신의 목표 한 가지를 종이 위에 적어보기를 바란다.

5장

내 안의 또 다른 꿈을 산다는 것

나는 꿈을
새롭게 정의한다

"꿈이 뭐예요?"

"음……. 꿈이요?"

"네, 당신의 꿈은 무엇인가요? 꿈은 꼭 있어야 하는 것이죠."

"글쎄요……. 그런데 꿈이 뭘까요?"

"꿈이란……."

"……."

당신의 꿈은 무엇인가요? 이 질문에 대답하기가 난해하다면 스스로에게 꿈의 정의가 필요한 것이다. 꿈이란 무엇인가? 제대로 꿈을 정의할 수 있다면 그에 대한 대답도 금세 내릴 수 있으리라 생각한다. 자신의 꿈이 무엇인지 찾기 이전에 꿈이란 무엇이라고 정의하겠는가.

5월쯤 1인 기업 멘토들을 대상으로 인터뷰를 진행했다. 김형환 교수님의 1인기업수업과정 중 하나의 프로젝트였다. 1인 사업을 이미 시작하시고 안정기에 들어선 멘토들을 만나면서 첫 질문으로 다음과 같이 물었다. "안녕하세요~ 저는 1인 기업 109기 꿈 설계 전문가 강사라입니다. 멘토님께 공통적인 질문을 드리겠습니다. 멘토님은 꿈을 어떻게 정의하시며, 멘토님의 꿈은 무엇인가요?"

"꿈을 어떻게 정의하나요?" 라는 동일한 질문에 그들은 다음과 같이 각각 이야기 했다.

"태어났으면 당연히 있어야 하는 것이다."

"사명을 이루는 것이 꿈이다."

"자기가 원하는 자기 마음이 행복한 모습대로 사는 것이다."

"내 마음이 행복한대로 사는 것이다."

"목표를 관리하고 성과를 이루는 일이다."

"내가 이루고 싶은 것, 즉 소망이다."

"자신의 미래에 대한 궁극적인 목표이다."

"꿈은 큰 꿈(목적)을 이루어가기 위한 수많은 목표지점이다."

그들은 예상대로 꿈의 정의가 명확했기에 그에 맞는 자신만의 해답들을 가지고 있었다. 사명을 이루는 것이 꿈이라고 대답한 이는 사명을 찾고 이루는 삶을 살고 있었다. 목표를 관리하고 성과를 이루는 일이 꿈이라고 대답한 이는 목표 경영 전문가로서의 삶을 직접 살아내며 누군가의 목표를 이루는데 로드맵을 제시하고 있었다. 내가 좋아하는 일을 하는 것이 꿈이라고 말하는 이는 자신이 희열을 느끼는 일들을 하며 커가는 능력만큼이나 꿈을 키워가고 있었다.

한동안은 내 꿈을 직접 사는 것과 다른 이들의 꿈을 찾아주는 일이 공통되어서 혼란을 겪는 시기도 있었다. 내 꿈이 다른 이들의 꿈을 찾아주는 일인데 이것을 가지고 내가 할 수 있는 일이 무엇인지 무척이나 고민이 된 것이다. 모두의 꿈이 각기 다른데 그들의 무형의 꿈을 어떻게 유형의 꿈으로 형태화시키고 그것을 통해 수익구조를 이루는 것까지 도움을 줄 수 있을까. 종국에는 많은 이들의 꿈을 설계하고 비즈니스로 연결하는 교육시스템을 만들어 확장시키는 일이 내 시그니쳐 프로그램이 될 것이라 생각한다. 그 꿈을 위해 덩어리를 쪼개어 사업을 시작하고 다양하게 시범적인 일들을 해나가고 있다.

가까운 친구들에게 너무도 쉽게 꿈을 물었다. 어느 누구도 쉽게 자신의 꿈을 대답하는 이는 없었다. 개구리 올챙이 적 생각 못 한다고 처음에는 '왜 어렵지? 꼭 필요하다는 것을 본인도 인정하면서 왜 고민하는 데 시간을 들이지 않고 없어서 답답하다고만 하지?'라는 생각이 들기도 했다. 안타까웠다. 이제 나는 꿈이 한가득이어서 너무 좋은데, 이 좋은 것들을 마구 나눠주고 알려주고 싶은데 어떻게 그들의 꿈을 끌어내 주어야 하는지 도통 알 수가 없어 답답하기만 했다.

꿈이 무엇이냐고만 물을 뿐, 어떤 도움도 줄 수 없어서 무기력감마저 들었다. 사실은 '꿈'이라는 단어 자체가 무척 추상적이라는 것이 함정이다. 꿈을 정의하고 각각의 정의에 따른 해답을 찾아간다면 매우 구체적이고 간단하게 해결된다는 것을 눈치챘는지 모르겠다. 꿈을 찾는 것보다 미래의 목표를 찾는 것, 하고 싶은 것, 이루고 싶은 것, 의미 있는 것을 찾는 것이 훨씬 실제적이고 쉽게 느껴지지 않는가.

'꿈을 새롭게 정의하라.' 그 정의에 따른 답을 찾아보기를 적극 추천한다.

'꿈을 공부해야 한다, 정의해야 한다.'고 생각해본 적이 없었다. 아마 본인들도 "아, 그렇네. 무엇을 하든 기본이 공부인데 꿈을 공부해야 한다고 생각해본 적은 한 번도 없네!"라고 무릎을 탁 칠 것이다. 꿈이란 당연히 직업을 의미하며 미래의 근거 없는 소망이라는 느낌이 강하게 남는 것을 보면 그동안 잘못된 꿈에 대한 사회적 정의가 오래도록 함께 했던 것만은 사실이다. 특히나 주변에 명확한 꿈을 꾸고 살아가는 이들이 없었기 때문에 더더욱 제대로 꿈을 마주할 기회조차 없었다고 생각한다.

정답은 없다. 해답만이 있을 뿐이다. 누구는 '희열도'(순간의 쾌락을 의미하는 것은 아니다.)가 꿈이라고 정의하기도 한다. 희열을 느끼게 하는 것이 자신의 꿈이라고 정의한다면 희열을 느끼게 하는 그

것을 찾으면 되지 않겠는가? 아직 가슴 뛰는 설레는 소망과 희열을 주는 일을 찾지 못했다면 아직 많은 기회와 경험들이 필요하다는 이야기다. 그렇다면 자신의 꿈을 찾기 위해 가장 먼저 해야 할 일은 많은 기회와 경험들 속에 자신을 노출 시키는 일이 되겠다.

이처럼 꿈을 새롭게 정의하는 이유는 정의에 따라 대하는 관점이 달라지기 때문이다. 그동안 누군가가, 사회가 정의해놓은 막연한 꿈을 찾아 헤맨 것은 아닐까?

예전에 나는 '무엇이 되는 것'이 꿈이었던 것 같다. 가장 처음으로 가졌던 꿈은 농부의 아내가 되는 것이었고, 그 후에는 선생님이 되는 것이었다. 그 이외의 변호사, 의사, 사업가 등 훌륭해 보이는 것들은 모두 내가 가질 수 없는 것으로 생각했기 때문에 꿈을 꾸어본 적도 없다. 지금의 나는 '어떻게 사는 것'이 꿈이 되었다. 의미 있는 삶을 사는 것, 끊임없이 성장하는 것, 그리고 독립을 이루는 것 이것이 가장 궁극적인 내 꿈의 모습이다.

또한 의미 있는 삶에 포함되는 것일진대 꿈이 없는 사람들에게 자신의 꿈을 찾고 그 꿈을 이룰 수 있는 로드맵을 제시해주는 것이 또 하나의 꿈이기도 하다. 이 꿈들을 이루기 위해 경제활동을 하기도 하고 사업을 하기도 한다. 내가 잘하는 것, 좋아하는 것, 그리고 누군가의 필요를 내가 채워줄 수 있는 것을 통해 1인 사업 수익모델을 만들어내고 있는 것이다.

내가 잘하는 것은 책을 읽는 것과 글을 쓰는 것이다. 그래서 작가가 되었고 독서 모임과 글쓰기, 책 쓰기 수업을 진행한다. 수다 떠는 것은 무척 싫어하지만 목적있는 말하기는 좋아한다. 특강하는 것과 강의, 교육하는 것을 두려움 전혀 없이 즐겨하는 이유이다. 어떤가? 이 정도이면 꿈을 찾아서 잘 가고 있지 않은가.

꿈은 더욱 확장되어가고 있다. 이삼 년 사이에 하나였던 꿈이 능력이 올라가고 경험의 폭이 넓어지면서 두 개, 세 개, 여러 개로 늘어났다. 이전에 보지 못했던 세상이 보이기도 하고 만나지 못했던 사람들을 만나게도 된다. 그 속에서 수많은 또 다른 정보와 기회들을 보고 있다.

꿈에 대한 자신만의 정의가 필요한 것은 매우 광범위하고 막연한 꿈이라는 것을 자신의 현실 속으로 구체화시키고 구현하기 위함이다. 남들과 같아야 할 이유도 없지만 특별히 남들보다 뛰어나거나 다른 정의를 내릴 필요도 없다. 다만 보이지 않는 에너지로 떠돌아다니는 꿈이라는 것을 조금 더 현실적으로 우리 곁으로 가지고 오는데 의미가 있는 것이다.

나는 꿈이라는 것을 이렇게 정의한다. "꿈은 사명이다." 그렇다면 나의 사명은 무엇일까? 이 땅에서 누군가를 위해, 세상을 위해 각자에게 지워진 책임, '꿈을 찾는 사람들이 자신의 꿈을 찾고, 꿈을 이루어 성공한 삶을 살 수 있도록 돕는 것'이다. 꿈으로 가득해져서 그들이 의미 있고 행복한 성공의 삶을 사는 것을 보고 싶다.

이 사명에 나의 핵심가치를 갈아 넣고, 내가 가진 강점들을 활용하여 비전을 세우고 목표를 세워 하나씩 꿈을 살아낸다.

곁길로 샐 때, 물론 있다. 지금 어디로 가고 있는가 방향을 잃고 의미를 상실할 때도 있다. 그럴 때 스스로를 성찰하며 힘을 발휘해 낸다. 나를 위해 새롭게 정의해놓은 꿈과 사명들을

반복적으로 되돌아보고 묻고 답하며 말이다. 이보다 더 명확한 내 인생의 지표가 어디 있을까.

멈추지 않고
완벽한 또 다른 꿈을 꾼다

'꿈 설계 전문가로 SNS를 지배하겠다' 옆으로 날짜까지 적혀있다. 2022년 5월 8일에 생긴 또 다른 꿈, 너무 완벽하지 않은가?

실상은 며칠 동안 인스타그램을 소홀히 했더니 1만 가까이 올랐던 팔로워 수가 백 명 이상 떨어졌다. 유튜브는 아직 본격적인 시작도 못 해봤고 달랑 몇 개 안 되는 영상이 오래도록 자리만 차지하고 있을 뿐이다. 블로그 또한 나름 열심히 한다고 하지만 고수들에 비할쏘냐.

"와우, 이래서야 되겠나?"

이처럼 나는 아직 성공한 사람이 아니다. 여전히 성장하는 사람일 뿐이다. 이전에는 그럴 법하게 멋있는 성공자가 되어 나타나고 싶었지만 결과만 논하기에는 굴곡 많은 찐엑기스와 같은 과정들이 묻혀져 버리니 그 귀한 것을 공유하지 않을 수가 없다. 어쩌면 본인들이 필요한 것은 내 성공한 모습이 아니라 성장하는 하나하나의 과정일 테니 말이다.

그러한 이유로 꿈 설계 전문가로 SNS를 지배하겠다는 꿈은 '그럼에도 불구하고' 변함없이 아직까지도 유효하다. 본인들은 또 하나의 내 꿈을 알게 되었으니 하나씩 성취되어져 가는 과정들을 지켜보게 될 것이다. 어느 순간 꿈 설계 전문가로서 세상에 드러난 내 모습을 보게 된다면 이 순간을 떠올리게 되지 않을까 싶다.

내 꿈들은 '책 읽는 것'으로부터 모두 시작이 되었다고 해도 과언이 아니다. 처음 콘텐츠라는 것을 만들어 꾸준히 올릴 때에도 만만한 것이 '나 또 책 한권 읽었다.' 올리는 것이었다. 90프로 이상의 영감들도 책을 통해서 떠올랐고 즉시 실행으로 옮겨졌다. 실행력을 부추긴 것 마저도 책이다. 그렇게 시작된 것이 어느 날 책을 쓴 작가가 되었고 책을 통해 강연을 하는 강연가, 강사가 되었다. 성공한 베스트셀러 작가 혹은 몇 십년동안 출판업계에 몸을 담은 애디터는 아니지만 친구에게 책 쓰는 방법을 알려준다는 것이 시작이 되어 책 쓰기 수업과 개인코칭을 하게 되었다. 단숨에 베스트셀러작가가 되도록 할 수는 없지만 그 과정의 단계를 놓아줄 수는 있다.

책을 좋아하는 이들이 모이니 공통적으로 글을 쓰는 것을 원한다는 것을 알게 되었다. 물론 글쓰기에 자신하는 사람은 없었다. 모두가 한결같이 자신의 글을 부끄러워하고 손을 내저었지만 잘 쓰는 글, 못 쓰는 글이라도 '글이라는 것'을 쓰고 싶어 했다. 좋은 취지를 가지고 가볍게 시작한 글쓰기 모임이었는데 시간이 지날수록 이처럼 눈에 띄게 변화를 일으키는 일이 있을까 싶었다. 각자 15분 동안 걸러내지 않고 쓴 자신의 글들을 낭독하고 서로 피드백을 하는 일 뿐이었는데 모두가 함께 울고 웃고를 했다.

두 달이 다 되어가도록 모임 때마다 훌쩍거리며 울던 한 분은 세 달이 지나가며 생각과 마음의 치유가 일어났다. 긍정에너지 자체인 내가 무슨 말을 하든 그 위에 어둡고 부정적인 생각들로 덮기 일쑤였는데 어느새 덩달아 즐거워하고 기뻐하는 모습을 보고 내가 놀라웠다. '변화되고 성장한다는 것이 이러한 것이구나.' 내심 체득하게 해준 모임이었다. 그 외의 분들도 처음에는 한 문장 쓰는 것이 너무 어려웠는데 이제는 스스럼없이 편하게 글을 쓸 수 있다는 것이 너무 좋다는 이야기를 하셨다. 이러한 경험을 통해 확인하게 되는 것들이 곧 내 사업이 되고 있다. 어느 새 책 한권 읽는 것으로 시작된 꿈들이 사업을 일으키는 또 다른 꿈들이 된 것이다.

내 꿈들은 이렇게 하루하루를 살아왔고, 여기에서 또다시 새로운 꿈들은 만들어지고 시작되고 있다. 멈추지 않은 꿈을 위한 시도와 행동들이 지금의 나를 또 다른 꿈 길로 안내한다. 어떤 결과가 만들어질지 장담할 수 없음에도 꿈을 위한 일이라는 확신으로 그저 달려왔고 달려가고 있을 뿐이다.

보기에 이미 모든 것을 이룬 것만 같은 그들도 또 다른 꿈을 꾸고 있을 테다. 우리 눈에 보기에는 꿈도 성공도 이미 이뤘고 부족한 것 하나 없을 것 같은데 말이다. 성공자들은 어떤 또 다른 꿈을 꾸고 있을까 궁금하지 않은가? 모든 것을 갖췄다 하더라도 의미 있는 무엇인가를 위해 살고 있을 것이다.

마흔에 시작하여 지금 마흔셋이 되었다. 올해로 삼 년째 멈추지 않고 시도했던 일들이 현재 나를 만들어 놓았듯이 성공자들의 과정도 그러했으리라. 멈추지 않고 시도한 일들이 몇 년간 쌓여 그들을 지금의 자리에 당당히 올려놓았지 않았을까. 물론 대부분의 사람들이 그 결과물들만 보며 부러워하고 특별한 능력이 있었기에 가능한 일이라고 생각하고 있겠지만 말이다.

'공헌'하는 삶이 그녀의 최우선의 핵심가치이다. 또한 성장, 도전, 상생이라는 가치를 가진다. 나의 핵심가치를 명확히 하고 나니 그녀가 중요하게 여기는 가치의 의미가 명확히 들어와 박힌다. 나처럼 그녀도 시골에서 태어나 극심한 가난 때문에 힘든 시절을 보냈다. 나이 열여섯에 공장에 들어가 낮엔 봉제 공장에서 일을 하고 밤엔 야간 고등학교에서 공부를 하며 눈코 뜰 새 없이 꿈을 향해 전진했다. 그리고 얻게 된 30대의 성공. 그러나 얼마 지나지 않아 10억의 빚을 지고 나락으로 떨어졌다.

죽음의 문턱에서 엄마를 떠올린 그녀는 다시 살아보기로 결심하고 자신이 할 수 있는 단 한 가지 무작정 밖으로 나가 걷기를 선택하기로 한다. 과정 가운데서도 우여곡절이 없었겠느냐마는 현재 그녀는 유럽 12개국 1200개의 매장과 연 매출 6,000억 원이라는 고속 성장을 이룬 글로벌 기업 켈리델리를 일궈냈다. 그녀는 바로 켈리 최 회장의 스토리이다. 그 때 그녀 나이가 마흔 가까이의 30대 후반이었다.

어쩌다 시작하게 된 사업으로 10억 원의 빚을 떠안게 된 나이가 말이다. 그리고서 한참을 방황했으니 가장 밑바닥에서 다시 일어나 시작한 시기가 마흔 언저리였다는 것이 미안하지만 내게는 큰 위로가 된다. 마흔이 되어 내 꿈을 위해 살겠다고 나선 것이 결코 늦지도 불가능하지도 않다는 것을 또 한 번 증명해주니 말이다. 사업을 시작해도 성공을 위해 달려도 결코 늦지 않은 시기라고 그녀의 삶이 말해주어서 너무나 위로가 된다.

자신의 꿈을 목적으로 삼고 다시 한번 엄마를 위해 살아보겠다고 굳게 마음먹은 그녀는 5년 만에 목표했던 모든 것을 이루었노라고 한다. 일반적 상식으로는 100년 일해도 못 이룰 거대한 부를 거머쥐고서 말이다. 큰 부를 이룬 부자들의 삶을 연구하고 직접 실천하여 부를 직접 일궈낸 켈리 최 회장은 또 다시 멈추지 않고 또 다른 꿈을 위해 산다.

모든 사람이 꿈을 이룰 수 있도록 돕고 선한 영향력을 끼치며 사는 것을 자신의 평생 사명으로 품었기 때문이다. 자신이 직접 '산 증인'이 되어 부자들의 성공 방법을 부자의 그릇이 준비된 자들에게 전파하며 희망을 주는 삶을 직접 살고 있다. 수많은 사람들과 사회에 공헌하는 삶을 최고로 여기며 완벽한 꿈을 향해 오늘도 멈추지 않고 가고 있을 것이다.

내가 가는 길도 이와 같지 않을까? 1인 사업하는 책 쓰는 작가 강사라의 '꿈 설계 전문가'로 살아가는 길이 꼭 그러하다. 꿈을 찾는 이들이 자신의 꿈을 찾고 꿈을 이룰 수 있도록 로드맵을 제시해주는 삶이 말이다. 보이지 않는 꿈이라는 에너지를 형태화시키는 일은 내 자신 조차도 매우 어려운 일이었다. 어쩌면 그래서 하나씩 찾아가고 형태화시키는 일들에 오랜 시간이 걸린 듯도 싶다. '꿈'과 '성공' 내 사업의 핵심 키워드이다. 꿈을 이루기 위해 부자들의 성공방식을 공부한 켈리 최 회장처럼 꿈을 이루기 위해 내가 가지고 있는 강점들을 통해 끊임없이 공부하고 연구하며 1인 사업을 하고 있다. 영락없는 〈1인 사업하는 책 쓰는 작가〉이지 않은가?

꿈성공학 강연가로 확장될 것이다. 자타 공인하는 '성공'을 이루었을 때가 그 타이밍이 될 것이다. 세계 곳곳을 다니며 꿈을 찾고 꿈을 이루기를 원하는 이들에게 로드맵을 전파하고 성공할 수 있었던 스토리들을 풀어낼 것이다. 지금까지 이루어온 것도 역시나 내 꿈의 일부이다. 그리고 이제 또 다른 꿈들을 이루기 위해 내 분야에서 SNS를 하나씩 정복해갈 것이며 온오프라인 사업들을 세워갈 것이다. 최근들어 영어공부를 시작해야겠다고 마음을 먹게 되었다. 성능 좋은 번역기와 번역사를 곁에 두면 된다고 생각했지만, 직접 내 음성으로 열정과 뜻을 고스란히 전하고 싶다. 꿈을 이야기 하는 내 음성이 그들에게 직접 전달되기를 원한다.

'멈추지 않고 완벽한 또 다른 꿈을 꾸겠다.'는 말은 멈추지 않고 완벽한 또 다른 실패를 마주하겠다는 말과도 같다고 이야기 하고 싶다. 이제는 충분히 그럴 준비가 된 듯싶다. 지금 와서 생각해보니 왜 그리도 실패를 두려워하고 꺼려 했을까 라는 생각마저 든다. 겉으로는 전혀 내색하지 않았지만 내심 안에서는 두려워하고 있었다. 애초에 이루어놓은 것도 크게 없으니 잃을 것도 없는데 말이다. 주변의 시선을 의식했던 것 같다. SNS를 시작하고 그 안에서 많은 판들을 벌려놓았으니 성공적으로 이루어가는 모습들만 내비춰야 할 것만 같았다.

되어 지지 않는 모습들을 보이면 이미 이미지화한 모습들에 스크래치가 생기는 일이라고 생각되었다. 처음부터 그런 스크래치를 만들지 않기 위해 조심하고 과감하게 시도해보지 못한 일들도 있다. 그렇다고 뭐 대단한 것들을 한 것도 아닌데 말이다. 인간이라면 본능적으로 있을 만한 아주 사소한 두려움이지만 사실은 그러한 작은 것들 때문에 시도하지 않는 것들이 얼마나 많은가 말이다. 될 것 같은 것들만 골라서 계속 이벤트를 만들어냈다. 이제 거기서 머물지 않기로 한다. 거침없이 시도하려고 한다.

'거침없이 실패를 마주하리라.'는 마음의 자세가 이제 또 다시 다른 차원의 완벽한 꿈을 위한 일들에 용기와 도전을 준다. 박차고 날아오를 날이 바로 눈앞에 와있는 것만 같다. 설레고 또 설렌다.

상위 10프로를 위해
살지 않는다

나만의 고유한 색깔을 내고 싶다.

'나는 누구인가?' 본인들도 이러한 고민을 사춘기에 해보았을까? 나는 십 대, 이십 대, 삼십 대에도 이 질문을 해본 적이 없다. 왜였을까. 나를 잘 알고 있다고 생각했을까? 내 철학, 관점, 개성이 없었던 이유는 내가 누구인지 모르고 살아왔기 때문이다. 다행히도 마흔이 되어 이 질문 또한 진지하게 하기 시작했다. 철학적인 질문 '나는 누구인가'는 아니었지만 내가 좋아하는 것은 무엇인지, 잘하는 것은 무엇인지, 하고 싶어 하는 것이 무엇인지, 무엇을 힘들어하고 싫어하는지, 무엇을 통해 의미를 느끼는지 찾아오다보니 어느새 나를 알게 된 것이다.

　매일 새롭게 하나씩 하나씩 알아가며 자신을 사랑하고 존중히 여기게 되니 철학도 생기고 관점도 생기게 되었다. 나를 자신 있게 주장하지 못했던 내가 말이다. 성장하는 과정이다. 나다운 색깔을 더 내기 위해 브랜딩을 하고 스토리를 만들어간다. 언젠가는 꼭 나와 같은 이들을 위해 살 것을 다짐하며 말이다.

그는 성공한 디자이너이다. 27세에 동양인 최초이자 최연소로 파슨스디자인스쿨의 교수가 되었다. 세계 최고의 디자인 회사에서 근무했으며 유명 기업인들과 함께 나란히 작업을 하며 실력 또한 인정받았다. 그랬던 그가 어느 날 이러한 고민들을 하기 시작한다. '어떻게 하면 디자인으로 사회에 공헌할 수 있을까'

'뉴욕에서 잘나가는 디자이너로 살던 시절, 나는 돈을 좇는 소비문화의 일선에서 제품을 만들었다. 그러나 내 직업이 아름다운 쓰레기를 만드는 일이라는 것을 깨닫는 데에는 그리 오랜 시간이 걸리지 않았다. 정크 푸드처럼 쉽게 가치 없는 물건들로 사람들의 눈을 가려 지갑을 열게 만드는 일. 나 역시 언젠가 그 세계의 논리에 지배될까 두려웠다.'
– 〈나는 3D이다〉 배상민

그는 '꿈', '디자인'이라는 철학을 가지고 사회에 공헌하기를 꿈꾼다. 상위 10퍼센트의 사람들이 소비하는 물건들을 디자인하는 그야말로 천재성을 가진 성공자이다. 그랬던 그는 자신이 하는 일들이 사람들의 욕구를 자극하여 소비만을 이끌어내는 디자인이라는 회의감을 가지고 한국행을 결심한다. 귀국하여 카이스트 산업디자인학과 학생들을 가르치는 교수의 삶을 선택한 배상민 교수님의 고백이다.

뉴욕의 유명디자이너라는 타이틀을 내려놓을 수 있었다는 사실 자체만으로 이미 비범한 사람이라는 생각이 든다. 평범한 사람이었다면, 나였다면 이러한 선택을 할 수 있었을까? 디자이너가 되기까지 열정과 도전으로 가득차고 신이 났지만 성공의 자리에서 돈을 벌기위한 디자인을 하고 있는 자신을 보았을 때 그는 '공허하고 무의미했다.'고 이야기했다. 결코 행복하지 않다고 말이다. 그렇다면 모든 것을 버리고 '다시 시작할 각오'가 분명 필요했을 것이다.

그는 결국 90퍼센트의 사람들을 위한 디자인을 하고 있다. 사회적으로 소외된 사람들에게 사랑과 나눔을 실천할 수 있는 실용성과 디자인의 요소를 다 갖춘 제품들을 디자인하면서 가장 본인다운 삶을 살아가고 있는 것이다.

동일하게 90퍼센트의 사람들을 위해 공헌하는 삶을 살리라를 논하기 전에 갑자기 드는 생각이 있다. '우선 상위 10퍼센트를 위해 살아갈 수 있는 기회와 역량이라도 있을까.'하고 내게 질문을 해보고 혼자 피식 웃는다. 어쩌면 10퍼센트를 위한 일들을 할 만한 열정과 역량이 이미 있었기에 90퍼센트를 위한 삶에서도 자신만의 색깔과 탁월한 실력을 드러낼 수 있지 않았을까 하는 생각 말이다. 모르겠다.

그러나 이것만은 확실하다. 배상민 교수는 그렇게 살아가는 자신을 분명히 "저는 정말 평범한 사람이예요."라고 말했다. 나는 그 말을 철저히 믿을 예정이다. 그것은 곧 나 또한 충분히 90프로를 위한 삶을 살 수 있다는 이야기이다.

나는 어떠한 삶을 살 것인가.

배상민 교수님의 '나눔'에 대한 생각과 철학들을 써내려 가다보니 크게 감동이 되어 훌쩍이고 있다. 눈물이 금세 핑 돌고 코가 시큰하다. 아주 오래 전 기독서적을 읽은 적이 있다. 교회 사모님으로서 사명을 감당하고 계셨는데 하루를 시작하는 시간이 새벽 한두 시였던 것으로 기억한다. 매일같이 그리 일어나 주변 노숙자들의 식사를 준비하신다. 방법은 다르지만 그녀 또한 자신의 방법대로 갈 곳 없는 노숙자들에게 사랑과 나눔을 몸소 실천하고 계신 것이다.

그 책을 읽으며 '나도 그처럼 살아야겠다. 빵이 필요한 사람에게 빵을 주고 물이 필요한 사람에게 물을 줄 수 있는 실제적인 도움을 주는 사람이 되자.' 눈물을 펑펑 쏟으며 그렇게 다짐했었다. 어떤 이야기가 자신에게 그대로 스며들어 그처럼 살고 싶다는 생각을 한다는 것은 이미 자신 안에도 그러한 모습이 있다는 얘기이다. 즉, 이미 자신에게도 그러한 사명이 있다는 것이 아니겠는가.

이삼 년 사이 유독 '성공자'들에 대한 책들이 무수히 출간이 되고 일반인들의 관심도 높다. 주변에 성공대열에 올라서는 이들도 많을뿐더러 SNS 마케팅 분야에서도 온통 성공자들의 스토리들로 도

배가 될 정도이다. 물론 나 또한 성공에 대한 관심도가 굉장히 커졌다. 모두가 서로 1등이 되기 위해 경주하고 있는 듯하다.

책꽂이가 있음에도 내 책상에는 수십 권의 책들이 책 탑을 쌓고 있다. 정면은 당연하고 양옆으로 몇 줄로 쌓여있는 책 탑 덕분에 꽤나 넓은 책상인데도 겨우 몸 하나 끼워 앉는다. 책 한두 권, 노트북 하나 펼쳐놓고 작업을 할 수 있을 뿐이다. 몇 개월 전부터 온통 사업 관련된 책들이고 성공 관련된 책들이다. 공통적인 메시지 중 하나는 공식이 있다는 것이다. 사업을 하기 위한 공식, 부를 이루기 위한 공식, 성공을 이루기 위한 공식.

하나 예로 들자면, 작가가 되기 위해서 가장 간단하고도 필요한 공식은 무엇일까? 그것은 바로 주구장창 글을 쓰고 자기계발만 하는 것이 아니라 지금 당장 책을 쓰는 것이 작가가 되는 가장 빠른 방법인 것이다. 그러기 위해 책을 쓰는 방법을 배우고 필요하다면 당장 책쓰기 수업과정 혹은 책쓰기 멘토를 찾아가서 시작하는 것이지 않겠는가? 분명 6개월, 1년 사이에 첫 책을 출간하고 작가가 될 것이다. 이보다 더 간단하고 빠른 공식이 어디 있는가.

같은 이유로 성공하기 위한 가장 빠른 방법과 공식이 있다는 것에 매우 공감한다. 그래서 성공자들의 방법들을 익히고 시도하며 나만의 시행착오의 시간들을 쌓고 있는 것이다. 성공이라는 각자의 정의가 다르겠으나 통상적인 의미로 서로 이해하기 편하게 이야기하자면, 사회적 지위가 오르고 경제적인 풍요로움이 궁극적인 목적은 아니다. 성공을 이루고자 하는 가장 큰 목적은 '의미 있는 삶'을 살기 원하기 때문이다.

태어나 삼십대가 지나기까지 가난하지 않은 삶을 살아본 적이 없다. 결혼 전 잠깐 혼자서 직장생활을 하던 때 이외에 말이다. 그때도 혼자 자취생활을 하며 스스로 생활비를 벌어 해결해야했으니 부자였던 것은 아니다. 지독히 가난하다는 것은 불편함만을 의미하는 것이 아니었다. 그런 불편함은 내게 큰 의미를 가지지도 않는다.

가난하다는 것은 미래를 꿈꿀 수 있는 나의 눈을 오래도록 가렸고 타고난 잠재력마저 깨닫지 못하게 했다. 당장 먹고사는 일들을 해결해내느라 하고 싶은 일과 원하는 일들에 대한 기회들을 온통 앗아갔으며 스스로 나의 존재를 부끄럽게 여기게 했다. 그래서 나는 나와 같이 이러한 고통 속에 있는 꿈을 원하는 마흔 들에게 꿈을 사는 삶을 선물해주고 싶다. 꿈을 사는 삶을 위해 경제적인 자유와 독립을 이룰 수 있도록 조금이나마 도움을 주고 싶다.

모두가 인정하는 성공의 타이틀을 아직 지나지 못했다 하더라도 이미 추구하고 있던 '의미 있는 삶'은 시작되었다. 현재 내가 줄 수 있는 것으로 누군가의 꿈을 동기부여하고 수익과 연결하는 방법들을 알려주고 있다. 직접 책을 쓰는 방법들을 알려주며 그들의 책을 쓰는 목적과 부합하는 방향을 잡을 수 있도록 미래 비전을 제시한다. 현재까지 쌓은 실패들 속에서 깨닫게 된 결과물들이 한 덩어리로 통합되어 통찰을 발휘한다. 그것은 각자의 다른 꿈들을 비즈니스로 연결하고 방법들을 제시하는 데 큰 강점으로 사용되고 있다.

꼭 상위 1퍼센트 아니, 10퍼센트의 삶을 살아야 하는가?

나는 이전에도 그랬지만 앞으로도 상위 10퍼센트를 위해 살아갈 생각도 없고, 상위 10프로의 삶에 집착하지도 않을 생각이다. 상위 10퍼센트를 추구하는 나만의 의미가 생긴다면 또 모를까. 성공의 에너지가 있는 곳에는 굉장히 다양한 에너지들이 몰려든다. 한번 빠지면 다시 되돌아오기 어려운 블랙홀처럼 자칫하면 변질되고 미혹되기 쉬운 곳이기도 하다.

상위 10퍼센트의 삶과 성공을 위해 미친 듯이 달리기 전에 자신을 먼저 찾기를 바란다. 때마다 무엇을 위해 달리고 있는지 점검하기를 바란다. 우리는 이제 십 대, 이십 대가 아니지 않은가. 그동안의 오랜 과정들이 자신의 또 다른 무기가 되어 남은 인생 중반 이후의 삶을 멋지고 훌륭하게 살아야 할 권리를 가진 자들이다. 자신을 먼저 찾고 본인 안에서 진짜 꿈을 찾아보는 것은 어떨까. '남들처럼 어떻게 색깔을 낼 수 있을까. 그들처럼 성공하기 위해 무엇을 어떻게 하면 될까.'라는 고민을 하기 전에 '나만의 색깔은 무엇일까, 나는 어떠한 삶을 살 것인가.' 셀프마킹(자기인식)을 먼저하고 의미를 찾기를 바란다.

나의 꿈을
비즈니스로 연결하다

아직도 그러는지는 모르겠다. 내가 이삼십 대까지만 해도 '사업을 한다.' 라는 것은 '망하려는 것이다.' 라는 인식이 컸다. 아직 정신 못 차린 아버지나 삼촌이 드라마 속에 종종 등장해 말도 안 되는 사업 아이템을 가지고 설명하기 시작하면 영락없이 얼마가지 못해 사기를 당한다. 그럼에도 불구하고 또 다시 허풍 가득한 모습으로 떵떵거리며 사업 아이템을 가족들에게 열변을 토해 설명한다. 이번에는 정말 진짜라며 말이다. 너무 익숙한 그런 스토리들을 들으면 우리는 으레 혀를 차고는 했었다. 그토록 가난했음에도 내 가족 중에 사업을 하겠다 나서는 사람이 없으니 천만다행이다 여겼다.

언제부턴가 사업에 대한 인식이 조금씩 달라지고 있다. 어쩌면 1인 기업이라는 개념이 조금씩 자리를 잡아가고 일반인들 사이에서도 지식창업을 한 1인 기업인들이 생기게 되면서가 아닐까 생각하게 된다. 이제는 자신만의 콘텐츠가 없으면 불쌍해지는 시대가 곧 올 것이며 모두가 1인 기업, 1인 사업을 해야 한다고 여기저기서 외치고 있으니 말이다. 나도 그들 중 한 사람이다.

사업의 형태도 그새 많이 변했다. 자본이 없으면 결코 사업을 할 수가 없었던 시대를 벗어나고 있다. 나라는 사람은 만약 그랬다면 평생 사업을 할 기회조차 없었을 것이다. 평생 직장생활만 하다 먹고사는 일에 돈을 모으고 쓰다 인생이 끝나지 않았을까 싶다. 직장생활을 하며 사업을 할 자본까지는 죽었다 깨어나도 모으지 못 했을 테니 말이다. 사업가의 기질을 타고난 나는 결국 이렇게 마흔에 시대를 제대로 만나 자본 없이 사업을 시작하게 되었다. 거침없이 실패를 각오하면서 사업을 유지해가고 있다.

이전이라면 사업에 있어서만큼은 한 번의 실패조차 허락되지 않았을 것이다. 자본이 없는 상태에서 빚을 내어 사업을 어렵게 시작했다면 더더욱 그렇다. 다시 회생하기가 하늘의 별따기와 같았다고 말해도 전혀 이상할 것이 없다. 우리 아버지 대에 사업을 하다 하루아침에 망하면 짐을 싸들고 거리 밖으로 나가 삶이 산산조각이 되는 것이 한순간이었던 이유는 그러해서일 것이다.

현시대는 사업의 성공을 위해 실패는 불가결한 일이라고 한다. 실패를 통해 더 큰 돈을 벌수 있다고 이야기 한다. 실패가 반복되어도 계속 도전하라고 한다. 실패의 경험을 디딤돌 삼아 또 도전하라고 한다. 이전에는 아직도 정신 못 차리고 허파에 바람 들었다는 소리를 들어야 했는데 말이다. 물론 아무 생각 없이 도전하라는 것은

232

아니다. 다만 많은 기회들과 방법들이 있다는 사실을 기억하라는 것이리라.

처음 꿈들이 사업으로 연결된 첫 단추는 2021년 1월에 만난《백만장자 메신저》였다. 당시에는 몰랐다. 그것이 사업으로 연결되는 첫 걸음이었음을 말이다. 사업이라는 것조차 생각해보지 못했던 그 당시에는 메신저의 삶을 동경하여 큰 감동을 받았지만 지금은 '메신저 사업'의 출발점이었음을 매우 놀랍게 내려다보고 있다.

브렌든 버처드가 이야기한《백만장자 메신저》핵심내용을 나의 언어로 정리해보자면 이렇다.
하나, 자신의 살아온 이야기, 알고 있는 지식, 전달하고자 하는 메시지가 곧 콘텐츠가 된다.
둘, 우리는 세상을 변화시키려는 목적을 가지며 가장 좋은 방법은 자신의 지식과 경험을 이용해 다른 사람들이 성공하도록 돕는 것이다.
셋, 메신저 사업으로 의미 있는 삶과 물질적인 만족을 동시에 얻을 수 있다.

그 당시에도 매우 놀랍게 다가왔던 내용들이다. '나의 살아온 이야기가 가치가 있다고?' 에서부터 시작해 내 지식과 경험이 다른 사람들을 성공하도록 돕는 데 도움을 줄 수 있다는 것이 의아하기도 했다. 책을 읽는 내내 '내 지식과 경험은 별것 없는데, 누가 내 스토리에 관심이나 있을까.'라는 생각들이 여러 번 들곤 했다. 거기다 메신저의 삶은 의미 있는 삶만 중요하게 여기는 것이 아니라 당당히 물질적인 만족도 얻을 수 있다는 사실에 시원한 쾌거를 불렀던 기억이 난다. 의미 있는 삶을 추구하면서 돈을 원하는 것은 무엇인가 잘못하고 있는 것은 아닌가 하는 질책과도 같은 인식이 크게 있었기 때문이다. 그 부분을 정리해주어서 감사한 마음마저 들었다.

2022년 꿈을 비즈니스로 연결했다. 꿈을 찾고 성공하기를 원하는 마흔 살 여성들을 위해 꿈 관련 콘텐츠들을 만들기 시작했다. 콘텐츠에는 꿈이 없이 살아오다 마흔이 되어 꿈을 찾아가는 내 경험과 지식들이 온통 녹아져 나온다. 과정 속에서 나와 같은 이들이 동일하게 던질만한 질문들을 만들어 철학이 담긴 솔루션들을 주고 있다. 잔소리처럼 매일 똑같이 해대는 소리, 그것이 곧 나의 철학을 고스란히 보여주는 것이기도 하다.

알고 있는 지식으로 작가가 되고 싶은 예비 작가들에게 책 쓰기 수업을 한다. 상황에 맞게 필요에 따라 선택할 수 있도록 책 쓰기 수업 6주과정과 책 쓰기 원데이 클래스를 연다. 러닝메이트로 함께 뛰어주기를 원하는 이들을 돕기 위해 책 쓰기 개인코칭도 진행 중이다. 초반에는 그들의 꿈을 찾는 로드맵을 제시해주기 위해 코칭과 컨설팅을 진행하기도 했다. 현재는 '꾸믈담(꿈을 담다)'이라는 브랜드를 만들어 각 프로그램을 하나의 색깔로 정리해가고 있다.

이전엔 사람들을 돕는 의미 있는 일이 돈과 연결되는 것에 회의적인 느낌이 들었던 것이 사실이다. 뭔가 봉사를 하고 재능기부를 해야 사람들을 돕는 의미가 퇴색되지 않는 것이지 않겠나 하고 말이다. 더 솔직히 이야기하자면 돕는다고 하면서 돈을 받기가 자신이 없었다. 지금은 결코 그렇지 않다. 이제는 당당히 그들에게 필요를 내어주면서 돈을 받고 있다. 마땅한 가치를 만들어내는 일이다. 최선으로 마음을 다해 그들의 꿈을 돕는 의미 있는 삶과 물질을 얻는 삶을 동시에 이루는 메신저로서의 사업을 잘 해나가고 있는 것이다.

내 꿈과 비즈니스(사업)를 연결한 데는 몇 가지 이유가 있다.

첫째, 의미 있는 일들 곧 내 꿈과 그들의 꿈을 위한 일들을 하기 위해 돈은 도구로써 필요하다.

둘째, 사업을 끝까지 하기 위함이다. 아무리 보람 있고 의미 있는 일이라 할지라도 수익이 되지 않으면 지속되기가 어렵다. 많은 이들이 좋은 뜻으로 시작하지만 종종 중간에 그만두는 경우를 보아왔다.

셋째, 가치를 만들어내는 일이다. 돈이 전부는 아니지만 나의 이름과 시간, 노력이라는 것에 가치가 생긴다. 가치가 점점 커질수록 더 의미 있는 삶을 고백하게 된다. 모두에게 똑같이 주어지는 한 시간이라 할지라도 각자에게 한 시간은 다른 가치를 가지게 되는 것이다.

물론 아직 더 다듬어져야할 부분들이 있지만 나는 내 자신이 잘 준비되어진 그릇이라고 생각한다. 멘토들로부터 종종 그러한 이야기들을 먼저 듣게 되곤 했다. 생각의 그릇, 인격의 그릇 그리고 돈 그릇까지 잘 준비되어진 참 좋은 그릇 말이다. 하여 나는 이 가치 있는 사업을 꼭 끝까지 포기하지 않고 완주하기를 간절히 바란다. 마찬가지로 나와 같은 선한 사람들이 또 다른 선한 영향력을 끼치기 위해 끝까지 의미 있는 일들을 포기하지 않고 하기를 바란다.

어쩌면 그래서 나를 위해, 그들을 위해 꿈을 비즈니스(사업)으로 연결하는 일에 열심을 다하고 있는 것이 아닐까.

'1인 사업하는 책 쓰는 작가, 강사라입니다.'

사업도 하고, 책도 쓰고 너무 좋다. 책 쓰는 것을 너무 좋아한다. 내가 좋아하는 것만 찾으라 하면 나만의 공간 집필실에서 평생 책만 보고, 책만 쓰는 것이다. 오롯이 그것만으로도 독립을 하고 싶은 이유는 충분하다. 그러고 보니 잘 찾아온 것이다. 내가 가장 좋아하는 것을 평생하며 사업을 하게 되었으니 말이다. 직장을 다니며 누군가의 통제를 받는 일은 돈의 액수가 크더라도 내게는 고역이었을 것이다. 또한 책 쓰는 일이 내게는 가장 즐거운 일이지만 누구에게는 고역일 수도 있다.

처음 책 쓰는 일을 사업으로 시작하려했을 때 스스로에게 오래도록 질문을 던졌다. 내게 그만한 자격이 있을까 하고 말이다. 나보다 더 많은 책들을 낸 작가, 한 권의 책이라도 50만 이상의 독자들을 가진 베스트셀러 작가, 출판업계에서 오래도록 몸담아온 기획가 또는 편집자도 아닌 내가 책 쓰기 수업을 할 자격이 있을까? 출판업계 관련된 전문가들도 흔히 그러한 이야기들을 하는 것을 보니 기획가도 편집자도 아닌 작가가 왜 책 쓰기 수업을 하는지 불쾌한 모양이다.

그러나 분명한 것은 나 또한 메신저 사업을 하고 있는 것이다. 초보가 왕초보에게 자신의 지식과 경험을 나누듯이 나 또한 충실히 작가의 꿈을 가지고 입문하고자 하는 왕초보들에게 책을 쓰는 방법과 작가가 되기까지의 필요를 돕고 있는 것이다. 출판업계만 예외일 필요는 없지 않은가. 원고가 마무리 되어가고 있는 이 순간 책 쓰기 개인코칭을 받던 수강생이 시작한지 2달만에 투고를 하고 출판사로부터 러브콜을 받고 있다. 하늘의 별따기와 같다고도 하는 기획출간을 말이다. 이러한 결과물들이 나의 기획력과 감각을 증명해주니 충분하지 않은가?

내게는 언제부턴가 그러한 그림이 머릿속에 있다. 책을 읽는 것을 좋아하는 모든 이들, 책의 필요성을 잘 아는 이들, 앞으로 책을 좋아할 이들 이 모든 이들이 결국은 책을 쓰게 될 것이라는 것 말이다. 대단한 사람들만 책을 읽는 것이 아니듯이 평범한 사람들도 자신의 책을 쓰는 날이 곧 온다. 과거에는 전문가들 또는 사회적 지위에 오른 권위자들, 유명인들이 책을 쓰는 것이라고 생각했다. 현재는 어떤가? 연예인들도 책을 내고 일반인들도 원하면 얼마든지 책을 낸다. 인간이라면 본능적으로 일생에 자신의 스토리를 남기고 싶어 하며 책을 좋아하는 이들이라면 기본적으로 자신의 이야기를 책으로 쓰고 싶은 욕구를 가진다.

결국 앞으로 점점 더 많은 사람들이 현재보다도 더 쉽게 책을 쓰는 일들이 일어난다는 것이다. 그래서 책을 쓰고 싶은 작은 꿈과 소망을 가진 이들이 책을 쓰도록 도울 수 있는 이 일들에 자부심을 가지고 열심을 다하고 있다. 평생 책을 쓸 사람으로서 말이다. 이것이 나의 꿈이자 비즈니스이다.

오늘도 덩어리를
잘게 부수는 일이 먼저다

"덩어리를 잘게 부수는 일을 꼭 해야만 할까?" 내게는 잘게 부수는 일이 너무 힘든 일이다. 가장 계발이 안 되어진 부분이기도 한 듯하다.

대학시절, 동아리 활동을 하며 매일같이 하던 액션이 있다. 새로운 한 주가 시작되기 전 미리 주간계획표를 짜고 매일의 할 일들을 체크하는 것이다. A4 한 장 정도의 크기에 1주의 날짜와 요일을 기록하고 그 아래로 매일의 할 일들이 시간대로 채워진다. 매일의 강의 시간과 매 주마다 정기적으로 하는 모임처럼 지정된 일정들을 먼저 채워놓고 그 외 나의 할 일들을 세세히 적는다. 미리 계획을 하고 정해진 대로 딱딱 맞춰 움직이는 것이 재미있기도 했지만 이루고 나면 무엇인가를 성취했다는 뿌듯함에 나름 내게는 잘 맞는 방법이었던 것 같다.

그런데 문제는 점점 시간이 지날수록 시간들에 집착하는 모습들이 강화되었다는 것이다. 시간으로 채워 넣던 일정들이 좀 더 디테일하게 30분 단위로 쪼개지기 시작했다. 어떤 경우에는 15분, 10분 단위로도 나뉘었다. 그러다 급기야는 내 머릿속에서 계획표를 짜는 동안 시뮬레이션이 돌아가기 시작했다. 오전 6시에 일어나서 준비하는 시간…… 6시 40분에 집을 나서서 버스 정거장에 도착하는 시간 48분, 버스를 타고 7시 8분에 도착해서……. 시뮬레이션이 펼쳐지고 나니 이제는 더욱 디테일한 시간 쪼개짐이 시작된다.

머릿속이 너무 복잡해지기 시작했다. 이건 분명히 집착이든 강박이든 그랬다. 그래서 바로 주간계획표 짜는 일을 관두었다. 지금 생각해보면 머릿속에서 시뮬레이션이 이루어졌다는 것은 굉장한 강점이었던 것 같은데 그 당시 주간계획표에 잘못 꽂혔나 보다. 지금은 머릿속에서 이러한 강점들이 잘 활용되고 있다. 하여튼 그래서 그 이후로 계획하고자 하는 강한 의지를 스스로 잘라냈다. 웬만하면 자연스럽게 흐르는 대로 가자고 말이다.

이제는 모두가 알게 되었듯이 네 명의 자녀를 키우고 있다. 막내가 아직 어린 네 살이다. 앞으로 세 명은 연년생이다. 셋 아이들은 거의 혼자 키우다시피 했다. 남편도 집에 없는 시간이 너무 많았고 가족들과 친구들이 가까이에 없었기 때문이다. 첫째, 둘째 때까지는 아침저녁 하루 두 번을 청소기를 돌리고 바닥을 직접 물걸레질을 해서 닦았다. 물건들도 줄을 맞추고 책들도 키를 맞춰 정리를 했던 것을 보면 지금처럼 정리를 못했던 것도 아닌 듯싶다. 하지만 아이들을 따라다니며 정리하는 일은 멈추기로 했다.

아이를 키우는 집이니 혹여나 무어라도 집어먹을까 싶어 먼지가 없도록, 작은 물건 바닥에 없도록 주변을 늘 청소하고 정리했다. 그러면서도 새벽같이 일어나 남편 식사를 준비하고는 했다. 셋째가 태어나서는 청소기는 매일 돌리지만 닦는 일은 이틀에 한번씩만 했다. 설거지가 쌓이는 일들이 종종 생기기 시작했다. 남편 식사는 이제 한번 정도 챙겨주면 다행이다.

넷째가 생기고 이젠 남편 식사는 직접 알아서 해결한다. 다 큰 성인이니 자신이 밥 차려 먹어도 되지 않겠나? 내가 꼭 챙겨주어야만 되는가? 오히려 내 밥을 차려주길 기대한다. 물론 지금은 넷째도 어느 덧 네 살이 되었으니 서로 함께 챙기지만 말이다. 설거지가 쌓여있어도 할 수 있을 때 한다. 복잡한 일들, 복잡하게 생각하는 일들 모두 내려놓았다. 그것이 남편과 싸우지 않고 화목을 이루는 나의 살아내는 방식이었다.

생각이든 상황이든, 어떠한 일들을 해결하든 복잡한 것들은 모두 거절하고 단순하게 생각하고 지나가는 것이 이젠 습관이 되었다.

그래서일까. 나는 잘게 부수는 일들이 너무 힘들다. 복잡한 것들을 깔끔하게 정리하는 일도, 큰 덩어리를 분류하고 정리해 잘게 부수는 일도 평균 이상으로 어렵다. 의식적으로 의지적으로 이십 년 가까이 거절해왔던 일들이 나의 뇌를 그 영역에 대해서만큼은 퇴화시켰나보다. 이렇게까지 거창하게 말할 수 없다면 원래 기질상 체계적으로 나누는 부분이 어려운가보다. 전체 그림을 보는 일은 참 잘한다. 전체를 통찰하고 머릿속에 그려내는 일들은 탁월하기까지 하다. 반면 디테일하게 구조화 시키고 체계화, 시스템화 시켜야 하는 일에는 너무 어렵다.

몇 개월간 골치가 아팠다. 생각들이 복잡해지니 두통이 생기는 날들이 종종 생겼다. 바로 내 사명과 비전을 한가득 그려놓고 장기 목표를 세우고 1년 목표로 쪼개려고 하니 이미 브레이크가 걸렸다. 좋다. 1년까지는 고민할 만하다. 1년의 목표를 더 세세하게 쪼개고 계획을 세우고 다시금 주간계획표를 기록하려고 하니 다름 아닌 그 지점에서 그만두고 싶어진다. 그 정도이냐고 누가 이해해줄 수 있을까.

하루도 쉬지 않고 돌아가기를 멈춘 것만 같은 머리를 쥐어짜며 몇 개월을 보냈다. 하루의 차이는 별다른 것 없어 보였지만 몇 개월 동안 꾸준히 자극을 준 결과 생각의 힘, 사고의 힘은 큰 변화를 가져왔다. 오히려 똑똑해진 느낌마저 강하게 든다.

변화를 위한 첫 시도가 있었다. 올해 1월부터 블로그에 플래너 작성 인증하기 챌린지를 시작한 것이다. 한창 주변에서 새벽기상, 운동, 긍정확언 등의 챌린지를 할 때 보편적인 자기계발이 아닌 나와 내 사업을 위해 루틴으로 만들어야할 일을 챌린지로 정했다. 일부러 가장 자신 없는 일을 가장 해야만 하는 일로 환경설정을 한 것이다. 그리고 첫날부터 시작한 플래너 인증은 2월 8일에 종료되었다. 100일 챌린지가 중간에 몇 번을 빠뜨리고도 30일도 채우지 못하고 실패로 끝난 것이다. 실패가 될 뻔했던 플래너 인증은 한 달이 훨씬 지나고 3월 27일 다시 시작함으로서 실패로 남지 않게 되었다.

〈성공의 지도〉저자 브라이언 트레이시의 효과적인 목표 설정 7단계를 소개한다.

1단계 : 원하는 바를 정하라.

2단계 : 글로 적으라.

3단계 : 최종 시한을 정하라.

4단계 : 목록을 작성하라.

5단계 : 목록을 정리하라.

6단계 : 행동을 취하라.

7단계 : 날마다 뭔가를 하라.

사실, 브라이언 트레이시 뿐만 아니라 대부분의 성공자들의 공통된 원칙이기도 하다. 서로의 표현이 조금씩 다를 뿐이다. 그들의 이름을 일일이 나열하지는 않겠다.

브라이언 트레이시 저자의 7단계 내용을 참고하여 정리하면,

1단계, 자신이 원하는 것이 무엇인지 명확히 아는 것이 최우선이

다. 목표는 명확하고 구체적이어야 한다. 아직도 자신이 원하는 것이 무엇인지 잘 모르겠다면 지금부터 찾는 일을 시작하기 바란다. 시간이 걸리지만 꼭 해야 할 일이라면 지금이 가장 빠른 시기이다.

　2단계, 손으로 직접 기록할 때 앞에서도 이야기 했던 시각화의 효과를 볼 수 있으며 초의식적 사고에 새기게 된다. 또한 끌어당김의 법칙으로 에너지장을 형성하여 사람들, 아이디어, 통찰, 환경들을 끌어당기게 된다. 끈 이론과 입자와 파동의 과학적 이론들이 이것을 증명한다.

　3단계, 최종 시한을 정하는 이유는 정한 시한에 대한 내용이 무의식에 전달이 되며 그것은 곧 초의식에까지 전달이 되어 힘을 발휘하기 때문이다. 목표 달성하기를 간절히 원하는 나는 5년 후, 1년 후, 6개월 후, 한 달 후 시한까지 어떤 결과를 성취해야 하는지 명확히 알고 있다. 때로 내 의식이 잠시 잊었더라도 초의식까지 전달된 목표와 시한들은 쉼 없이 나를 작동시키고 있을 것이다.

　4단계, 목록 작성하기는 목표를 이루기 위한 방법과 전략들을 온통 적어놓는 것과도 같다. 생각해낼 수 있는 모든 것을 더 이상 생각이 나지 않을 때까지 모조리 적는 것이다. 애플의 경우엔 아이폰을 처음 출시 할 때 수백 쪽이 넘는 목록들을 작성하지 않았겠느냐라고 한다. '와우' 놀라움을 금치 못하면서도 내게 격려와 도전이 되기도 한다. 내 사업을 하며 목표를 정하고 목표를 이루기 위해 방법과 전략을 적어본 것은 고작 열 개 언저리였으니 말이다. 그것 가지고 뭔가를 이뤄 보겠다고 한 나 자신을 반성하면서 아직 더 해볼 것이 남았으니 당장 해볼 양으로 설레기까지 하다.

5단계, 우선순위를 정하고 목표를 이루기 위해 나열했던 방법들을 정리한다. 해야할 모든 일들을 우선순위에 따라 체크리스트를 만드는 것이다. 매번 중요도를 파악하고 실행하고 있음을 눈으로 피드백 할 수 있다.

6단계, 행동하기는 매우 중요하다. 사실은 우리가 성공·긍정확언, 시각화, 현재형으로 선포하기 등을 하는 이유는 의식, 무의식, 초의식 사고까지 변화시켜 완전한 신념과 믿음으로 변화시키기 위함이 아닌가. 신념과 믿음은 결국 자신을 그렇게 믿고 행동하도록 하기 때문에 중요하다. 반대로 이미 행동을 해버림으로써 그렇게 믿고 있다는 것을 뇌에게 알려주어 동일한 효과를 얻을 수도 있다. 원하는 목표를 이루기 위해, 무언가를 얻기 위해 지금 당장 행동을 개시해야 한다.

7단계, 목표를 위한 매일의 할 일을 해야 한다. 조건은 '목표를 위한'이다. 이전 나의 'to do list'는 온통 하루의 할 일들이 빼곡했다. 하루가 지나고 체크된 표시들을 보며 흐뭇해했다. '오늘 정말 많은 일들을 했구나.' 하고 말이다. 그러나 안타까운 것은 목표를 위한 매일의 할 일은 하나도 하지 않았다는데 있다. 그저 매일 할 일들만 마구 나열되어 있을 뿐이다.

이유는 목표를 정하지 않았기 때문이었다. 목표가 없으니 목표를 위한 일이 무엇인지도 모른다. 매일 목적 없는 일들만 온통 적어놓고 체크된 종이를 보며 나름 만족했을 뿐이다. '오늘도 이렇게 열심

히 살았다.'

덩어리를 잘게 부수는 일은 '초의식적 사고'를 높이는 일이 아닐까 생각해본다. 처음에는 손을 댈 수도 없을 만큼 막막하게만 느껴져 한동안 덮어놓기만 했었는데 덩어리를 부수는 일들을 하다 보니 이제는 훨씬 가볍고 쉬워졌다. 뇌의 신경망들이 더 미세한 가지들을 뻗치고 불이 번쩍번쩍 켜지는 작업들이 이루어지고 있을 것이다. 아이디어와 통찰들 그리고 직관들이 통합되는 일들이 더욱 활성화되고 있는 것이다.

자신이 원하는 것이 무엇인지 명확히 알았다면, 그 이후에 해야 할 일은 덩어리를 잘게 부수는 일이다. 책 한권의 분량을 통째로 써야한다고 생각했다면 난 평생 책을 쓰지 못했을 것이다. 내가 책을 쓸 수 있는 것 또한 덩어리의 분량을 각 장, 꼭지마다 써야할 분량을 계산하고 쪼개었기 때문이다. 그래서 쓸 수 있는 것이다. 책 한권의 목표를 완성할 수 있는 것이다.

그 일들을 함께 시작해보자. 우리는 함께 성장하는 사람들이 아닌가.

06

최고의 꿈 설계 전문가로
세상을 정복하겠다

"정복하자!!!" 나는 정복욕이 있나보다. 승부욕도 그동안 꽁꽁 숨겨 살았지만 큰 듯싶다. '지배하겠다. 정복하자. 이겼어.' 이런 용어들이 참 맘에 든다. 생기기는 작고 아담하고 매우 소녀 같은데 말이다. 반감을 가지지는 않았으면 좋겠다. 일반적으로 이러한 용어들은 전쟁, 폭군, 남의 권리를 빼앗는, 이러한 배경들을 떠올리게 하지만 내가 원하는 정복과 지배는 나로부터의 승리, 환경, 사회적인 통념으로부터의 독립, 물이 바다를 덮어버리는 것과 같은 상징적인 의미와도 같으니 말이다. 그동안 내가 나로 바로 서지 못하고 그러한 것들에 지배와 정복을 당해 살아왔으니 이제는 내 인생가운데 보이지 않는 한계들을 깨뜨리겠다는 의지의 표현이기도 하다.

앞에서도 살짝 언급되었지만 1인 사업하는 책 쓰는 작가 강사라는 '꿈 설계 전문가'로 성장해 가고 있다. 보다 두세 걸음 앞서가시는 분들을 인터뷰 하던 중 한 분이 물었다. "꿈 설계 전문가요? 그런 자격증이 따로 있나요? 전문 과정 교육을 통해 자격증을 취득하신 건가요?" 순간 '어! 그게⋯⋯.' 아주 짧은 시간 생각이 스쳤다가 바로 대답했다. "아닙니다. 그런 자격증은 없습니다." 그리고 생각했다. 꿈 설계 전문가를 무엇으로 증명해낼 것인가? 요즘 시대에는 자신이 자신을 브랜딩한다 고는 하지만 이름이 전문가라면 실력을 증명해야 하는 것이 마땅하다.

꿈 설계 전문가로서 세상을 정복하려면 보다 더 미친 듯이 찾아다녀야 할것이다. 꿈이 없다는 사람들을 말이다. 이런 느낌이다. "꿈 있어, 없어? 없어? 그럼 이리와봐. 잘만났다." "꿈이 뭐라고 생각하니" 꿈을 새롭게 정의하는 것으로부터 시작해서 자신을 깊이 찾아내는 일들을 함께 시작한다. 하나하나의 로드맵을 제시해주면서 말이다. 이것이 나의 자격이다. 대단한 누군가가 부여해준 자격이 아니라 내가 직접 나이 마흔이 되어 시행착오를 겪어내며 찾아온 길을 함께 똑같이 걸어주는 것 말이다. 내가 스스로에게 부여한 '꿈 설계 전문가'의 자격.

이것이 곧 나를 경험한 주변 사람들로부터, 더 나아가 지역 사람으로부터, 대한민국과 해외로부터 인정받는 '꿈 설계 전문가' 자격으로서 쌓아져갈 것이다. 경험과 지식 중에는 물론 내가 직접 살아낸 경험이 기반이 되지만 꿈을 찾는 수많은 사람들을 만나고 꿈을 이루어 성공을 이룬 성공자들을 연구하며 얻게 된 실력도 포함이다. 또한 주변의 성공자들을 직접 만나고 지켜보며 알게 된 깨달음과 통찰들을 나의 철학 한 스푼을 얹어 콘텐츠로 제작해 쌓고 있는 일 또한 자격을 증명해주는 일들 중의 하나이다.

이제는 이름 있는 대학을 나오고 대학원을 졸업해 학사, 석사, 박사과정이 본인의 실력을 증명하지 않는다. 타이틀은 거창해 보일지 몰라도 직접 우리들의 현 문제를 과제로 던진다면 구체적이고 실제적인 해결을 줄 수 있는 이들이 얼마나 될까. 지금 맞이한 시대가 그렇다. 자신이 직접 경험하고 쌓은 지식과 깨달음들을 얼마나 잘게 쪼개어 각자 한 사람 한 사람의 다양한 문제를 해결해줄 수 있는가의 여부가 실력과 자격이 되는 시대가 말이다.

자격을 스스로 증명해내기 위해 나는 꿈을 찾는 이들이 고민하고 답답해할 만한 질문들을 잘게 쪼개어 솔루션을 주는 일들을 꾸준히 지속하고 있다. 질문들을 직접 만들지 않아도 주변을 조금만 살펴보면 그들의 소리들이 들리고 보인다. 그 질문들이 곧 내가 해결해야 할 과제들이다. 왜냐하면 나는 '꿈 설계 전문가'이니까.

처음부터 꿈을 원하는 모든 자들을 살필 수는 없다. 가장 최우선의 목표대상은 '꼭 나와 같은 사람'이다. 필히 연령대로 구분해야 할 필요는 없지만 더 구체적으로 명확히 다가가기 위해 나와 같이 마흔을 지나가고 있는 주부들이 나의 첫 관심 대상들이다.

지금 만날 수 있는 단 한사람의 대상이라면,
'그녀는 그동안 꿈이 없이 살아왔다. 어려운 가정 환경 속에서 학용품 하나 제대로 사기 어려울 정도로 가난하게 살았다. 가정이 화목했는지는 모르겠다. 그러나 늘 어둡고 소외된 아이로 자라 학교에서는 거의 존재감이 없었다. 이십대는 경제적 독립을 하며 집을 나왔지만 그 때도 꿈은 없이 치열하게 산 것이 전부이다. 남편을 만나고 아이들을 키우며 경제적으로는 점점 빚만 쌓여갔으며 그녀가 숨을 쉬는 유일한 방법은 새벽공간에서 책 읽는 것이 전부였다. 무엇을 향한 꿈틀거림이 늘 있었던 것일까. 곧 꿈을 위해 살고자 하는 간절한 내면의 소리였다. 오래도록 잘도 참아왔다. 마흔이 되기까지, 40여년의 시간들을 그렇게 참아온 것이다. 이제 꿈을 위한 삶을 살겠노라고 각오하고 결단한다. 그리고 한걸음 내딛는다. 나를 찾는 일들이 이제 시작된다. 인생 중반기 마흔이 되어서 말이다.'

  짧은 한 문단을 썼지만 이 몇 문장을 쓰는 동안 머릿속에서는 장면들이 그려진다. 아주 선명하고 세세히 말이다. 내가 찾는 단 한사람이 이와 같은 한 명이다. 한 명으로부터 시작되는 단 한 명의 꿈을 설계하는 일들이 세상의 꿈을 찾는 많은 사람들의 꿈을 설계하는 일들로 확장될 것이다. 어떤가, 꿈 설계 전문가로서 자격이 이미 충분하지 않은가. 아니라 해도 상관없다. 아직 아니라 해도 꾸준히 꿈을 살고 있는 일들이 곧 증명 되어질 테니. 혹 여러분들 중 이 한 명이 자신이라고 생각되는 이들이 있다면 거침없이 강사라 작가의 커뮤니티에 들어오기를 바란다. 블로그, 인스타그램을 통해 찾아오는 것도 좋은 방법이다.

꿈설계전문가로서 현재 진행하고 있는 〈꿈 설계 비즈니스클래스〉 과정은 셀프마킹(자기인식)이 가장 기본이다. 요즘 가장 핫한 퍼스널브랜딩의 첫 시발점도 결국은 자신을 먼저 알고 찾는 일이지 않은가. SNS를 시작할 때 가장 공통적으로 듣는 얘기가 자신이 하고자 하는 분야의 벤치마킹을 하라는 것이다. 그런데 참 희한하게도 벤치마킹을 열심히 하지만 따라하는 일들이 내 마음을 만족시키지 못했다. 늘 한 쪽이 답답하고 나를 표현해내는 것의 부족함을 느꼈던 이유는 벤치마킹 이전에 먼저 셀프마킹이 되어있지 못했기 때문이라는 것을 최근에 알게 되었다.

결국은 무엇이든 본질적인 문제가 먼저 해결되어야 하는 것이다. 물론 벤치마킹이 좋은 성과를 내는 효율적인 방법이기는 하지만 그 이전에 자신의 셀프마킹이 된 상태인지 살펴볼 필요가 있다. 벤치마킹도 셀프마킹이 잘 된 사람이 좋은 결과를 빠른 기간에 낸다. 설령 벤치마킹을 잘 해서 돈이 되는 콘텐츠를 만들고 승승장구한다고 해서 마냥 좋았을까? 셀프마킹이 되지 않은 상태라면 장기적으로 보았을 때 결국은 본질적인 문제로 또 다시 방황을 했을 것이 틀림없다.

'많은 선한 이들이 이 세상을 정복해갔으면 좋겠다.'

마음이 조급하고 불안했다. 과정이 어느 정도 지나고 성장을 하고 보니 그렇게 조급하게 마음먹을 것이 없는데 그 당시에는 늦은 만큼 빨리 뭔가를 이뤄내야겠다는 생각이 강하게 휘몰아쳤던 듯하다. 지금의 현실에서 빨리 벗어나고 싶었다. 더군다나 함께 시작한 주변 동기들이 정신없이 달려가는 것을 보니 뒤처지고 싶지 않은 마음도 강했다. 그들보다 빨리 이루고 올라서고 싶었다. 그것이 성공한 자의 모습이 아닌가 하고 말이다. '난 성공할 거야.' 과정도 없이 당장 결과가 있을 것을 기대했다. 과정이 물론 있다는 것을 알지만 결코 오래 걸리는 것을 원하지 않았다.

이럴 때 가장 조심해야 하는 것이 무엇인지 아는가? 사기 당하기 딱 좋은 사람들의 공통적인 모습이다. 끌어당김의 법칙을 살짝 언급했던 것처럼 성공에 대한 강한 욕망, 과정을 무시하고 결과에 집중하는 집착, 조급하고 불안한 파장의 에너지는 이와 같은 에너지를 가진 사람들을 주변으로 끌어들인다. 그리고 이것을 이용하려는 자들도 끌어당긴다. 결국 공포마케팅을 하는 자에게 한동안 고생을 했다. 인생의 가장 무섭고 힘들었던 때이다. 귀한 경험으로 분별력을 가지게 되었다. 선한 영향력을 외치지만 진짜와 가짜의 에너지를 살피는 통찰도 얻게 되었다. 더불어 성공의 마음 그릇이 준비된 선한 이들이 성공하는 것은 매우 값지다는 것을 깊이 느끼게 되었다.

본인은 자신을 어떻게 정의하고 세상을 정복하고 싶은가. 마찬가지로 정복하기 위해 미친 듯이 압도적으로 누구를 찾아 나서고 만날 것인가. 정복하려면 그 정도는 각오해야지 않을까. '정복'이라는 단어를 떠올리는 순간 여러분은 이미 행동의 양과 속도가 평균을 넘어서게 될 것이다. 충분히 그 모든 것들을 이뤄낼 수 있다는 것을 명심하기 바란다. 이전에 바쁘다, 시간이 없다, 힘들다 했던 것들은 너무도 사소한 일들이었음을 보게 될 것이다.

《미치지 않고서야》 저자 미노와 고스케의 말을 빌어보자면 '허풍을 떠는 사람'과 '그 허풍을 현실로 만들어 주는 사람' 중 '나는 허풍을 현실로 만들어주는 사람이 되고 싶다.' 라는 생각을 잠시 해본다. 내 꿈에 대해서는 허풍을 마구 떠는 사람이지만 누군가의 꿈을 위해 그들이 허풍을 맘껏 떤다면 그 허풍들을 좇아 꿈을 찾아주고 현실로 만들어갈 수 있도록 돕는 자 말이다.

곧 내가 이루고자 하는 최고의 꿈 설계전문가의 사명이다. 현실로 만들어갈 나의 허풍이다. 내 앞에서 맘껏 허풍을 떨어보라. 그 어떤 격식도, 제한도, 계산도 필요없이 떠오르는 생각대로 마구 허풍을 떨어보라. 그리고 찾아가자. 자신의 꿈을, 현실로 만들어낼 방법을, 최고가 되어 세상을 정복할 기회를.

기타 하나로 '한국의 락을 점령해야지.' 라고 그의 꿈이 시작된 이상순 씨처럼 말이다.

어두운 터널 끝의
작은 출구

길기도 하다. 끝은 있는 것인지, 언제쯤이나 끝은 나는 것인지.

터널이 시작됨과 동시에 숨을 한껏 들이마시고 출발점과 함께 멈춘다. 저 끝에 작은 출구가 끝날 때 숨을 내뱉을 수 있다는 것이 우리들의 원칙이다. 자신에 차서 시작했지만, 터널이 길어질수록 얼굴이 발갛게 숨이 차오르고 가슴의 답답함을 느낀다. 터널은 금방 어느 때쯤에서 끝날 것이라는 예측이 되기에 그나마 참아볼 만하다. 드디어 멀리 보이던 출구의 모습이 작은 구멍에서 커다란 구멍으로 보이기 시작할 때 마지막 힘을 다해 정점을 찍고 '콰하아' 숨을 내뱉는다. 드디어 어두운 터널이 끝났다.

차를 타고 갈 때마다 터널이 나오면 짧든지, 길던지 아이들과 함께 하는 놀이이다. 대개는 짧은 터널이어서 오버액션을 연기하기도 하지만 가끔씩은 길이가 긴 터널이 운좋게 나오기도 한다. 그 때 제대로 서로의 숨 참기 실력이 들통 나는 순간이다. 네 살짜리 넷째도 제법 이 놀이를 즐긴다. 이미 소리 없이 숨을 쉬고 있는 줄을 모두가 알지만 너도 나도 모른척 훌륭하다고 엄지척 들어준다.

이렇게 지나는 터널은 결국은 곧 끝난다는 것을 우리는 안다. 짧은 터널은 어두운 곳을 지나더라도 금방 끝날 것을 알기 때문에 그다지 의식하지도 않는다. 긴 터널도 물론, 빨리 나갔으면 하는 마음은 들지만 그래봤자 어디쯤에서 끝날지를 대충 알기 때문에 크게 문제없다.

그런데 인생의 어두운 터널은 '끝은 있는 것일까?' 싶을 정도로 왜 이리 길게만 느껴지는 것인가. 아마도 언제쯤 끝나는 것인지 전혀 예측할 수도, 확신할 수도 없기 때문은 아닐까 싶다. 내게도 터널이 너무도 길었다. 언제 시작 된지도 모르는 터널이 삼십 년이 넘도록 이어질지 누가 알았을까. 그렇다고 어둡고 우울하게 평생을 산 것은 아니지만 힘들고 어려운 환경들이 오래도록 지속됐다. 끝날 만도 한데 대체 언제쯤이나 끝이 나는 것인지. 최선을 다해 감사하며 살았지만 막막했던 것은 사실이다.

곰곰이 생각해보니 이제는 터널을 거의 지나온 것 같다. 아니, 아직 터널 안이라 해도 출구를 바로 눈앞에 두고, 햇빛이 마구 쏟아져 들어오는 그 지점이라고 해도 맞겠다. '보이지 않는 것'들이 '보이는 것'들을 뒤덮는 일들이 가까이에 와있는 것 같다고나 해야 할까. 둘러싸고 있는 '보이지 않는 에너지'들이 바뀌기 시작한 것은 아마 그때부터였을 것이다.

마흔이 되어 꿈을 찾는 일을 시작한 그때 말이다. 그리고 지금은 '보이지 않는 에너지'들이 '눈에 보이는 물질'들을 변화시키고 있다. 미세한 그 에너지와 변화들을 나는 직감하고 있다. 곧 얼마 지나지 않아 '보이지 않는 이 에너지'들이 '눈에 보이는 지금의 현상'들을 모두 뒤엎는 일들이 일어날 것이다.

언제나 끝이 날까 싶었지만 그래도 방향을 잘 잡고 인내하며 달려온 것 같다. 때로는 살짝 곁길로 새기도 하고 잠시 멈추기도 하고, 속도를 늦추기도 했지만 뒤돌지 않고 출구를 향해 잘 걸어온 것 같다.

1인기업 국민 멘토 김형환 교수님께서 종종 하시는 말씀 중에 '궁즉통'이라는 것이 있다. '궁하면 곧 통한다.'라는 의미로 극단의 상황에 이르면 오히려 해결할 방법이 생긴다는 말이다. 그리고 이어서 질문을 하신다.

'끝이 안 보이는 이 터널을 어떻게 나갈 것인가?'

누구에게나 길고 짧은 터널이 있을 것이다. 우리 인생에 찾아오는 터널은 끝이 보이지도 않고 내가 지금 터널 어디쯤에 있는지도 알 수가 없다. 그렇다면 우리는 어떻게 해야 할까? 힌트는 '궁즉통'에 있다. 결국 해결할 방법은 다 있다는 것이다.

그는 세 가지의 방법을 제시한다.

첫 번째, 반드시 터널의 끝은 있다는 신념을 가진다.

터널의 끝이 눈에 보이지 않는다고 해서 없는 것은 아니다. 아이들과 함께 금방 끝날 터널의 출구를 확신하며 즐거운 놀이로 누릴 수 있었듯이 터널의 끝이 있다는 신념을 가진다면 충분히 그 시간들을 과정으로 보낼 수 있을 것이다.

두 번째, 중요한 것은 속도가 아니라 방향이다. 출구를 향해야 한다. 어두운 터널 속을 한참 달리다가 '나 지금 뭐 하고 있지?' 잠시 잠깐 정신을 놓고 한 바퀴를 돌면 어떤 일이 일어날까? 출구와 점점 멀어지는 일이 생긴다. 속도를 내면 낼수록 더 빨리, 더 멀리 가는 것이다.

세 번째, 아무리 어려운 일이라도 해결할 수 있다.

참 신기하다. 질문을 하면 답을 하게 되어 있고 문제가 있으면 해결하게 되어 있다. '궁즉통' 벼랑 끝에서 해결한 그 문제는 누군가를 살리는 해결책이 될 것이다.

그렇다. 살아온 인생을 돌아보니 정말 그러하지 않은가. 본인들의 삶은 어떤가. 나보다 덜하고 더한 삶들이 누구 못지않게 다르고 특별하게 펼쳐져 왔을 것이다. '나의 삶은 이러했노라.' 고백은 할지언정 감히 '누구 못지않게 가난하고 힘들게 살아왔어.'라고 이야기할 수 없는 것은 나보다 더한 인생들이 수도 없이 많다는 것을 알기 때문이다. 그럼에도 불구하고 한번 돌아보자. 자신이 포기한 인생만 아니라면 극단적인 상황 속에서도 결국에는 하나씩 닥친 문제들을 해결해 오지 않았는가 하고 말이다.

성인이 다 되었을 때 어느 날, 아버지가 술에 잔뜩 취한 모습으로 꽉 끌어안으시며 흐느끼셨다. "사랑해, 사랑한다." 그때 난 아무런 감동이 없었다. 단지 너무 어색하고 얼른 피하고 싶었을 뿐이다. '이제와서 왜 이러시나.' 지금은 그때의 아버지 심정이 어떤 심정이었는지 너무 이해가 된다. 본인도 성장기에 지독한 가난과 부모님의 사랑을 받지 못하고 형제들에게 무시당하며 살아온 삶이 너무 고통스러웠던 것이다.

없는 형편에서도 본인들과 같이 살지 않도록 하겠다는 의지 하나만으로 대학까지 공부시켜준 것은 정말 부모님이 베풀어주신 은혜이다. 교육 덕분으로 육체노동이 덜 들어가고 인정도 받는 직업생활을 시작하게 되었다. 그 안에서 만난 사람들은 배우고 의식이 깨어있는 또 다른 삶을 살수 있는 기회였다. 부모님이 살고 있는 세계와 또 다른 세계였다. 새로운 세계 안에서 오래도록 움츠리고 있었던 생각과 마음을 치유하게 되었다.

살짝 열린 문의 틈새로 새 나오는 빛을 발견한 것처럼 완전히 다른 '진정한 나'의 모습을 발견하게 된 순간 아버지를 이해하고 용서하게 되었다. 내면의 미움들이 사라지고 많은 안과 밖의 문제들이 해결되기 시작했다.

'요즘 같은 세상에' 두 다리 멀쩡한 사람이 병원에 갈 진료비가 없는 것이 웬 말이고, 반찬을 살 돈이 없는 것이 웬 말이냐 말이다. 살아온 길을 되돌아보니 참 신기하다. 그럼에도 그때마다 풍족하지는 않았을지라도 이렇게든 저렇게든 해결을 하며 여기까지 온 것이 말이다. 과정 가운데 깨달은 것이 있다. 어떤 문제를 대하는 태도와 자세는 결국 내가 선택하는 것이며 선택에 따라 다른 결과들을 가져온다는 것이다.

쌓여있는 카드빚을 갚아야 할 날이 다가오기 1, 2주 전부터 신경을 곤두세우며 남편과 다툴 것이냐, 평온한 마음을 유지하며 완벽한 해결은 아닐지라도 최선으로 해결해갈 것이냐. 단 한 번의 마음먹은 선택이 이후의 삶과 관계의 질을 결정한다. '극한'을 경험하고 나니 '가난'과 싸울지언정 남편과 다투는 일은 없다.

'극한'을 돌파해내고 나니 그런 상황에서도 '꿈을 위한 일을 위해 살아봐야겠다.'는 용기를 낼 수 있었다. 당장 직장을 그만 두었던 것은 무모함이었지만 그만한 각오로 시작한 것은 의미가 있다. 당장 먹고사는 일을 위해서만 살지 않아도 생기게 될 문제들을 잘 해결해갈 수 있으리라는 확신이 들었다. 지금까지 스스로 노력해왔던 것과 내 능력 이상으로 보이지 않는 힘들이 내 삶을 도왔던 것들에 대한 믿음이기도 했다.

처음에는 결코 도착할 수 없을 것만 같은 아주 작은 점이었다. 목표의 한 지점 한 지점을 찍으며 그 때마다 다음 단계의 지점을 향해 달려왔을 뿐이다. 지점들이 연결되어 하나의 선이 되고 걸어갈 길이 생겼다. 출발할 때는 분명 작은 점이었는데 책을 쓰고 작가가 된 시점에서 앞을 보니 어느 순간 출구의 구멍이 이전보다 훨씬 커진 것을 발견했다. 또다시 작가의 삶을 살며 1인 사업을 시작하는 지점에 이르고 보니 이전보다 훨씬 더 출구의 구멍이 커졌다. 수시로 현재의 지점과 나아가야 할 지점을 확인하며 앞을 향해 가고 있다.

온라인 커뮤니티에 들어와 활동한 지 3년이 채 되지 않았다. 함께 시작했던 이들의 대부분이 보이지 않는다. 물론 또 다른 각자의 삶을 찾아가고 있을 테지만 사라진 대부분은 '나는 누구인가'라는 본질적인 질문에 답하지 못해서일 것이다. 그 질문의 시작은 사고의 터널을 지나는 것과 비슷하다. 터널을 지나는 어려움과 헌신을 견디지 못하고 뒤돌아 간 것이다.

나도 마찬가지로 다시 돌아가고 싶어질 때가 있었다. 이전의 삶이 더 나을 것도 없는데 애쓰는 것들이 힘들게 느껴졌다. 그럼에도 나를 잡아 이끌었던 것은 어두운 터널 끝에는 꿈과 미래가 있으며 결국은 끝이 있다는 신념이었다. 나는 이제 어두운 터널 끝, 출구에 거의 다다랐다. 터널 안에서조차 꿈을 위해 하루하루 꿈의 씨앗들을 심고 뿌렸으며 이미 심고 뿌린 그 행동 자체가 오늘 지금 꿈을 사는 방법이었음을 확신하며 말이다.

자신은 지금 어디에 있는가.

6장

꿈은 생각만큼이나
거대하다

01

모두가 '부자'가 되는
꿈을 향해

'모두가 부자가 될 수 있을까? 당신은 모두가 부자가 되는 것을 원하는가? 자신은 부자가 되기를 간절히 원하지만 혹 옆의 이웃이 부자가 되는 것은 결코 원하지 않지는 않은가? 사촌이 땅을 사면 배가 아프다는 말은 아직도 유효한가? 사촌이 땅을 사면, 누군가가 잘 되는 일이 생기면, 조금이라도 자신이 다른 이에게 도움을 주는 의도치 않은 일이라도 하게 되면 그 상황들을 꺼려하지는 않는가. 본인은 부자의 그릇, 마음의 그릇이 준비되어있는가? 50년 만에 이룰 일을 5년 만에 이룰 수 있는가? 부자가 되기를 간절히 원하는가, 자신에게 부자의 의미는 무엇인가, 어떻게 하면 부자가 될 수 있는가'

단지 '부자'라는 단어 하나 떠올렸을 뿐인데 꼬리를 물고 수많은 질문들이 올라온다. 더 이상 지루한 질문들 나열하지 말라는 함성이 들리기 전에 이쯤에서 질문하기를 멈춘다. 혼자서 한번 작정하고 쓰기 시작하면 A4 한 장은 거뜬히 15분 만에 채울 수 있을 듯하다. 잠깐 시간을 내어 내가 떠오르는 대로 질문을 툭툭 던져낸 것처럼 질문에 대한 본인의 대답을 툭툭 해보면 어떨까? 깊이 생각하지 말고 솔직하고 꾸밈없이 떠오르는 대로 말이다. 아마 1초 만에 답을 낼 수 있을 듯하다. 그만큼 부자라는 주제는 우리들의 큰 관심사이다.

우리는 누구나 태어나서부터 여태까지 부정적이든, 긍정적이든 '부자'에 대한 관심도가 굉장히 크다. 아직 돈의 가치를 모르는 아이들도 "엄마 우리 집 부자야? 엄마 돈 많아? 돈 얼마나 있어? 우리 가난해?"라고 묻는 것을 보면 본능적인지, 사회적인지는 모르겠지만 그들 세계에서도 꽤 큰 관심사라는 것을 알 수가 있다. 그래서인지 좋고 싫음도 명쾌하게 이미 본인의 생각과 답을 가지고 있다. 여러분들은 어떤가.

나는 부자가 되고 싶은 생각이 없었다. 어릴 적 가난하게 살아왔던 이들을 보면 그 시절을 상기시키며 "난 가난한 우리 집이 너무 싫었어요."라든가 "돈 때문에 자주 다투시는 부모님을 보며 나는 절대 가난하게 살지 말아야지." 격하게 다짐하는 고백들이 상식이지 않을까? 지나고 성인이 되고 보니 '그 당시 우리가 정말 가난했구나.' 생각이 들었을 뿐이다. 지겹도록 고구마로 끼니를 때우기를 반복했었는데 지금은 최애 간식이 고구마이니 그것도 참 신기할 노릇이다.

나는 크리스천이다. '낙타가 바늘귀로 들어가기보다 부자가 천국에 들어가는 일이 더 어렵다.' '부자와 나사로 이야기.' 어릴 적부터 돈과 부자에 대한 이야기에는 항상 따라다녔던 말씀이었던 것 같다. 내가 왜곡되게 설교 말씀을 들었을 테다. 주변에서 귀동냥으로 진리라고 들었던 말씀의 본질적인 뜻을 모르고 가난도 감사로 받아들이며 살아야한다고 오래도록 생각했다. 부자가 되는 것은 세속적이라 생각했다. 차마 입 밖으로 부자, 돈, 성공, 사업이라는 단어조차 올리는 것을 꺼렸다. 그것이 내 좋은 신앙인 것처럼. 얼마나 어리석었나.

그동안 지내왔던 내 세계관들이 확장되고 닫혀있던 의식의 문이 열리면서 부자에 대한 이해도가 달라지기 시작했다. 어쩌면 꿈이 없이 살아가는 주변 사람들, 평범하게 현실만을 보며 살아가는 사람들 속에서 새로운 의식과 관점으로 위치가 옮겨지면서 일어난 변화가 아닐까 생각한다. 계기는 단연 수많은 부자의 그릇을 가진 이들을 책 속에서 만나고 경험하면서부터이다.

이제는 당당히 부자가 되고 싶다.

가난해서 꿈이 짓밟히는 것을 절대 허용하지 않겠다. 그것은 분명 나를 이 땅에 사명을 주고 보내신 신의 뜻도 전혀 아니다.

무의식 안에 '내게 꿈이라는 것은 필요 없는 것이구나. 이룰 수 없는 것이구나.'라는 것이 깊이 잠재되어 있었다. '가난해서 고등학교도 갈 수 있을지 모르는 상황인데 그 이상의 것이 뭐가 있겠어.'

임신을 하고 단 한 번도 무엇이 먹고 싶다고 떠올려 본 적이 없었던 것처럼 말이다. 이미 먹을 수 없는 형편이라는 것을 충분히 알았으니 스스로 아예 포기한 것이다. 태생적으로 하고 싶은 것이 많은 꿈 많은 아이가 그렇게 평생을 살아왔으니 얼마나 무의미하고 답답했을까? 용케도 참으며 잘 살아왔다.

덕분에 부스터 달린 듯이 꿈을 찾고 이루는 일을 이렇게 달려가고 있나보다. 가슴 시원하게 말이다.

"꿈은 생각만큼 거대하지 않아요. 그러니 누구든 도전해보세요." 라고 말하고 싶었다. 노우!!! 꿈은 우리들이 생각하는 만큼이나 거대하다. 아니, 우리가 생각하는 것 한참 이상으로 대단하다. 자신의 상황이 결코 되지 않는다고 꿈에 대한 목적과 가치를 깎아내리고 싶지 않다. "꿈은 거대하다." 우리들의 생각만큼이나 아니 그보다 훨씬 이상 뚫어내야할 정도로. 그러나 그럼에도 누구든 간절히 원하면 지금처럼 사는 일에 용기를 내어 결단할 수 있다. 미래의 꿈을 위해 현실을 희생하는 삶을 나는 원하지 않는다. 만약 그래야 했다면 나는 꿈을 거대하다고 하지 않았을 것이다.

내 인생을 바꾼 단 한 권의 책은 김미경 씨의 <리부트> 였다. 우연히 읽게 된 책. 단숨에 읽어내고 한동안 거동 없이 고요했다. 세상의 판이 바뀔 것이라는 충격이 머릿속을 가득 채웠다. 한 살짜리 넷째를 옆에 누이고 유튜브 영상을 찾았다. 김미경 씨의 이야기들은 그렇게 이전의 내 삶을 온통 뒤집어엎으라는 이야기처럼만 들렸다. "기회가 있어요!!! 기회를 잡으세요!!! 기회를 잡는 방법을 이제 새롭게 공부해야 해요!!!"

평범하게 이렇게 열심히 생활비 벌어가며 사는 것이 최선이고 최고라고 생각하며 살아왔는데 내게도 새로운 판에 올라설 수 있는 '기회'라는 것이 있다고 한다. 방법을 공부하면 충분히 가능하다고 한다. 본인도 수없이 책을 읽고 방법들을 연구하고 공부하며 이렇게 새로운 문을 열었노라는 스토리들이 결국 자의식을 건드렸다. 그렇게 꿈을 공부하기로 결심한 것이다. 이제까지 꿈과 희망없이 살아온 삶을 거절하기로 했다.

처음으로 내 꿈을 위한 결제를 했다. MKYU온라인 대학 입학 2020년 8월 27일, 첫 수강과목 박세인 작가의 블로그 마케팅 1기, 인스타 CIO 3기. 내 형편이 여유 있었던 것이 절대 아니었다. 당시의 용기를 낸 꿈을 위한 미래 투자가 하나의 점들을 찍어 결국 나를 여기까지 데려다주었다. 더욱 값진 것은 첫 결제를 진행한 순간의 간절함과 실천함들이 결국 꿈을 사는 일의 첫 한 걸음이라는 것이다. 그 때의 한 걸음을 떼지 않았더라면 나는 아직도 힘들때마다 그저 한번씩 꺼내보는 망망한 소망만 가슴에 품고 있지 않을까 싶다.

부자가 되는 일도 이와 같다. 미래 현실 속에서 부자를 상상하고 그리며 지금 부자의 삶을 산다. 대체 무슨 말이냐 싶을까? 앞에서 주야장천 이야기하던 것인데 '아~ 무슨 말인지 좀 알 것 같아.' 싶을까? 이제는 아이들이 초등학교 고학년 정도가 되니 가끔 의심스럽게 물어본다. "엄마, 우리 진짜 부자야?" 본인들이 생각하기에는 원하는 모든 것들을 다 사주지 않으니 그렇게 생각하는 것인지는 모르겠다. "그럼 우리 부자지." 전에는 꼭 설명을 덧붙였다. "돈이 많아야 부자니? 마음이 부요하고 행복하면 부자지." 지금은 특별한 부연 설명을 하지 않는다.

"그럼, 우린 부자지." 이전의 의미와도 다르다. 부자로 살겠다는 굳은 의지가 담겼다. 나를 아는 사람들은 그럴 수도 있겠다. "당신이 왜 부자야? 아니면서……거짓말을 밥 먹듯 하네" 단언컨대 나는 확실히 부자이다. 커다란 부자의 그릇에 하나씩 담아가고 있다. 부자현실을 구현해가고 있다. 꿈을 상상하고 선포하며 미래 현실을 만들어가듯이 그렇게 부자를 상상하고 선포하며 부자현실을 만들어가고 있다. 직접 그것들을 위한 씨앗들을 심고 있다. 누가 이런 내게 부자가 아니라고 단언할 수 있을까?

부자가 되기 위해서는 '간절히 부자가 되기를 소망해야 한다.'는 것은 자기계발서 몇 권 읽은 사람이라면 누구나 쉽게 들었을 것이다. 그런데 어떤 이들에게는 간절한 마음을 가지는 것조차 뜻대로 되지 않을 수 있다는 것을 알았다. 내가 그랬으니 말이다. 간절한 소망을 가지기 위해서는 부자가 되는 것에 대한 의미 부여가 확실히 되어야 한다. 의미는 자신의 스토리에서부터 시작될 수도 있고 자신이 간절히 이루고 싶은 꿈을 실현하기 위함일 수도 있다.

특별한 목적을 가진 자신만의 확실하고도 명확한 진짜의 의미를 찾을 때 부자가 되기 원하는 열정 또한 커질 것이다. 또한 부자가 되기 위한 한가지의 액션을 오늘부터 시작함으로써 당장 부자가 될 수 있다. 부자가 되기 위한 그 액션은 미래의 부자현실로부터 현재로 가져온 작은 일부이기 때문이다. 자 그럼, 이제 부자가 되기 위한 그 한 가지 무엇부터 시작하려는지 자신에게 질문하기를 바란다.

부자가 되는 꿈은 누군가의 '필요'를 채워주는 일이기도 하다. 나는 이미 부자가 되기로 작정한 사람이다. 누군가의 '필요'를 보기 시작했으며 그들을 긍휼한 마음으로 일으켜 세우고자 하는 나눔의 마음이 충만해졌으니 말이다. 나에게는 이제 막 꿈을 살아보고자 작심한 사람들이 온다. 내면에 꿈에 대한 욕구가 가득하지만 어디서부터 무엇을 시작해야 할지 모르는 사람들이 나를 찾아온다. 또한 자신의 꿈을 비즈니스로, 사업과 수익으로 연결하고자 하는 이들이 찾아온다. 수익을 일궈내는 작업은 자신의 꿈을 끝까지 지속하기 위한 힘임을 그들에게 알려주는 것이 나의 임무이기도 하다.

미래적으로 각 단계에 맞게 비즈니스를 성취하고 성공을 이루어내어 시간과 물질의 자유, 독립을 원하는 자들이 오게 될 것이다. 이것이 모두가 '부자'가 되는 꿈을 향해가는 나의 작은 시작이다. 모두가 '부자'가 되는 꿈을 선택할 수 있는 기로 상에서 각자의 선택은 분명 다를 것이다. 각자의 때도 다를 수 있다는 것을 존중한다. 그럼에도 재촉해본다.

오늘부터 당장 '부자'의 삶을 사는 것을 선택하자고 말이다.

찬란한 마흔 살의 꿈을
응원합니다

"하나님, 우리 아빠는…… 우리 엄마는 유명한 작가되게 해주시
구요, 멋있는 책 내게 해주세요. 베스트셀러 작가 되게 해주세요. 그
리고 오빠는…… 언니는…….'

저녁에 잘 준비를 끝내고서 모두들 하늘 천장을 향해 누웠다. 매
일 한 사람씩 돌아가며 하는 밤 기도이다. 기도 제목으로 특별히 부
탁한 것도 아닌데 엄마를 위한 기도는 남편까지 늘 다섯 명이 돌아
가며 내용은 똑같다. 오늘은 셋째 아이의 간절한 기도이다. 가족들
의 기도와 응원 덕분으로 오늘도 엄마는 마흔 살의 꿈을 살아간다.
때로는 아이들에게 더 많은 집중을 해야하는 것인데 내 꿈 때문에
소홀해지고 있는 것은 아닌지, 내 인생 살아보겠다고 이기적인 선
택을 한 것은 아닌지 고민하기도 했다. '아이들이 좀 더 자라고 나

면 그 때 시작해도 늦지 않겠느냐.'고 말이다.

처음 인스타를 통해 나를 브랜딩하는 작업들을 시작했을 때 흔히들 엄마들이라면 올리는 아이들의 사진을 올려 보지 않았다. 남편이 SNS를 했던 것은 아니었지만 아내의 활동을 들여다보겠노라고 계정을 만들어 가끔씩 올리는 댓글들을 보며 그조차도 정중히 거절을 했다. 오래도록 '나' 없이 살아왔던 터라 오로지 나만의 모습과 공간이 절실했던 이유이다.

가족들의 풍요로운 삶을 위해 직업을 가지고 경제활동을 하듯이 내 꿈으로 그 일들을 이루는 것이지 않은가. 자아실현이라는 것 이상의 의미와 가치를 만들어내는 것이 꿈을 사는 일이다. 모든 사업이 그렇듯 초기 기반을 다지는데 시간과 에너지가 더 필요할 뿐이다. 이후에 아이 넷 맘이라는 이야기를 알게 된 인스타 친구와 함께 활동하고 있던 대표님들은 누구나 할 것 없이 자신의 귀를 의심하며 놀라워했다. 사랑하는 가족을 섬기고 아이들을 육아하면서도 자신의 꿈을 위한 일은 함께일 수 있다.

나중이 되어야 할 이유는 없다고 결론을 내렸다. 아이들이 자라고 나면 가장 합리적인 또 다른 핑계와 이유가 생길 테니 말이다. 그때는 그때의 이유로 지금처럼 시작하지 못하는 일이 생길 확률이 더 높아진다. 나이라는 숫자가 더 늘었을 테니 말이다. 누군가에게는 존재의 핵심 가치가 '가족'일 수 있다. 그렇다면 위와 같은 나의 결정과 극히 다를 수 있고 내 의견에도 크게 동의하지 않을 수도 있을 것이다. 충분히 존중한다. 네 명의 자녀들을 키우고 있는 나로서는 정말 깊이 공감하며 그 결정에 박수를 아끼지 않는다.

　그렇다고 할지라도 자신의 꿈을 위한 일은 또 별개로 생각해주면 어떨까? 가족들과 함께하는 시간과 공간에 집중하되 '가족'이라는 의미와 가치들을 가지는 콘텐츠를 만들어보는 것은 어떨까. 지금의 현실속에서 겪어내고 있는 일상의 과제들을 하나의 사업 아이템으로 만들어보면 어떨까. 가족이라는 핵심 가치가 생기게 된 본인의 성장 스토리들과 메시지들을 담아 기록을 해보는 것은 어떨까. 조금씩 글을 써보고 책을 써보는 것은 어떨까. 당장 출판사와 계약을 하고 좋은 성과와 결과를 위해 달릴 필요도 전혀 없다. 그것도 방법이지만 꿈을 위한 단 한 가지를 오늘 실행하고 시작하는 것은 매우 의미가 크다. 충분히 가능하다.

　가족이 가장 우선순위인 이들의 주변에는 분명 자신과 같은 상황 속에서 동일한 고민과 어려움을 겪는 이들이 눈에 들어올 것이다. 내가 꿈의 필요들을 채워주고 싶은 것처럼 그에게는 가족의 필요 또는 육아의 필요들을 채워주고 싶은 열정이 강할 것이다. 바로 그것이 사명이지 않을까. 가족과 함께하는 삶 속에서도 주체가 자신이 되기를 응원하고 싶다.

　제주에서 성장기를 보내고 그곳에서 결혼했다. 이후로 대전과 제주에 오가다 지금 이곳 충남 시골로 온 지 올해로 일년이 지났다. 처음 이곳으로 오자마자 고요하고 산 좋고 물 좋은 동네 길을 산책하며 그런 생각이 문득 들었다. '시 쓰고 글 쓰려고 이곳에 왔나 보다.' 하고 말이다. 그만큼 턱을 들고 하늘만 올려다봐도, 저어 멀리 먼 산만 바라봐도 마음으로부터 물줄기가 흐르듯 시가 써지고 글이 써지는 그러한 곳이었다. 그리고서 얼마 지나지 않아 이때만 해도 상상하지 못했던 책을 쓰고 작가가 되었다. 아마 이때 스쳐 지난 작은 소망이 가슴 깊이 새겨져 있었나보다.

얼마 전 잠시 막혀있는 원고 쓰기를 잠시 멈추고 TV를 틀었다. TV를 좋아하는 사람이었다면 글을 쓰기에 시간을 낭비하는 큰 유혹거리가 될 수도 있겠지만 워낙 좋아하지 않는다. 생각의 전환을 위한 하나의 액션일 뿐이다. 우연히 본 '유퀴즈 온 더 블럭'의 초대 손님으로 바다와 같은 사랑을 가진 국민 남편 이상순 씨의 스토리가 소개 되었다. 거의 끝날 때쯤 이라 이 한 가지만 기억에 남는다. 형이 어느 날 사온 일렉 기타. 방구석에 세워져 있던 그 기타를 보고 그는 생각했다는 것이다. '기타 하나로 한국 락을 점령하겠다.' 라고 말이다. 내면에서 밑도 끝도 없이 직감적으로 떠오른 하나의 생각이 결국 그를 성공한 뮤지션으로 인도했다.

'시 쓰고 글 쓰려고 이곳에 왔나 보다.' 밑도 끝도 없이 직감했던 생각이 얼마 지나지 않아 실현됐듯이 말이다. 이러한 크고 작은 일들이 얼마나 많을까 싶으니 가슴이 벌렁거린다. 지금 내가 품은 밑도 끝도 없어 보이는 허풍과도 같은 이 크고 작은 소망들이 어떠한 모습으로 미래 현실 속에 실현될지 너무 기대가 된다. 더군다나 이러한 꿈들을 응원해주는 이들이 너무 많다. '꿈'이라는 단어에 핀잔을 주고 웃음을 흘리던 사람들 틈 속에 있지 않고 꿈을 실현해내는 사람들 속에 함께 달려가고 있어서 너무 행복하고 감사하다.

남편이 응원한다. 처음에는 돈도 안 되는 일 뭘 저리도 열심히 하나 싶었겠지만 하나씩 이루어가는 모습들을 보며 스스로의 인생을 점검한다고 한다. 오늘 아침에도 남편은 "네~작가님. 네~대표님." 장난 반 진담 반을 섞어 인사하고 나간다. 자녀들이 응원한다. 때로는 "엄마, 작가 되기 전이 더 좋은 것 같아."라는 말을 던지기도 했었다. 이젠 아이들도 안다. 꿈을 향한 일이 쉽고 그저 되는 일은 아니라는 것을 말이다. 엄마의 꿈을 사는 모습을 통해 자신들의 꿈을 위한 일에도 정직한 과정을 쌓아 가리라 생각한다.

친구들이 응원한다. 결국 내 주변에는 꿈이 있는 이들만 남았다. 현실과 미래가 자신의 굳어버린 의식 속에 묻혀있는 이들은 친구였더라도 불편해서 떠나가는 것을 막을 생각은 없다. 같은 에너지가 아니라면 떠나는 대로 떠나보내는 것이 현명하다는 것 또한 알았다. 덕분에 비어진 그 자리에 꿈과 미래를 가진 친구들이 채워졌다. 성장해가며 시간이 지날수록 사람에 대한 직감은 나 자신을 더더욱 믿어보기로 했다. 매우 명확하다. 나이가 같아 친구라는 것은 이미 의미가 없어진 지 오래이지 않은가? 다양한 연령의 다양한 친구들을 만들어가고 있다. 그들에게도 소중한 친구가 되어주고 있다.

함께 시작한 친구가 있다. 나이는 나보다 두세 살 어리다. 나는 책을 좋아하고 글을 쓰는 것을 좋아하는 반면, 친구는 그림을 통해 자신을 표현해내고 소통하는 것을 좋아한다. 오래도록 함께 인스타를 꾸준히 해왔다. 자신의 방법대로 라이브방송을 통해 그림을 그리고 자신의 이야기들을 풀어낸다. 참 맑고 활기찬 친구이다. 과정의 수순인지 친구 또한 그림 클래스를 열어 그림을 그리며 힐링하기를 원하는 이들, 그림을 취미생활로 갖고 싶은 이들, 자신의 이야기를 표현하고자 하는 이들의 필요를 채워주는 작은 비즈니스를 시작했다. 거창하지 않더라도 자신의 꿈을 담은 책을 써보고 싶다며 내 책 쓰기 수업 과정에 들어와 현재는 개인코칭으로 자신의 책을 쓰고자 하는 꿈을 실현하고 있다.

그녀의 꿈은 무엇일까? 친구 또한 이제 막 마흔이 갓 되었다. 완벽한 타이밍…….

"제 꿈은 작게 작게 나뉘어져 있어요~^^ 그냥 할머니 말고 뜨개 잘하는 할머니가 되고 싶었는데 그림을 그리게 되면서 그림 여행 다니는 꿈을 꾸게 되었어요~^^ 꿈이 한 가지가 아니더라구요. 그림 과 서양자수를 함께 하는 작은 공방도 열고 싶고…… 그림 카페도 해보고 싶고요." 그녀의 꿈 이야기이다.

이러한 소소한 많은 이들의 꿈 이야기를 평생 들어주고 싶다. 예전에는 꿈을 물으면 꿈에 대한 답을 주어야 한다고 생각했다. 이제는 꿈 이야기를 스스로 하는 것부터가 이미 꿈을 찾아가는 과정임을 안다. 소소한 질문들을 하며 귀 기울여 들어줄 뿐이다. 맘껏 꿈을 상상하고 행복한 미소를 지으며 이야기하라. 아주 오랜 시간이 지나도록 꿈을 위한 일들을 할 수 있도록 함께 옆에서 도와주고 싶다. 꿈을 통해 독립하고 자유를 얻을 수 있도록 이끌어주고 싶다. 그 역량을 키우기 위해 오늘도 나는 그들을 응원하며 나를 재촉한다.

각자의 상황 속에서 지금 꿈을 사는 일들은 분명히 다양하게 각기 다른 모습으로 구현되고 있다. 여러분의 찬란한 마흔 살의 꿈은 어떠한가?

어떠한 모습이던지 간에 자신의 꿈을 담은 모습이라면 충분히 찬란하다고 이야기해주고 싶다. 그 찬란한 꿈을 응원한다.

꿈은
가장 초라한 곳에서부터

직장을 그만두기로 결심했다. 두려운 마음이 한가득 이었지만 처음이다. 꿈에 대한 확신과 결단이 이처럼 확실해진 것은 말이다. 직장이라는 곳은 나이가 들어갈수록 결국 나를 소진시키는 곳이며 점점 불확실해지는 곳이라는 것을 어느 때보다도 더 크게 깨달아 가던 중이었다. 설 자리가 점점 좁아지고 있는 것과 그 자리를 지키기 위한 초조함을 동료들과 선배들의 모습을 보며 알게 되었으니 말이다. 내 안에서도 가치가 없는 것들을 지키려 애쓰는 것들을 경험하며 이제 그만 두어야겠다고 마음을 먹었다. 그나마 오래도록 직장생활을 할 수 있었던 것은 더 높은 곳으로 더 많은 기회들을 가지고 성장할 수 있을 거라는 기대였으나 결국 여기까지구나 라는 것을 보게 된 것이다.

코로나 19시대와 맞물려 새로 시작한 여정들은 또 다른 직장이 아닌 완전히 다른 새로운 유의 것들이었다. 아마 그래서 시작할 수 있는 용기가 생겼을 수도 있겠다. 어떠한 자격을 요구했다면 이미 그 자격에서 예외라는 것들이 생겼을 테니 말이다. 처음부터 배우고 시작하면 되는 일이었기 때문에 시작할 용기를 내었다. 아무것도 없는 0부터 하나씩 배운 대로 실행해보며 시작하게 된 것이다.

"여보, 라면 끓여먹을까?" 내게 '시작 지점'하면 늘 떠오르는 한 장면이 있다. 남편이 잠깐 집에 들른 사이에 라면을 끓이던 한 컷이다. 라면 끓이는 장면은 너무 보편적인 모습이지만 그날은 달랐다. 오전 내내 인스타그램에 게시할 사진들을 정리하고 읽은 책을 서로 나누는 오십 분짜리 책 라방도 진행했다. 거기다 남편이 잠시 집에 들르기 전에 다른 이들의 라이브방송을 처음으로 참여해 본 날이다. 냄비에 물을 올리고 끓는 물에 스프를 넣고 면사리를 집어넣으며 열심히 신나게 보고 있다.

차 안에서 열심히 열변을 토해내고 있는 남성분이었다. 차 안에서 시간을 내어 책 리뷰를 하고 있는 라이브 방송이었다. 처음 들어가 본 라방인 것과 흔하지 않은 남성분이 열변을 토해내는 책 이야기라서 매우 인상이 깊게 남았다. 그 때의 책 제목까지 기억이 난다. 저자 엠제이 드마코의 《부의 추월차선》이었다. 시간이 지나고 라방을 진행한 주인공은 인스타친구가 되었고 책을 낸 이후 친구의 커뮤니티에 초대되어 15분 스피치를 할 수 있는 좋은 기회도 생기게 되었다. 저자 강연의 첫 출발이기도 했다.

이렇게 하나씩 시작된 일들이 시간이 지나고 나니 자연스럽게 과정이라는 것이 생겼다. 여러 가지 시작된 것들의 지점도 크고 작게 위치가 달라져 있음을 발견한다. 몇 달 전까지만 해도 결과에만 집중했었던 것이 사실이다. 빨리 이루고픈 마음이 급해 목적지점만 바라보고 열심히 달렸다. 그렇다고 나쁜 수단을 쓰거나 한 것은 아니지만 과정에 대해 거의 관심을 두지 않고 성과만을 보고 달렸다.

지금에 와서 가만히 그 과정들을 지켜본다. 많은 경험과 지식들 그리고 시행착오의 통찰들이 과정속에 모두 녹아져 있구나. '이 과정들이 원석을 깎아내는 작업들이로구나.' 참 귀한 자산이라는 생각을 한다. 어느 것 하나 처음 그대로 있는 것들은 없다. 시작한 모든 것들은 한결같이 가장 초라했던 모습에서 성장을 향해 조금씩이라도 자리를 옮겼다.

과정 가운데 하나의 점을 찍고 또 다른 점이 찍힌 푯대를 향해 또 걸어간다. 베스트셀러 작가의 삶을 사는 것, 이곳저곳을 찾아다니며 꿈을 가진 이들을 세우는 것, 그들을 동기부여하는 것, 아카데미를 세우고 체계적인 교육을 하는 것. 그 이상의 것들은 이미 세워진 푯대에 도착했을 때 또 다른 점으로 찍히게 될 것이다. 꿈은 생각처럼, 그 이상으로 거대한 것임에는 틀림없지만 꿈을 시작하는 그 지점은 누구나 0부터 시작하는 것이 맞다. 과정 또한 대단한 사건들을 기대하겠지만 전혀 그렇지 않은 소소한 것들의 연결이라는 것을 알았으면 좋겠다.

시작하기 이전에는 대단한 자격이 필요할 것만 같았지만 용기를

278

내고 시작을 해 여기까지 와보니 누구나 다 처음은 가장 작은 모습으로부터의 시작이라는 것을 온 몸으로 이해하게 된다.

우리는 흔히 잘살고 있는 사람들의 가장 좋은 모습만 먼저 보게 된다. 성공자들의 가장 높은 위치만 보게 된다. 성공자들, 억만장자들을 인터뷰하고 나면 거의 그날은, 길게는 사나흘 동안 소리 없이 끙끙 앓고는 했었다. 그들이 이루어 놓은 것들을 보니 도대체 가망조차 보이지 않는 것이다. 높은 산 위에 또 산이 있는 듯했다. 그만한 산 오를 수 있다고 생각했는데 산 위에 또 산이니 불가능해 보이기까지 한 것이다.

대체 나는 언제쯤에나…… 가능은 할까. 자괴감이 크게 들었다. '성장통이야.'라고 애써 위로하고 격려했지만 그들의 결과에만 집중되어 있는 내 시선은 현실과 미래 현실의 격차를 더 벌렸으며 도저히 좁혀질 수 없을 것만 같은 고통이 너무 괴로웠다. 분명 하나같이 자신의 힘든 과정들을 이야기했지만 내겐 결과물만 보일 뿐이었다.

아직도 과정을 공유하는 일들은 약간 어색하고 어렵다. 성공한 모습만 보여야지 하는 것은 아닌데 아직도 약간은 '짠'하고 누구나 인정하고 손뼉을 쳐줄 만한 결과물을 들고 나타나고 싶나 보다. 과정을 공유하는 것도 어디까지 선을 두고 공유를 해야 하는지 계산을 하기도 한다. 편하게 툭 풀어놓고 과정을 함께 그저 걸으면 될 텐데 그것에도 의지가 필요하다. 이 또한 또 하나의 성장하는 과정으로써 자신을 인정한다.

나폴레온 힐의 저서 《나의 꿈, 나의 인생》 시작하기 부분에는 에드윈 C. 번즈라는 인물이 등장한다. 번즈의 꿈은 '에디슨과 함께 일하고 싶다'는 것이었지만 이루기 위해 자신이 무엇을 어떻게 해야 하는지조차 알지 못했다. 내가 처음 마흔이 되어 꿈을 처음 살아보겠다 했던 그때처럼. 일반적으로 우리는 꿈을 떠올릴 때 이루기 어려운 꿈을 목표로 하더라도 조금의 가능성을 재느라 이상을 벗어나지 못하지 않는가? 그런데 그는 앞뒤 계산 없이 원하는 꿈을 먼저 꾸었나보다. 에디슨을 한 번도 만난 적이 없었고 에디슨 연구소가 있는 곳까지 가는 기차표를 살 돈도 없었던 것을 보면 그런 꿈을 꾸게 된 계기가 궁금할 뿐이다.

이미 실현할 가능성이 전혀 없어 보인다. 우리들의 꿈들이 때때로 실현할 가능성이 매우 희박해 보이는 것처럼 말이다. 하지만 꿈이 너무도 간절했던 번즈는 곧 자신의 꿈을 실현해낼 방법을 찾기 시작했고 그 방법은 화물차 짐칸에 숨어드는 것이었다. 환경과 한계에 전혀 개의치 않고 자신의 꿈을 이룰 방법에만 집중하기를 선택한 것이라 생각한다.

그때의 번즈는 행색이 너무도 초라한 떠돌이 부랑자의 모습이었다. 기차표를 살 돈조차 없이 화물차 짐칸에 몰래 올라탄 신세였을 뿐이다. 겨우 어찌하여 에디슨을 만나고 에디슨 연구소에서 일자리를 얻었지만 매우 적은 임금으로 잡무처리를 했다. 그렇게 수개월이 지나갔다. 에디슨을 만나기 이전과 이후의 삶이 별다른 변화가 있어 보이지 않았을 것이다. 지금 우리들 눈에는 '어떠한 과정'이라는 것이 눈에 보이지만 상황 속을 직접 살고 있는 그는 어떤 생각들이 들었을까? 상상해보라.

에디슨 연구소에 도착하기만 하면, 에디슨을 만나기만 하면 뭔가 당장 이루어질 것이라 생각되지 않았을까? 나라면 그렇다. 기대가 뜻대로 이뤄지지 않았다 해도 에디슨 옆에 있으니 금세 뭔가 이루어질 거라 생각되지 않았을까? 얼마 동안 수습하고 나면 공동사업 함께 시작할 수 있도록 해줄게. 라는 확신 없이 수개월이라는 시간들은 번즈에게 매우 길고도 막연한 시간이었을 테다. 생각대로 일이 진행되지 않으니 좀 더 나은, 좀 더 보수를 받는 주변의 다른 일들을 해볼까? 싶지는 않았을까. 이런 발상 자체가 너무 흔하고 뻔한 루틴이라 나도 자칫하면 평범한 사람일 수 있겠구나 싶기도 하다.

"그따위 생각 꺼져버려!!!" 머리 흔들며 털어버리듯 번즈는 그따위 생각을 하지 않았다. 매일 매일 스스로 자신의 꿈을 되뇌었다. 화물차 짐칸에 몰래 올라탄 그 순간부터 이미 꿈을 살기 시작한 것이다. 미래의 완성될 꿈을 더 명확히 다짐하고 상상하며 매일 매일 그 꿈을 살고 있었으며 때마침 다가온 기회를 놓치지 않고 결국 꿈과 성공을 모두 이루었다.

'기회'라는 것은 뒷문으로 살며시 들어온다고 한다.

나는 이렇게 표현해보고 싶다. '기회라는 것은 종종 가장 보잘것 없는 행색을 하고 있다.'고 말이다. 꿈이라는 것은 가장 초라한 곳에서부터의 시작이라는 것을 겸허히 받아들이고 거기서부터 시작해야 하듯이 기회라는 것 또한 아주 작은 기회들을 잡는 과정들을 통해 큰 기회의 문이 활짝 열리는 것을 경험하게 될 것이다. 나 또한 그렇게 가장 낮은 곳에서 시작해 작은 기회의 문들을 열어왔다. 누군가에게는 내가 작은 문이라고 표현한 문들이 그들에게는 큰 문일 테다. 나의 기회의 문들은 점점 더 커지고 있으니 누군가에게는 크고 작은 문이지 않겠는가.

전혀 예상하지 못했다. 처음 꿈을 시작했을 때 나는 마흔이었고 형편이 나은 것은 아무것도 없었다. 그저 자신에 대한 확신을 가지고 시작했을 뿐이었다. 당시 명확한 목표를 정하고 전략적으로 달렸다면 더 빠른 결과를 이룰 수 있었겠지만, 그 또한 깨달아야 하는 시간이 필요했으니 그조차도 좋은 과정이었다고 고백한다.

그 때만 해도 작가가 될 것이라 전혀 생각하지 못했다. 꿈 설계전문가, 1인 사업가, 콘텐츠제작자, 독서모임·글쓰기모임 운영자, 1인 사업가들과 커뮤니티를 이루는 대표가 될 줄 상상하지 못했다. 작은 기회들을 만나 꿈을 향한 길에 하나씩 과정을 쌓아왔을 뿐이다. 현재는 교육플랫폼 기획 PD로부터 협업 제안이 왔다. 이처럼 앞으로 만나게 될 또 다른 기회들이 내 찬란한 꿈들을 어떻게 완성시켜갈지 무척이나 궁금하고 기대가 된다.

자신이 완성 시켜야할 꿈은 자신의 인생 가운데 가장 찬란하지만, 그 과정은 매우 초라하고 낮은 곳에서 시작된다는 것은 위로와 격려가 되지 않는가? 화려하고 싶은 마음은 충분히 이해한다. 나 또한 그러했고 지금도 가끔씩은 그런 마음이 비집고 나오기 때문이다. 그러나 화려하고 싶다고 해서 화려해지는 것은 아니다. 소중하게 꿈들의 과정들에 찾아오는 작은 기회들을 실천하고 있을 때 어느 순간 화려해진 꿈과 성공을 직접 보게 되는 것이다. 그 때는 많은 이들이 보고 놀랄 결과가 드러나기 시작하는 순간이다.

'꿈은 가장 초라한 곳에서부터 시작이다. 자, 이제 1부터 시작해 보는 것은 어떤가.'

04

가장 나다운 '꿈 한잔' 저와 함께 하실래요?

올해는 많은 1인기업 성공자들을 많이 만났던 해이다. 아직 석
달이 남았는데 그동안 또 어떤 이들을 만나고 인연을 만들게 될지
기대한다. 직접 찾아 나설 생각이니 말이다. 누군가가 나를 먼저 찾
아주면 너무 기분 좋은 일이지만 기다리느라 시간을 허비하고 싶
지 않다. 기회들은 직접 만들어갈 것이다. 얼마 전까지만 해도 그들
의 강연을 듣거나 특강을 듣기 위해 참여했다. 배움의 수강생으로
그들을 만나기도 했지만 그것이 시작과 끝이라고 생각했다.

동일선상에 서게 될 것이라는 생각을 한 번도 해보지 않았기 때
문에 그들과 나의 선상은 다르다고 생각했다. 인연도 거기서 끝이
라고 생각했다. 특강이 끝나면 뒤도 안 돌아보고 나가는 사람이 있
지 않은가? 이제 다신 보지 않을 사람처럼 조용히 자리를 뜨던 사
람이 바로 나였을 것 같다.

지금은, 결국에는 같은 '업'상에서 만나게 될 동료라 생각한다. 약간 앞서간 선배 정도로 여겨진다. 어느 정도의 기간이 지나고 나면 같은 영역, 다른 분야의 동료 또는 선후배로 협업을 이루고 도움을 주고받는 관계가 될 것이라고 말이다. 마찬가지로 그들도 나와 같은 일반인이었다는 것을 알기 때문이다. 그러한 이유로 특강 또는 수업 과정에서 만난 스승들과의 관계를 허투루 흘려보내지 않게 된다. 인맥 관리를 하려는 것이 아니라 귀한 사람들을 얻고자 함이다. 나 또한 그들의 귀한 사람이 되고자 함이다.

너무 오래도록 가난이 지속되었지만 정작 돈을 벌자고 작정한 적이 없었다. 당장은 그것보다 더 중요한 가치를 가지는 일들이 있다고 여겼고 그것에 헌신을 했다. 바로 가족에게 좀 더 시간을 할애하는 것이었다. 첫 자녀를 출산하고서 생각했다. '그래도 세 살까지는 엄마가 품에서 돌봐야지 않을까? 어떻게 이 어린 아기를 어린이집에 벌써 보내…….'

그렇게 둘째, 셋째가 연년생으로 출생하게 되면서 삼사 년을 경제생활을 하지 못하고 보냈다. 남편은 아직 대학원생이었던 이유로 어떤 경제활동도 없었다. 지금 생각하면 어리석었다고 생각하지만, 그 당시에는 한 가정의 가장으로서 경제적인 책임을 지울 방법을 왜 뚫지 않았을까? 희한하기까지 하다. 그토록 남편도 나도 결코 어린 나이는 아니었음에도 경제적인 부분에는 생각이 무지했던 듯하다.

이후에 경제적 활동을 시작하기는 했지만 생활고의 문제를 해결하는 데에 그쳤다. 다음해 집세를 위해 저축을 하는 것이 가장 최선이었다. 그 이상은 당시 수입으로는 감히 상상조차 할 수 없었다. 시간이 훌쩍 지나고 보니 가장 돈이 필요하고 절실했던 시기에 정작 돈을 벌어야 했었구나. 라는 생각을 하게 된다. 가족을 위해 돈을 버는 일을 제대로 했어야 했다고 말이다. 비단 돈을 벌기 위해 새벽부터 밤까지, 시간의 양을 늘려 주말에도 일을 하고 투잡 쓰리잡으로 일을 했어야 한다고 말하는 것은 아니다. 제대로 된 돈을 버는 방법을 뚫고 가난의 문제를 제대로 해결해야만 했다.

지금에서야 제대로 된 돈을 버는 방법들을 배워가고 있다. 노동의 시간을 늘리는 방법이 아닌, 돈을 버는 방법은 다르다는 것을 알았다. 월 일백만원을 버는 방법과 월 일천만원을 버는 방법은 확실히 다르다. 동일하게 월 일천만원 버는 법과 월 일억 원을 버는 방법도 다르다. 노동의 시간과 양이 아닌 방법이 다른 것이다.

자신의 인생에 꿈을 이루고 성공한 사람들을 보면 공통적으로 목적이 명확하다는 것을 알 것이다. 이루고자 하는 것, 하고 싶은 것, 원하는 것 등이 무엇이 되었든 매우 명확하다. 명확한 질주 안에서 드디어 이루어내는 방법들을 비상식적으로 뚫어낸다. 결국 그들을 성공자의 자리에 올려놓는다. 단지 '부'가 목적이었을 수도 또 다른 가치였을 수도 있다. 중요한 것은 비상식적인 전략과 방법들은 부를 이루는데도 같은 방식으로 작용하게 된다는 것이다. 자연스럽게 부 또한 덤으로 이루어져 있음을 발견하게 되는 것이다.

가난은 축복이 결코 아니라고 생각했지만 그렇다고 벗어나고자 강하게 의지를 일으켜 보지도 않았다. 커뮤니티에서 다양한 많은 사람들을 만나며 사람들은 모두 부자가 되고 싶어 한다는 것을 알았다. 돈을 벌고 싶어 한다. 심지어는 부자가 되는 것이 꿈이라고 이야기 한다. 근데 참 재미있는 것은 무엇인지 아는가? 모두가 부자가 되고 싶어 하고 잘되고 싶어 하지만 그들은 부자가 되는 일에 관심이 없다는 것이다.

꿈을 찾는 일이 매우 중요한 일이고 스스로도 꿈을 찾고 싶다고 하지만 전혀 관심이 없는 것처럼 말이다. 부자가 되는 일에 관심이 없다는 나의 결론이 비약처럼 느껴질지도 모르겠다. '자신이 부자가 되는 일'을 하지 않는다는 이야기이다. '자신이 꿈을 찾는 일'을 하지 않는다는 말이다. 부자가 되고 싶어 여기저기 기웃거린다. 부자들은 어떻게 사나, 부자들은 뭘 하나 구경만 하고 있는 꼴이다. 정작 부자가 되기 위해 자신의 해야 할 아주 작은 일부터 시작하는 일을 하지 않는다. 부자가 될 것 같은 기술만 찾아다닐 뿐이다.

1인 사업하는 책 쓰는 작가 강사라의 가장 나다운 '꿈 한잔'은 꿈을 가진 자들이 부자가 되고 성공자가 되는 것이다. 아직 꿈이 없어서 꿈을 찾고자 하는 이들은 돈이 없는 사람들이라고 했다. 돈을 벌려면 이미 꿈이 명확해서 무엇을 하든 배우는 것에, 투자하는 것에 관심이 있는 성공하고 있는 이들을 찾아야지 않겠냐고 했다. 나보다 앞서간 선배님께서 하신 말씀이다. 그 당시에는 무슨 말인가 싶기도 했다. 사업을 하며 많은 사람들을 만나다 보니 그분이 말했던 의미가 어떤 것인지 충분히 알게 되었다. '노는 물이 다르다.'라는 말이 있듯이 애초에 꿈을 가질 사람들과 그렇지 않은 사람들의 에너지가 다르다.

그런데 말이다. 누군가는 필요한 일을 해야 하지 않을까? 물론 소귀에 경 읽기처럼 아무리 떠들어대도 알아듣지 못하고 움직일 듯하면서도 변화되지 않는 사람들이 있을 것이다. 너무 답답해서 어떨 때는 속이 터지기도 하고 지치기도 할 것이다. 그중에 나 같은 사람도 있지 않을까? 단지 몰랐을 뿐 꿈을 향해 달릴 마음과 의식의 준비가 이제 꽉 차서 물고만 열어주면 달릴 나 같은 사람 말이다. 나도 사실은 소귀에 경 읽히듯이 누군가가 열심히 외쳤지만, 흔히들 하는 이야기라며 한 쪽 귀로 듣고 흘려버린 것들이 얼마나 많을까. 그런 자들을 찾아 나서고 싶다. 목적을 향해 무턱대고 한번 달려본다.

"지난 몇 년 동안 저를 찾기 위해 노력했고, 감사하게도 제가 좋아하는 것들을 찾았는데⋯⋯. 그걸 행동으로 옮기기에는 저의 생각의 폭이 너무 좁았습니다. 막막하던 차에 작가님과의 시간은 제 꿈과 목표로 가는 데 있어서 구름이 걷힌 기분이었습니다. 생각이 아닌 움직일 수 있는 현실적인 방법들을 제시해 주셨기 때문입니다. 책으로도 많은 것들을 얻을 수 있지만 직접 듣는 조언만큼 귀한 것도 없다는 것을 다시 한번 느끼게 되었습니다. 많은 돈을 들여 강의도 들어봤지만 이름뿐인 강의, 내용 없는 강의, 너무도 많더라고요. 작가님이야말로 귀한 시간을 내서 선한 나눔을 하시는 분이구나 라는 생각이 들었습니다. 하나라도 저에게 도움이 되는 걸 찾아주기 위해서 들으시고 또 들으시고 질문해 주시는 모습에 늘 감동입니다. 제가 복이 많은 사람은 맞나봅니다. 작가님을 알게 됐으니 말입니다. 맑은 하늘 맑은 기분 제 꿈도 저기 맑게 보이네요. 감사합니다. 사랑해요. 크크"

5월에 2주 동안 '꿈 한잔 차 한잔'이라는 프로젝트를 진행했다. 어느 정도 성장했지만 그 다음의 행보들에 대한 고민들이 많은 이웃들을 보며 신청을 받고 줌미팅을 계획했다. 처음 마음으로는 서로 부담되지 않도록 정말 편하게 얼굴 보면서 차 한잔 마시자는 생각이었다. 30분 정도로 짧고 굵게 끝내자 했다. 결국은 한 시간은 기본이었고 그 이상으로 진행됐다. 한참 개인 프로그램들을 진행하고 있던 터였다. 겨우 짜낼 수 있는 시간 여덟 타임을 올리고 반나절이 지나 신청이 완료됐다. 그렇게 바로 모집과 '꿈한잔 차한잔'이 시작됐다.

오전 이른 시간이었는데 모자를 푹 눌러쓰고 놀이터로 급히 나와 '꿈 한잔' 줌미팅을 참여하신 분은 외동아들을 키우고 있는 육아맘이다. 남편이 직장을 가는 날인데 근무일정이 바뀌어 집에 있으니 자신이 편하게 나왔다는 것이다. 순간 나도 모르게 "아~ 메모할 거 가지고 만나면 참 좋을 텐데……."라고 말했다. 그 분이 말했다.

"안 그래도 급하게 나오면서도 메모지랑 펜을 들고 나왔어요~!"

언제부터인가 그냥 통화하고 만나는 사람들보다 미리 스케줄을 확인하고 시간을 정해 통화를 하거나 미팅을 하는 경우가 더 많아졌다. 이제는 거의 대부분 그렇다. 또한 전화 통화이든 미팅이든 항상 그들은 메모지와 펜을 들고 온다. 나 자신도 중간 중간 이 얘기 적고 있죠? 라며 확인한다. 이 무슨 일인가? 나는 종종 미래비전을 제시한다. 여러 가지의 시도들 가운데 경험하고 얻게 된 아이디어와 지식들을 전한다. 그들에게는 종종 생소하고 놀라운 것들이다.

'꿈'하면 보편적으로 가난하게 사는 것, 성공과는 점점 멀어지는 것이라고들 생각한다. 하고 싶은 것, 원하는 것을 하며 사는 것은 돈과 성공을 포기해야한다고 말이다. 그래서 학생시절에도 현실과 꿈 사이에서 무엇을 선택할까 고민하며 필요 이상의 에너지를 소진시킨다. 청소년이 되고 성인이 되어 가면서는 꿈을 꾸는 것을 두려워하기까지 하며 포기하기도 한다. 꿈이라는 것은 더 멀리 멀어져간다. 이제는 속임수처럼 우리들의 눈을 가렸던 얇은 막이 벗겨졌으리라 생각한다. 꿈과 성공은 매우 근접하다. 꿈을 사는 일에 돈, 부자, 성공은 따라올 수밖에 없는 구조이다. 궁금하지 않은가?

나와 함께 '꿈 한잔' 하고 꿈에 헌신하는 일들을 시작해보기를 권한다. 무척 의미 있고 신나는 일이다.

태어날 때부터
이미 꿈은 있었다

아기가 갓 태어나 울음을 터트리며 소리를 내고 움직이는 것도 신기하지만, 시간이 지나 눈을 맞추기 시작하고 웃음을 내는 것을 보면 창조의 섭리가 참 기묘하다는 생각이 든다. 늘 어른들이 지나며 종종 하는 이야기가 있다. "자기 밥그릇은 자기가 가지고 태어난다."라는 덕담과도 같은 말이다. 서너 명이나 되는 아이를 키우는 내게 힘이 되라 하셨던 이야기셨을 텐데 당시에는 너무 싫은 말이기도 했다. '다 이렇게 돌보고 애쓰고 힘들기만 한데 밥그릇을 가지고 태어난다는 건 무슨 말이야.' 라고 말이다.

지나고 나니 정말 그렇기도 하다. 그런데 조금만 더 곰곰이 생각해보면 가지고 태어난 자기 밥그릇만큼 살아가고 있을까? 라는 의문 또한 든다. 비슷하게 태어날 때부터 이미 있었던 꿈은 어디로 사라지고 없는 것일까? 라는 질문도 말이다. 나는 가지고 태어난 내 밥그릇대로 살아가고 있을까? 여러분들은 자신을 볼 때에 어떠한가.

백 프로의 잠재력을 누구나 가지고 태어나지만 그 중 97%는 사용하지 못하고 겨우 3%만을 사용하다 죽는다는 이야기처럼 분명 우리가 가지고 태어난 밥그릇도 작지 않았을 테다. 불완전한 세상의 환경과 자신이 속한 사람들과의 관계 속에서 97%의 잠재력이 묻혀버리는 것처럼 녹슬어버린 그릇들도 적지 않을 것이다.

내가 태어나 유년 시절을 보낸 곳은 전라남도 완도군 보길도 정자리라고 하는 아주 작은 섬마을이었다. 초등학생 2학년쯤에 제주로 떠나 왔지만 행복한 기억들이 많은 곳이다. 산과 바다가 바로 코앞에 있던 곳이라 땡볕이 내리쬐는 여름에는 선박들이 묶여있는 앞바다에서, 눈이 무릎 위까지 푹푹 빠지는 겨울에는 산 아래 공동묘지들 사이사이로 눈썰매를 타며 신나게 놀았다. 칡 나무 늘어진 가지를 타고 신나게 타잔처럼 날아오르기도.

부모님이 시킨 것도 아닌데 어른들 흉내를 내어 지게를 지고 산에서 떨어진 잔가지들을 모아오는 것이 흥미로운 놀이였다. 그러다 지치면 큰 나뭇가지 사이에 잎이 무성한 또 다른 가지들을 엮어 진을 만들고 낮잠을 자기도 했다. 지금은 어떻게 먹었을까 싶은 산 열매, 들 열매, 담에 걸쳐진 열매들을 따 먹었다. 생고구마껍질을 손톱으로 하나하나 벗겨 입에 베어 물고, 사탕수수 껍질을 벗겨 질겅질경 씹었다. 칡뿌리도 놀다 먹는 간식이고 밭에 있는 가지, 무, 당근도 씻어서 그냥 먹는다. 추운 겨울날 마당을 거닐다 절구통의 물이

꽝꽝 얼어있던 기억과 처마 밑에 맺힌 굵은 고드름을 고사리 같은 손으로 따서 시원하게 먹었던 기억도 너무 좋다.

어느 날, 눈앞에 보이는 높은 산을 보며 생각했다. '저 산을 넘으면 다른 세상이 있겠지? 이 작은 세상에서 저 산을 넘어 다른 세상에 가보고 싶다.' 그리고 얼마 지나지 않아 부모님을 따라 제주라는 곳으로 이사를 하게 되었다. 아침 일찍 친척들과 인사를 나누고 가족과 함께 출발해 캄캄한 밤에 도착한 제주라는 곳, 택시를 타고 한참을 달려 내린 곳은 정말 다른 세상이 맞았다. 이렇게 큰 세상이 실제로 있다는 것에 무척이나 놀라웠다. 제주가 세상의 전부라고 생각했다.

또 다른 섬이라는 것을 알게 되었을 때 나는 또 다른 생각을 했다. '육지로 나가고 싶다…….'

육지라는 표현은 제주 어른들이 써오던 말이다. 제주 외의 타 지역을 육지라고 한다. "육지 갔다 왔어." 타 지역 친구들이 들으면 무슨 말인가? 싶어 하며 몇 초 후 웃음을 터뜨린다. "그럼 넌 뭐 바다에서 사냐?" 사람들의 생활 반경을 생각하면 제주라는 곳이 섬이어도 그리 작은 곳은 아닐 텐데 왜 그리도 답답했는지 모르겠다. '육지로 나가야겠다.'라는 생각을 늘 하고 있었다. 그렇게 시작된 서울 생활을 몇 년간 하게 됐다.

도전하고 탐험하는 것을 즐긴다. 새로운 경험들에 희열을 느끼며 새로운 것들을 탐구하는 것을 좋아한다. 물론 내가 흥미를 느끼는 분야라면 말이다. 호기심이 많고 길들이지 않은 야생마와 같은 기질이 있다. 한 곳에 오래도록 변화 없이 있는 것을 답답해한다. 환경적으로든, 정서적으로든 무엇에 얽매여 있는 것을 힘들어한다. 자유를 원하고 독립을 원한다. 이것이 태어날 때의 나의 순도 백 프로의 모습이다. 모두들의 앞에 서서 "앞으로 전진!!!" 외치는 것은 와우 생각만 해도 가슴이 벅차오른다. 지금 당장 이끌고 갈 것처럼 말이다.

태어날 때부터 가지고 온 이러한 나의 모습들이 유아기, 학령기를 지나가며 모두 사라지다시피 했다. 전혀 반대의 모습을 하고 그 모습이 나의 모습이라고 믿으며 살았다. 자신 없고, 소외되고, 앞에 나서지 못하는, 공부도 못하고, 다른 사람들의 눈치만 보고, 특별히 좋아하는 것도 없는. 다행히 혼자서 조용히 꾸준히 했던 것은 책을 읽는 것이었으니 그것이 내 유일한 숨구멍이었다. 보이지 않는 곳을 향해 맘껏 생각 속으로 들어가는 것이 현실을 벗어나 자유를 얻는 내 방법이었다. 내 안의 숨어있는 활동성은 혼자서 가족들도 모르게 밀감 밭 사이를 마구 달리거나, 나만의 시크릿 장소인 언덕을 찾는 것, 밭 사이의 담을 기어올라 넘어 다니는 것들이 해결해주었다. 글을 쓰다 보니 그렇게 나만의 방법으로 살아오고 있었구나 싶다.

한동안 타고난 밥그릇을 잃어버리고 살았다. 가지고 태어난 꿈을 잃어버리고 살았다. 시간들이 매우 흘렀다. 그리고 인생 중반기에 모든 것들을 하나씩 찾아가고 있다. 내 밥그릇과 내 꿈을 말이다. 이제 내 것들을 온전히 찾고 이루기 위해 가는 과정이다. 이 얼마나 놀라운 일인가.

단지 꿈을 정하고 가고 있다고 생각했는데 이미 있었던 꿈들을 여차여차한 이유들 속에서 발견하고 찾아가고 있다는 생각을 하니 그 여정들이 너무 놀랍다. 뒤늦게나마 발견하게 된 것이 큰 행운이라는 생각조차 든다. 자신들은 어떤가.

'자신이 가지고 태어난 밥그릇, 자신이 가지고 태어난 꿈 지금 어디있는가.'

태어날 때부터 가지고 있었던 것이니 무엇으로부터 빼앗기기 이전으로 돌아가 찾아보는 것은 어떨까? 빼앗겼더라도 살아온 과정 속에서 틈새로 비집고 나오듯 때마다 시그널이 있었을 테니 자신의 경험들을 살펴보는 것은 어떨까? 예상치 못했던 대단한 성과로 나타났을 수도 있지만 뿌듯함과 행복감, 희열과 같은 열정으로 나타났을 수도 있다. 앞에서 얘기했듯이 나처럼 스쳐 지났던 생각과 소망이었을 수도 있다.

아직 본인의 밥그릇과 꿈을 자신의 손으로 붙잡지 못했다면 이제 붙잡아 보기를 간절히 바란다. 당당히 본인 밥그릇이라고 주장하고 시작하기를 바라는 마음이다. 그것이 신이 우리들 각자에게 주신 사명이며 뜻이라 생각한다. 의미 없는 인생이 있는가. 이미 각자 안에 하나씩은 모두 품고 이 땅에 태어난 것이다.

영화 '보이콰이어'는 알코올 중독자 어머니와 함께 살고 있는 소년 이야기이다. 소년 스텟은 세상에 적응하지 못하는 반항아이기도 하다. 어느 날, 그의 음악적 재능을 발견하게 된 교장 선생님의 계획으로 국립 소년합창단의 단장을 만나게 되고 귀한 인연이 시작된다. 국립소년합창단의 입학시험까지 치렀지만 스텟은 합창단에 적응하지 못하고 겉돌기만 한다. 하지만 단장 카르벨레의 단순한 음악적 교육을 벗어난 인생의 가르침을 통해 스텟은 점차 변화된다. 스승에 의해 수많은 성장과 변화들이 일어나는 스토리를 담고 있는 영화이다.

마찬가지로 스텟에게도 타고난 밥그릇과 꿈이 분명 있었던 것이다. 귀한 원석들을 갈고 다듬어 가치를 빛낼 기회들을 잃어버렸던 것뿐이지 않은가. 어느 날 갑자기 인생 가운데서 보석이 모습을 드러내는 것은 결코 아니다. 안에 가지고 태어난 보석들을 그대로 드러내 보이기 위해 많은 애씀과 헌신이 필요하다는 생각을 하게 된다. 때로는 찾아내는 본인의 의지와 희생이 필요하고, 이끌어줄 멘토와 환경들이 필요하기도 하다.

모든 것들이 그리 아니할지라도 인생의 주인공인 자신은 스스로를 포기하지 말고 끝까지 찾아내야하지 않을까. 이미 태어날 때부터 가지고 있던 자신의 꿈을 말이다.

하루를 시작하며 커피 한 모금을 후루룩 마신다. 오늘도 꿈을 살기 시작한다. 꿈을 담은 글을 쓰는 작가이니 늘 꿈 이야기를 할 것 같지만 나의 일상은 꿈 이야기를 하지 않는다. 자녀들에게도 "네 꿈은 뭐야?" 물을지언정 꿈을 왜 꾸어야하는지, 꿈을 꾸라든지 하는 말들은 하지 않는다. 단지 내 미래 꿈들을 책상 앞에 붙여놓고 직접 꿈을 사는 모습들을 보여줄 뿐이다. 어쩌면 엄마라서 혹여나 귀 따가운 잔소리가 되어버리지는 않을까 싶은 마음에 말을 아끼는 것이기도 할 것이다.

아이들이 성장했을 때 주변에 자신에게는 꿈을 명확히 가지고 살아가는 사람이 있었다는 고백이 있기를 원한다. 엄마 또한 완벽하지 않아서 혹여나 한계를 두는 부분이 있기도 할 것이다. 그럼에도 자신 옆에 성장하고 성공한 이가 있어 그 과정을 보고 꿈을 이룰 수 있었노라 는 이야기를 들을 수 있다면 그보다 의미 있고 가치 있는 일이 있을까.

어른들이 하던 이야기처럼 자신이 타고난 밥그릇, 자신이 타고난 꿈을 충분히 이루어 또 다른 누군가를 위해 공헌할 수 있는 삶을 남겨주고 싶다.

06
끝나기 전에는
끝난 것이 아니다

"나는 될 수밖에 없다. 될 때까지 할 거니까."

'들이대'라는 정신을 세상에 널리 전파하고 계시는 1인기업 DID 힐링마스터 송수용 대표님의 구호이다. 대표님을 처음 만난 것은 22년 1월이다. 매해 1월에는 새로운 목표를 다지며 시작하는 때라 유독 신년 특별 강연, 특강들이 많이 진행된다. 나 또한 강사라 대표, 각 분야의 한가락 하시는 분들의 틈에 끼어 '인생의 중반기, 꿈을 디자인하다.'라는 특강을 진행하기도 했다. 당시에는 1인기업에 대한 개념들이 내게 아직은 생소했다. 이제 막 귀동냥으로 듣고만 있을 뿐이었다. 그런 와중에서도 이전부터 익히 바이럴을 통해 알게 된 꼭 참여해 보고픈 강사님이 있었으니 그분이 바로 '송수용 대표'님이셨다.

그것이 첫 인연이 되어 이후 1인기업 경영과정을 통해 인터뷰를 진행하며 더 가깝게 만나게 되었다. 결국 지금은 대표님의 패밀리가 되었다. 이 책 제목의 가제도 정해지고 나서 한번 여쭤보았다. "대표님 '마흔 살, 지금이 꿈을 사는 완벽한 타이밍이다.' 어떤가요?" 함께 강연 코칭을 수강했던 대표님들과 송수용 대표님께서 엄지척을 들어주셨다. 계기가 되어 확신을 가지게 되니 바로 책 쓰기의 그 다음 진행들에 속도가 붙기 시작했다. 그렇게 박차가 가해진 책이다.

대표님의 강연 코칭은 그만의 스타일이 뚜렷한 코칭이다. 정보전달이 목적이 아니다. 정보전달은 가장 기본이되 사람들에게 치유와 감동을 전하는 강연을 하는 것이 그의 목적이다. 그래서일까. 코칭 수업이 진행되는 매 기수마다 치유와 감동을 얻는 이들이 굉장히 많다. 좋았다 정도가 아니라 머리를 숙이고 눈물을 흘리기까지 한다. 내면 깊숙이 있던 상처들이 치유되고 인생의 귀인처럼 감격을 전하는 이들이 직접 SNS에 바이럴을 내는 일들이 흔하게 일어난다.

의무적으로 강의의 후기를 남기는 것을 넘어선 직접 자신의 친구와 이웃들에게 소개할 수밖에 없도록 한다는 것은 결코 쉬운 일이 아님을 안다. 그를 만나는 모두가 두 손을 머리 위로 번쩍 들고 큰 소리로 외친다. "나는!!! 될 수밖에 없다!!! 될 때까지!!! 할 거니까!!!"

실패가 계속 반복된다면 프로세스를 점검해야 하는 것이 맞다. 실패 속에서 깨달음을 얻고 일어선다면 그 순간 실패가 아닌 것이 된다. 쌓아가는 또 하나의 과정일 뿐이다. 이러한 일들은 일상 속에서도 항상 일어난다. 부끄럽지만 오늘 아침 원고쓰기의 마지막 부분을 달리며 매우 짧은 30분 사이에 히스테리를 부렸다. 원고 마감일은 아직 남았지만 계획대로는 오늘까지 초고 완성이다. 그리고 퇴고 작업을 바로 시작해야 한다. 늦어도 내일까지는 세 꼭지를 마무리해야 하는 상황이다.

날씨가 갑자기 추워지고 아이들이 부쩍 자랐다. 오늘따라 남편 개인 업무가 있고 온 가족을 데리고 가을옷을 사러 출동해야 한다. 내일은 종일 남편이 없이 혼자 넷 아이들과 함께 시간을 보내야 하는데 나는 대체 언제 마무리를 하나 싶다. 오전 잠깐 한 시간이라도 써볼 양으로 넷째가 달려드는 것을 피하고 있는데 맘대로 되지가 않는다. 남편 아이 할 것 없이 너도 나도 엄마를 불러대는데 갑자기 화가 막 나기 시작했다. 남편은 오늘 따라 왜 이리도 방문을 열고 말을 시키는 것인지, 결국 짜증을 내고 말았다. "제발 말 좀 그만 시키라고요!!!" "방문 똑바로 닫고 가!!!" 남편에게도 셋째 아이에게도 냅다 큰 소리를 냈다. 그리고 나서 자책하며 앉아있다.

'성공 확언을 하며 그렇게 좋은 소리만 해대더니 가족들에게 화나 내고, 뭐 하는 것이니?' 내면에서 올라온 소리이다. 그동안 쌓아온 근력인지 금세 나가 사과한다. "미안해요. 여보, 미안해 애들아." 한참 원고를 쓰다 손을 떼고 자리에서 일어나 남편 개인 업무를 일찍 보고 올 수 있도록 배려했다. 넷째를 돌본다. 함께 엉덩이도 흔들어가며 말이다. 원고 쓰는 일에도 완벽하려고 자꾸 애쓰는 부담감을 내려놓는다. 다시 한번 자기반성을 하며 말이다.

별 것 아닌 아주 사소한 일들에도 성장해가는 과정이다. 감정의 상태까지도 실패와 성공을 반복하며 인격이 성숙해가고 있다.

'성공은 결론이 아니며, 실패는 치명적인 것이 아니다.

중요한 것은 그 과정을 지속하는 용기다.'

- 윈스터 처칠

사소한 것이라도 실패라는 생각이 들면 순간의 감정으로 모두 엎어버리고 싶을 때가 있지 않은가? 때로는 굉장히 좌절감을 가지게 되고 치명적으로 다가올 때도 있다. 이 또한 지나가는 것이리라 여기며 어려운 시기를 지나고 뒤돌아보면 치명적이었던 실패도 계기가 되는 경우, 디딤돌이 되어 배로 성장하는 기회가 되는 경우임이 틀림없다는 것을 알게 된다. 단, 자신이 포기하지 않고 지속했다면 말이다.

우리가 너무도 잘 알고 있는 《웰씽킹》 저자 켈리 최 회장 또한 모든 것을 잃었던 날 센느강 위에 서서 어떠했는가? 10억 원의 빚과 함께 크나큰 상실감과 패배감으로 검은 강물 앞에 서 있었다. 오래 전에 죽은 친구 영숙이를 떠올리면서 이대로 죽어도 괜찮지 않나 생각했다. 그동안 정말 열심히 최선을 다해 살아왔으니 말이다. 거기에서 끝났다면 살아있다 하더라도 실패자의 모습으로 남았을 것이다. 희망이라곤 결코 없는 것 같은 상황 속에서 그녀는 '엄마를 위해 살아야겠다.'는 마음으로 다시 살아낼 의미를 스스로 부여잡았다.

다시 성공할 자신은 없었지만, 엄마가 늘 원하시던 인생으로는 살아볼 수 있겠다는 희망 한줄기를 품고 말이다. 그리고서도 그녀는 수도 없이 넘어지고 깨지며 실패했다고 고백했다. 내게는 그 고백 한마디가 더욱 격려와 도전이 된다. 그렇게 실패하고 겨우 숨구멍 하나 찾았는데 그 이후로도 수도 없이 실패했다는 고백이 말이다. 내게도 수없는 기회가 있다는 말처럼 들린다.

윈스터 처칠의 명언을 나대로 해석해보자면, 성공은 결론이 아니다. 성공이라는 결과만 우리는 빛나게 조명하지만, 그 또한 과정일 뿐이다. 그동안 실패하지 않으려고 노력하며 살아왔다. 실패하지 않으려고 시도하지 않은 것이 곧 평범한 인생을 사는 법이었다. 새로운 길을 가고자 했을 때 가장 마주하기 어려웠던 일이 실패를 경험해야 한다는 사실이었다. 실패는 치명적인 것이라 생각했지만, 그 또한 결과가 아닌 과정에 지나지 않는다는 것을 깨달은 이후 내가 할 수 있는 영역은 더욱 커졌다. 성공도 실패도 같은 과정이라는 선상에서 그 무엇도 포기하지 않고 지속하는 용기를 가지고 싶다.

성공의 자리에 섰을 때, 조명이 나에게 비칠 때라도 성공이라는 자아도취로 앞을 보지 못하는 맹인이 되지 않기 위해 애쓸 것이다. 그때는 더욱 넓은 세상에 더 큰 꿈과 뜻을 펼칠 수 있지 않을까? 조명이 나를 향하도록 하지 않고 내 앞을 향하도록 한다면 더 큰 꿈과 뜻들을 볼 수 있을 테니 말이다.

새로운 세상이 열렸다고들 한다. 세상의 패러다임이 통째로 바뀌고 있는 것이다. 원래 TV를 가까이 하지 않고 인터넷 서치하는 것을 별로 좋아하지 않아서 뉴스를 거의 접하지 않고 살아간다. 단지 책만 열심히 읽고 있었을 뿐인데 세상에 풀어지고 있는 흐름들을 느낄 때가 종종 있다. 이전에 비밀처럼 감추어져 있던 것들이 이 시대에 열리고 있구나. 만약 내가 이 시대에 열린 새로운 일들을 시작해 들어오지 않았더라면 아마 몸소 느끼지 못했을 뿐더러 트렌드의 변화들을 보고 들을지라도 나와 상관없는 그들의 이야기로 지나가고 말았을 것이다. 똑같이 먹고 사는 일에 최선을 다하면서 말이다.

그렇다고 이것이 또 전부라고도 할 수 없다. 어느 시기에 또 어떤 방법으로 새로운 판이 열릴지 예측은 할지언정 확신할 수는 없기 때문이다. 변화의 속도는 기하급수적으로 빨라지고 있으니 권력을 가진 자들에게만 늘 기회가 있었던 이전과는 다르게 모든 이들에게 한번쯤은 기회가 다 돌고도 또 돌게 되지 않을까? 그 때가 되면 또 누구에게 어떤 기회들이 돌아가고 얻게 될지 누가 알겠는가. 다만 확실한 것은 새로운 변화 속에서 시도하고 도전하는 자가 또 다른 기회도 쟁취할 것이라는 것이다. 지금의 기회들에 도전하고 있는가?

기질 테스트를 할 때마다 두 손에 든 결과지를 보며 사업가가 늘 맘에 들었다. 하지만 다시 태어나지 않는 이상 결코 내게 사업가가 될 기회는 없다고 생각했다. 아무리 긍정적인 마음으로 꿈을 꾸고 노력해도 사실 상 결코 이룰 수 없는 꿈이었다. 그런데 어느 날 가능한 세상이 왔다는 것을 알았다. 1인 사업이라는 세계를 알게 되었고 때마침 모두가 1인 사업을 해야 하는 새로운 세상이 온 것이다. 그래서 나는 작가가 되고서도 22년도에 1인 사업을 시작했다.

어찌 알겠는가. 새로 펼쳐진 지금의 판도 일반인들에게 매우 큰 기회의 어장이지만 설령 그 많고 많은 기회조차 내게 없다고 여겨진다면 또 다른 기회의 때를 기다려보는 것도 방법이지 않겠는가 말이다. 단, 끊임없이 새로운 시도들을 하며 준비자세로 있어야겠다. 준비차렷 땅! 기회가 닿는 즉시 달려 나갈 수 있도록.

끝나기 전에는 결코 끝난 것이 아니다. 목적지를 발견했다면 정직히 과정을 한 단계씩 밟으며 나아가기를 응원한다. 어릴 적부터 성인이 되기까지, 성인이 되어 마흔이 되기까지 주변에 꿈을 명확히 가진 이들을 경험해본 적이 없다. 일반인이 성공한 사례들은 없었다. 성공한 이들의 과정들을 본 적이 없다. 하여 꿈이 없이 오래도록 사는 것이 당연시 되었으며 부자가 되고 성공한다는 것은 불가능한 일이라 단정했다.

이제는 마땅히 꿈과 성공을 이룰 수 있다는 믿음을 가진다. 이미 꿈과 성공을 사는 일들을 정직히 실천하고 있다. 물론 초기에는 당장 이룰 것이라 생각했다. 이전처럼 무식하게 열심히 죽을 듯이 달려들면 한 달이든, 6개월이든 1년이면 충분히 결과를 얻을 수 있을 거라 기대했다. 무지해서였다. 마인드가 부족해서였다. 한 길을 찾는데 오랜 시간이 필요했고 한 길을 찾고서도 넉넉한 마음으로 3년, 5년을 내다보고 있다. 결과에만 뻗쳤던 손을 거두고 소중한 과정들을 매일 꾸준히 걸으며 정직하게 나아가고 있다. 신기한 것은 속도는 늦춰진 것이 확실한데 성공에 대한 확신은 이전보다 더욱 명료하다는 것이다.

이 길을 이제 여러분들과 함께 걷고 싶다. 꿈이 없는 사람은 없다. 십 대들만 꿈을 꾸는 것이 아니다. '마흔 살, 지금이 꿈을 사는 완벽한 타이밍이다.' 실패했는가? 당신이 끝내지만 않는다면 아직 끝난 것이 아니다. 자, 다시 시작해보자. 실패는 곧 또 하나의 과정이 되어 자신의 꿈과 성공을 이루는 데 고운 돌 하나를 놓아줄 것이니.

"1인사업하는 책쓰는 작가입니다."

내 인생 가운데 수많은 네이밍들이 있었을테다. 스스로를 세상에 알리기 위해 퍼스널 브랜딩을 의식적으로 하기 이전에도 알게 모르게 자신에 의해, 혹은 타인에 의해 네이밍이 되어왔을 것이다. 인생의 굴곡 속에서 만들어진 많은 이름들 중에 '1인사업하는 책쓰는 작가'는 최고로 멋진 이름이다. 하여 '1인사업하는 책쓰는 작가'로 최고의 정점을 찍고 또 다시 이상의 차원으로 진입하며 새로운 이름을 얻고 싶다.

넷 아이들을 키우며 새벽에 일어나 책 한 장, 한 장을 힘겹게 읽었다. 직장에서 발등이 부어오르도록 일을 하면서도 짧은 점심시간에 식사를 하고 노곤한 눈꺼풀을 이겨내며 몇 자 읽지도 못하는 책을 들추곤 했다. 그렇게 사실은 책 한권이 만들어낸 인생이다. 크고 작은 사건들을 만들어 반향을 일으켜왔다.

'책 읽기'의 절박한 습관들이 나를 글을 쓰는 작가로 인도했다. 결코 작가를 꿈꾸었던 것은 아니다. 꿈을 꾸어도 되는 삶이라는 것조차 생각해보지 못하는 지극히 평범하고 초라한 인생이었기 때문이다. 책을 좋아해서 스스로 '독서광'이 되었고 '독서모임'을 처음으로 운영하며 책과 사람을 연결하는 것에 대한 책임들을 경험했다.

또한 글을 쓰고 책을 쓰며 '나라는 사람 책을 참 좋아하지만, 글쓰는 것도 무지 좋아하는구나?'라는 것을 처음으로 깨닫게 되는 계기가 되었다. 그동안 알지 못했던 또 다른 나를 발견하는 기회가 된 셈이다. 이것이 앞으로 나의 사업이 될 것이라고는 당시에 생각지도 못했던 일이다. 책 한두권을 낸 작가가 무슨 책쓰기 수업, 코칭이냐 할 것이다.

2021년 6월 한달만에 첫 원고를 완성했으며, 2022년 10월 두달만에 두 번째 원고를 완성했다. 단기간에 원고를 완성했다 자랑하려는 것이 아니다. 그만큼의 열정과 집중 그리고 끈기와 의지력 만큼이나 글을 쓰는 데에도 충분한 준비가 된 그릇이었다는 것을 이야기하고 싶은 것이다. 그러고보면 어릴 적 일기쓰기를 시작으로 평생을 책읽기와 글쓰기를 해왔던 것을 자신한다.

책쓰기 수업과 개인코칭을 하며 나는 즉시 또 한번 직감하게 되었다. "와, 나 감각 굉장히 좋구나. 와, 나 정말 신나고 즐겁게 하는구나. 그냥 컬러 사진이 찰칵찰칵 찍히듯이 아이디어들이 눈에 선명히 보이듯 하는구나." 새롭고 신선한 경험이었다. 물론 중이 제 머리는 못깎는다는 말이 있듯이 내 책을 기획하는 일은 결코 객관 적이기가 어렵다. 그래서 다음에 기회가 된다면 실력 좋은 멘토에 게 코칭을 받아보고 싶다는 재밌는 생각도 한다.

여튼 수강생들의 과제들을 피드백하고 기획하며 가제와 목차들 을 함께 정하는 일이 너무 매력적이었다. 각자의 인생과 꿈을 담은 이야기들, 애달픈 사연들과 성장이야기들, 멋지게 자신의 전문분야 에서 확장시켜가는 모습들이다. 그 안에 다양하게 실린 가치로운 메시지들을 창조해내는 일들에 매료되었다고나 해야 할까.

그래서 시작하기로 했다. 더욱 연구하고 기름칠을 하기로 결심했 다. 작가로서, 기획가로서, 사업가로서 더 넓은 안목으로 통찰해내 는 일들에 몇 배의 힘을 실어보기로 말이다. 업으로서 15년 20년간 을 몸담아 책을 쓰고 기획하는 일들을 했던 것은 아니지만 충분히 20년 이상을 책을 읽고 글을 쓰는 일들을 지속해왔으니 어떤 자격 도 이미 빚어진 그릇이라고 자신하고 싶다.

실행의 결과인 열매들이 자격을 증명해줄 것이다. 이미 8월에 코 칭을 시작한 권**양은 두 달만에 투고까지 하고 출판사의 러브콜을 여러 곳에서 받는 기쁨을 누렸다. 9월, 10월에 코칭을 시작한 그들 도 곧 순차적으로 투고를 진행하게 될 것이다. 모두가 상위 1%가 될 수 없듯이 모두가 단 한권의 책으로 베스트셀러 작가가 되어야만 하는 것은 아니다. 베스트셀러 작가가 되는 것이 나와 마찬가지로 하나의 목표가 될 수는 있지만 또 하나의 꿈을 실현하기 위한 과정으로서도 충분한 가치를 가지기 때문이다.

또 다른 꿈을 사는 일들을 시도하려 한다. 전자책을 2주 이내로 써보리라. 유튜브를 다시 한번 실험적으로 시작해보리라. 꿈설계 비즈니스 클래스를 통해 그토록 구현해내고 싶었던 꿈을 사업으로 연결시키는 일들을 일으켜보리라.

나로부터 시작된 작은 사업들을 시작하니 보기에는 유치해보여도 사업의 관점이라는 것이 생겼다. 돈버는 재주도 없을뿐더러 돈이 되는 것들을 보는 안목도 없었던 나인데 이제는 사업 전략이라는 것들이 쌓였다. 찐 사업가들이 보기에는 터무니없는 연습생과도 같아보일까? 그러나 그 연습들이 나의 크고 작은 경험과 지식이 되어 순환적으로 돈이 되고 또다시 경험과 지식으로 쌓여 누군가의 절실한 필요를 채워주는 돈이 되는 일을 만들어내고 있다.

나는 '1인사업하는 책쓰는 작가 강사라'이다.

오늘도 나는 나의 좁은 책상앞에서 꾸준히 사업을 하며 책을 쓰고 있다. 마흔에 '꿈, 열정, 희망, 생명, 삶'의 가치를 가슴에 품고 꿈쎄스 강으로 시작한 작은 일들이 여기까지 이르게 했다. 몇 프로의 성장이라고 할 수 있을까. 180도로 달라진 삶이니 180프로라고 할까?

더 이상 나이가 꿈을 꾸고 이르기에 가득 차버렸다고 한탄하지 않기를 바란다. 이미 그런 시대가 이제는 아님을 기뻐하며 용기를 내기를 재촉한다.

끝으로 원고를 집필하는 동안 많은 시간들을 양보하고 할애해준 사랑하는 가족들에게 고맙다는 마음을 꼭 전하고 싶다. "아내의 꿈, 엄마의 꿈을 응원해주어서 너무 고마워. 사랑한다." 그리고 나와 비슷한 상황들 속에서 아직도 꿈을 고민하는 이들에게 이 책이 커다란 응원의 메시지가 될 것이라는 것을 말해주고 싶다.

마흔 살, 지금이 꿈을 사는
완벽한 타이밍이다

초판인쇄	2022년 11월 28일
초판발행	2022년 12월 5일

지은이	강사라
발행인	조현수
펴낸곳	도서출판 더로드
기획	조용재
마케팅	최관호 최문섭
편집	강상희
디자인	호기심고양이

주소	경기도 고양시 일산동구 백석2동 1301-2
	넥스빌오피스텔 704호
전화	031-925-5366~7
팩스	031-925-5368
이메일	provence70@naver.com
등록번호	제2015-000135호
등록	2015년 06월 18일

정가 16,800원
ISBN 979-11-6338-333-8 03810